HELMUT SCHARNER

Mostviertler Jagd

IM FADENKREUZ Mostviertel, Mai 2015. Monatelang hat Hans Mayer mit seinem Scharfschützengewehr wie besessen trainiert. Er hat nur ein Ziel: Rache am chinesischen Industriellen Chan, der seine Ex-Verlobte auf dem Gewissen hat und für das Trauma seiner Schwester verantwortlich ist. Die anstehende Hochzeit zwischen Chans Tochter und dem Erben der Waidhofener Unternehmerfamilie Schuster bietet ihm die ideale Gelegenheit, um den skrupellosen Geschäftsmann endlich bezahlen zu lassen. Doch der Mann aus Fernost verfolgt mit der Vermählung einen eigenen hinterhältigen Plan, um sich das Schusterimperium unter den Nagel zu reißen.

Von alledem ahnt Kommissar Brandner vom LKA Stankt Pölten nichts, als er in seinem neuen Fall einem Wilderer nachspürt. Der Schütze hat bereits mehrere Rehe und Hirsche kaltblütig erschossen und in den Wäldern des Mostviertels zurückgelassen. Doch schon bald zielt er auch auf Menschen …

© Markus Vollmann, Fotostudio Nutz

Helmut Scharner, geboren 1975 in Niederösterreich, ist derzeit als Sales Manager für den größten österreichischen Stahlkonzern tätig. Dabei zählt unter anderem die Schuhindustrie zu seinem Kundenkreis. Seine beruflichen und privaten Reisen führten ihn bisher in über 50 Länder. Mit seiner Familie lebt er im niederösterreichischen Mostviertel. Bewacht werden sie von der stets kampfbereiten Schmusekatze Hexi. In seinen Kriminalromanen »Mostviertler«, »Mostschlinge« und »Mostviertler Jagd« steht ein österreichischer Sportschuhhersteller im Brennpunkt. Helmut Scharner ist Mitglied der Autorenvereinigungen »Das Syndikat« und der österreichischen Krimiautoren.

Bisherige Veröffentlichungen im Gmeiner-Verlag:
Mostschlinge (2017)
Mostviertler (2016)

HELMUT SCHARNER

Mostviertler Jagd

Kriminalroman

GMEINER SPANNUNG

Im Ehnried 5, 88605 Meßkirch
Telefon 07575/2095-0
info@gmeiner-verlag.de

1. Auflage 2019

Lektorat: Daniel Abt
Herstellung: Mirjam Hecht
Umschlaggestaltung: U.O.R.G. Lutz Eberle, Stuttgart
unter Verwendung eines Fotos von: © visualpower / shutterstock.com
Druck: CPI books GmbH, Leck
Printed in Germany
ISBN 978-3-8392-2521-9

Allen gewidmet, die ihr Leben für andere riskieren.

PROLOG
OKTOBER 2014

Waidhofen

Der Tag der Abrechnung war gekommen. Seit den frühen Morgenstunden lauerte Hans auf seinem Platz. Von einer kleinen Anhöhe aus überblickte er die Umgebung, das Wäldchen schützte ihn vor neugierigen Blicken. Die Blätter der Laubbäume hatten sich herbstlich verfärbt. Hans befand sich inmitten eines Meeres aus Braun, Gelb und Orange und schon bald würde er dafür sorgen, dass sich der Asphalt des Parkplatzes vor der Schuster Schuhe GmbH rot färbte.

Hans trug seine dunkle Herbstjacke, dazu eine Kappe, die seine Ohren schützte, feste Stiefel und dünne Handschuhe. Obwohl er bereits Stunden wartete, spürte er die Kälte nur im Gesicht. Seine Finger waren nicht beeinträchtigt, er konnte sie gut genug bewegen, um ohne Probleme den Abzug zu betätigen.

In den vergangenen Monaten hatte sich Hans davon überzeugt, dass Steyr Mannlicher die besten Jagdgewehre herstellte. Er hatte sich mit seinem Steyr Elite vertraut gemacht und unzählige Schüsse abgefeuert. Mithilfe der Swarovski-Optik verfehlte er mittlerweile sein Ziel auch aus Hunderten Metern Entfernung nicht.

Hans blickte auf die Uhr. Es war kurz vor zehn. Gleich begann die Aufsichtsratssitzung. Mit dem Feldstecher suchte er die Umgebung ab. Ein Jeep näherte sich auf der Zufahrtsstraße dem Firmenparkplatz. Dahinter fuhr Valerie Schusters grüner Mini Cooper. Hans sah, wie die beiden Autos nebeneinander auf den Gästeparkplätzen direkt vor dem Eingang des Glasgebäudes einparkten.

Valerie Schuster trug einen hellroten Mantel, dazu farblich abgestimmte Stiefel. Samuel Schuster schien direkt von der Jagd zu kommen. *Ich hätte eine ähnliche Kleidung wählen sollen, dann könnte ich jederzeit erklären, was ich hier mache*, ging es Hans durch den Kopf. Er verfolgte, wie Valerie Schuster gemeinsam mit ihrem Onkel das Bürogebäude der Schusters betrat, und verwarf seinen Gedanken. Sämtliche Jäger der Umgebung waren den Einheimischen bekannt und vor allem kannten sich die Jäger untereinander. *Ich könnte sie mit keiner noch so guten Tarnung täuschen. Wenn mich ein Waidmann sieht, fliege ich auf.* Hans schaute nochmals auf die Uhr. Zwei Minuten vor zehn. Chan musste jeden Moment eintreffen. Alle anderen Mitglieder des Aufsichtsrats befanden sich bereits im Gebäude. Ausgerechnet sein Zielobjekt kam als Letzter.

Ich muss ruhig bleiben. Darf nicht nervös werden. Chan wird kommen. Er ist im Aufsichtsrat. Die Sitzung findet heute statt. Der Zeitpunkt für die Abrechnung ist gekommen.

Für Juliana.

Für Resi.

Seine Finger begannen, leicht zu zittern. Ein Windstoß wirbelte die Blätter auf. Er roch die feuchte Erde, die ihn umgab.

Chan wird Juliana ins Grab folgen, aber er wird in der Hölle schmoren. Zu lange lebt er schon mit seiner Schuld.

Bald liegt er unter der Erde, modert vor sich hin und wird von den Würmern gefressen.

Hans atmete bewusst langsam aus. Ein weiterer Blick auf die Uhr verriet ihm, dass es inzwischen einige Minuten nach zehn war.

Alle sind im Gebäude, außer Chan. Ahnt der Chinese die Gefahr?

Das ist unmöglich, keiner weiß davon. Mutter vermutet etwas, aber ihr konnte ich es am allerwenigsten sagen. Im Gefängnis werden unsere Gespräche sicher aufgezeichnet.

Fünf Minuten nach zehn. Wieso kommt er nicht?

Eugen Schuster und Chans Tochter Jennifer waren bereits um 8 Uhr morgens eingetroffen. Mit Valerie und Samuel Schuster waren vier der fünf Mitglieder des Aufsichtsrates der Schuster Schuhe GmbH im Gebäude des Schuhherstellers. Für die Sitzung mussten alle Mitglieder anwesend sein, Hans hatte es mehrmals überprüft. Auch der chinesische Geschäftsmann, der Hans' ehemalige Verlobte auf dem Gewissen hatte, würde an diesem Tag dabei sein.

Wieso taucht er nicht auf?

Hans spähte durch seinen Feldstecher. Ausgehend vom Parkplatz folgte er der Zufahrtsstraße. Sie schlängelte sich durch die hügelige Landschaft, verschwand hinter einigen Bäumen, tauchte wieder auf und verzweigte sich. Von dort führten Zufahrten zu anderen Firmen, der etwas breitere Zweig mündete nach wenigen Metern in die Bundesstraße. Ein Laster fuhr vorbei, dahinter hatte sich eine Kolonne von mehreren Autos gebildet. Keines der Fahrzeuge bog auf die Straße zum Schuhhersteller ein.

Entnervt legte Hans den Feldstecher zur Seite und holte sein Smartphone aus der Jackeninnentasche. Er entriegelte es und gab die Nummer der Schusters ein, die er noch immer auswendig kannte aus der Zeit, in der er selbst für den Schuhkonzern gearbeitet hatte.

»Müller von der ›Mostviertler Zeitung‹. Ich würde gerne Herrn Chan interviewen. Heute ist Aufsichtsratssitzung, daher befindet sich Herr Chan doch in den nächsten Tagen in Österreich, oder etwa nicht?«, fragte er die Dame an der Rezeption freundlich.

»Herr Chan ist leider krank. Daher hat er seine Reise nach Österreich abgesagt. Wenn Sie mir Ihren Namen und eine Telefonnummer für einen Rückruf nennen, frage ich gerne für Sie nach, wann Herr Chan oder eventuell seine Tochter für ein Interview Zeit haben.«

Verdammt! Alles umsonst!

»Herr Müller, sind Sie noch dran?«

»Danke für Ihr Angebot. Ich melde mich bei Ihnen«, sagte Hans rasch und beendete das Gespräch.

Eine Minute später startete er seinen schwarzen Opel Corsa mit dem Wiener Kennzeichen. Er fuhr die schmale asphaltierte Straße weiter bergauf. Vom Bergkamm bot sich ihm ein wunderschöner Panoramablick auf die hügelige Landschaft des Mostviertels. Die Basilika Sonntagberg thronte weithin sichtbar auf dem gegenüberliegenden Gipfel. Er blieb am Straßenrand stehen und stellte den Motor ab.

Was mache ich jetzt? Muss ich mich ein halbes Jahr gedulden? Bleibt dieser Teufel noch so lange am Leben?

Mir bleibt keine Wahl. Ich könnte zwar nach China oder Vietnam reisen und ihn dort töten. Aber auf unbekanntem Terrain wäre es schwieriger. Eine Waffe dorthin zu schmuggeln ist für mich unmöglich. Ich müsste sie vor Ort besorgen. Das wäre nicht einfach. Die Waffe würde ich nicht kennen, könnte nicht genug üben, mich mit ihr nicht anfreunden. Was würde passieren, wenn etwas schiefgeht? Was, wenn ich Chan nicht erledige? Wenn sie mich erwischen würden? In einem Gefängnis in Asien überlebe ich keine zwei Wochen.

Hans startete den Motor wieder. Ein letzter Blick auf die Basilika und er traf seine Entscheidung: *Ich werde warten. Früher oder später wird Chan nach Österreich kommen. Und ich werde bereit sein.*

Hans wendete den Blick von der Kirche ab, legte den ersten Gang ein und fuhr talwärts in Richtung Waidhofen.

KAPITEL 1
MAI 2015

Ybbsitz

Die grob geschotterte Forststraße auf den Friesling verlief steil ansteigend am Fuße des Berges, sodass sich der Allradantrieb in Brandners Audi auszahlte. Wenig später schlängelte sie sich flach durch einen Fichtenwald. Das Navigationssystem zeigte keinerlei befahrbaren Weg oder gar eine Straße an, stattdessen lotste Sepp Reitbauer den Kommissar per Telefon durch die Wildnis inmitten des Mostviertels.

»Rechts zweigt eine Straße ab, ich kann aber auch geradeaus weiterfahren«, sagte Brandner laut und deutlich, damit der Postenkommandant ihn durch die Freisprechanlage verstehen konnte.

»Immer geradeaus, gleich sind Sie da.«

Brandner folgte der Schotterstraße. In der Mitte der Fahrbahn wuchsen Gräser, die die Kühlerhaube seines Autos überragten. An der linken Straßenseite fiel der Hang steil bergab.

Ich möchte hier beim besten Willen kein Lastwagenfahrer sein, der das Holz einsammelt und es nach unten zum Sägewerk bringt. Brandner schüttelte den Kopf. Er war schon froh, mit seinem Audi A6 heil nach oben und später wieder hinunter zu gelangen, ohne eine tonnenschwere Last im Rücken zu wissen. Die Straße verlief nach rechts um den Bergkamm herum. Er sah die drei

Polizeiautos vor sich. Davor stand der junge Postenkommandant und zeigte dem Kommissar mit einer Armbewegung, wie er hinter den Einsatzfahrzeugen einparken sollte. Brandner achtete nicht auf den Mann in Uniform, sondern blieb einfach stehen, stellte den Motor ab und zog die Handbremse an.

»So sieht man sich wieder«, begrüßte er Reitbauer, als er ihm die Hand schüttelte.

»Alle Jahre wieder«, antwortete Reitbauer. »Kommen Sie, der Tatort ist nicht weit von hier.«

Die beiden Männer kletterten über die steinige Böschung auf der rechten Straßenseite, die einen guten Meter hoch war. Auf der anderen Seite hatten sie das Moos des Waldbodens unter ihren Füßen.

»Ein Wildwechsel, daher ist hier mitten im Wald ein Pfad. Die Tiere müssen zwar die Straße queren, aber das dürfte sie kaum stören, da hier nur der Jäger und die Holzfäller unterwegs sind«, erklärte Reitbauer dem Kommissar.

Es war ruhig. Fast zu still, erschien es Brandner, für einen Tag mitten im Frühling. Nadeln und Zapfen säumten den Waldweg, dem sie folgten.

Vögel sollten zwitschern! Ein Specht, der einen Baumstamm malträtiert. In meiner Kindheit habe ich immer einen Specht im Wald hämmern gehört. Brandner konzentrierte sich, schärfte sein Gehör, soweit es ihm möglich war. Nach einer knappen Minute, in der er gemeinsam mit Reitbauer den Waldweg entlanggegangen war und nur die Geräusche der eigenen Schritte an seine Ohren gedrungen waren, hörte er zwar keinen Specht, aber Männerstimmen.

Der Tatort war pflichtgemäß abgesperrt. Die Männer befanden sich außerhalb des gesicherten Bereichs.

Drei Polizisten in Uniform und ein Jäger in einem grünen Lodenmantel mit passendem Hut begrüßten den Kommissar. Der Waidmann trug sein Gewehr geschultert, er war im Pensionsalter, sein Oberlippenbart ergraut.

»Ich war heute früh im Wald. Es muss gegen 6 Uhr gewesen sein, als ich den Schuss gehört habe«, erklärte der Jäger.

»Haben Sie jemanden gesehen?«, wollte Brandner wissen.

»Nur gehört, ich hielt weiter oben am Berg Ausschau von meinem Hochstand. Dann fiel der Schuss, kurz danach wurde der Motor eines Autos gestartet. Es war nicht allzu weit weg. Der Knall kam nicht vom Nachbarrevier.«

Brandner nickte. »Sind Sie dem Fahrzeug gefolgt?«

»Nein, ich hab gewusst, dass er ungefähr von hier weggefahren sein muss. Den Wildwechsel kenne ich natürlich, daher bin ich stehengeblieben und den Pfad entlanggelaufen bis hierher. Da habe ich *ihn* gesehen.«

Brandners Blick folgte der Armbewegung des Jägers.

»Er war sofort tot, perfekter Schuss«, stellte der Waidmann fest. »Ich hab ihn schon einige Monate lang angesprochen. Er war neu in meinem Revier. Ein Zwölfender.«

Brandner duckte sich, hob das Band der Absperrung leicht an und schlüpfte darunter durch. Er bat den Jäger, ihm zu folgen.

Der Hirsch lag seitlich ausgestreckt auf der kleinen Lichtung, die sich mitten im Wald auftat. Wären das Einschussloch und die geöffneten, reglosen Augen nicht gewesen, hätte Brandner vermutet, der Hirsch hielte ein Schläfchen. Blut war kaum aus der Wunde ausgetreten. Der Geruch, der vom Hirsch ausging, war anders als der von einem toten Menschen, kam es ihm in den Sinn, er konnte aber nicht sagen, was genau den Unterschied ausmachte.

»Der Wilderer hat ihn also nur erschossen. Sonst hat er nichts mitgenommen«, stellte Brandner fest.

»Stimmt, nicht einmal die Trophäe. Aber vielleicht hat er mich ja gehört und ist schnell geflohen«, merkte der Jäger an.

»Möglich«, sagte Brandner.

Der Kommissar glaubte jedoch nicht daran. Der Jäger hatte laut seiner vorigen Angabe erst reagiert, als der Wilderer den Motor seines Autos gestartet hatte. Wie hätte er ihn vorher hören sollen? Außerdem handelte es sich bereits um den zweiten Fall von Wilderei im Mostviertel, der innerhalb der letzten drei Wochen gemeldet worden war. Das erste Opfer war ein Rehbock gewesen. Das Tier war erst nach zwei oder drei Tagen von einer Gruppe Wanderer entdeckt worden. Der Wilderer hätte alle Zeit der Welt gehabt, den Bock in sein Fahrzeug zu verfrachten, ihn vor Ort auszunehmen oder wenigstens die Trophäe abzutrennen und mitzunehmen.

Nein, darum geht es ihm nicht. Er will töten, sonst nichts, dachte Brandner. *Eventuell ist es doch nicht so verkehrt, dass mich Böck hierhergeschickt hat.*

»Woher, denken Sie, kam der Schuss?«, fragte er den Waidmann.

»Schwer zu sagen.«

»Wenn Sie hier auf dieser Lichtung einen Abschuss tätigen wollten, wo würden Sie Position beziehen?«

Der Jäger sah sich um, dann deutete er geradeaus. »Wir befinden uns in einer leichten Senke. Dort drüben ist man etwas höher. Man hätte einen guten Blick. Außerdem kommt der Wind aus der entgegengesetzten Richtung.«

Hinter zwei Fichten stießen sie auf zertretenes Gras. Von dort verlief die Spur entlang des Waldrandes herum um die Lichtung, bis sie in den Pfad des Wildwechsels mündete.

»Danke, Sie haben mir sehr geholfen«, sagte Brandner, als sie hinter die Absperrung zu Reitbauer und den anderen Polizisten zurückkehrten.

»Er hat von dort hinten geschossen, ich habe die Stelle gerade dem Kommissar gezeigt!«, erklärte der Jäger den Polizisten stolz.

»Soll ich die Spurensicherung rufen?«, fragte Reitbauer.

»Nein, das ist nicht nötig.«

Mich hat Böck zwar hierhergeschickt, aber der Mordsaufwand mit den Kriminaltechnikern lohnt sich wegen einem Wilderer nicht. Die haben Wichtigeres zu tun. Die Kugel stellen wir dennoch sicher. Dann haben wir einen Beweis, falls wir ihn erwischen.

»Und Sie konnten wirklich nichts erkennen, haben das Auto oder den Fahrer nicht gesehen?«, fragte er den Mann in dem Lodenmantel noch einmal.

»Nein, nur den Schuss, eine Autotür und danach das Motorengeräusch habe ich gehört. Gesehen habe ich rein gar nichts.«

»Wie klang das Fahrzeug?«

»Na ja, ich schätze, ein kleineres Modell. Kein Jeep und auch kein Range Rover.«

KAPITEL 2

Wien

Lächelt sie mich tatsächlich an? Flirtet sie mit mir? Zum ersten Mal seit langer Zeit spürte Hans so etwas wie Schmetterlinge in seinem Bauch.

Sie befanden sich allein in seinem Büro der ›Baugart‹, einer Zulieferfirma für Baumärkte und Gärtnereien, für die Hans im Ein- und Verkauf arbeitete. Die beiden saßen eng nebeneinander, sodass sie einen guten Blick auf den großen Flachbildschirm hatten und abwechselnd die Tastatur bedienen konnten. Ein leichter Frühlingsduft umschmeichelte seine Nase.

»Habe ich doch gerne gemacht«, sagte Hans zu Natalie.

»Trotzdem, ich weiß, dass du auch ohne mich mehr als genug zu tun hast.«

»Du sollst uns möglichst bald entlasten. Es kommt mir also selbst zugute, wenn du schnell deine Aufgaben beherrschst. Und du lernst wirklich rasch, das muss man dir lassen.«

»Danke.«

Aus ihren braunen Augen strahlte Natalie ihn einen Moment lang an, bevor sie – zu schnell für seinen Geschmack – ihren Blick abwendete, um den Text auf dem Bildschirm vor ihr zu studieren.

»Also, wir haben das Material im System angelegt, das

wir bestellen wollen. Jetzt geht es mit der Bestellanforderung weiter. In Kurzform nennen wir die ›Banf‹.«

Natalie machte einen Screenshot, stand auf und ging Richtung Drucker, der an der Wand neben der Eingangstür stand und schon mit seiner Arbeit begonnen hatte. Hans blickte ihr nach. Sie war schlank und um einiges kleiner als er selbst, trug dunkelblaue Jeans und ein rotes Top. Mit Stöckelschuhen versuchte sie, größer zu erscheinen. Ihr Gang und ihre Haltung wirkten weiblich und selbstbewusst. Die dunkelbraunen Haare trug sie schulterlang und leicht gelockt.

Natalies Haare ähneln Julianas. Sonst haben die beiden kaum etwas gemeinsam.

»Treibst du eigentlich Sport?«, fragte er, als Natalie mit dem Blatt Papier in der Hand zurückkam.

Sie schaute ihn verdutzt an. Sofort bereute er seine Frage.

»Ja, wie kommst du darauf?«

Natalie blieb vor ihm stehen, den rechten Arm stützte sie auf ihrer Hüfte ab, die Brust drückte sie heraus.

Was für eine blöde Frage. So aus dem Nichts. Was habe ich mir nur dabei gedacht? Hans stieß sich mit den Füßen ab, brachte mit seinem Rollsessel etwas Abstand zwischen sich und Natalie. »Du siehst sehr sportlich aus, daher dachte ich ja … du musst eine Sportart betreiben, die sehr …«

Natalie blickte ihn fragend an.

»Wie muss die Sportart sein, die ich betreibe?«

Wieso verunsichert sie mich so?

»F… fordernd … ja, fordernd muss diese Sportart sein … für den ganzen Körper«, antwortete er.

»Ach so.« Natalie setzte sich zurück an den Schreibtisch. »Wie geht es jetzt weiter mit der ›Banf‹?«

Hans rollte näher heran, sofort roch er wieder den Frühlingsduft. Jetzt, da sie ihn so verunsichert hatte, war ihm ihre Nähe umso bewusster.

Ich lerne sie an, kein Grund, nervös zu sein, redete er sich in Gedanken zu, als er ihr die nächsten Schritte am Computer erklärte, die notwendig waren, um eine Bestellanforderung zu erstellen. Mit jeder Erläuterung, jedem weiteren Schritt wurde er souveräner.

Als Hans am Abend die Schulung beendete, dachte er nicht mehr an das Gespräch. Er meldete sich ab und fuhr den Computer herunter. Natalie heftete ihre Ausdrucke in einen Ordner, danach stand sie auf und blickte Hans an.

»Wakesurfing«, sagte sie zu ihrem erfahrenen Kollegen.

»Was?«, fragte er verwirrt.

Natalie grinste ihn schelmisch an. »Du wolltest wissen, welchen Sport ich treibe.«

»Wakesurfing.«

»Genau«, bestätigte sie. Dann drehte sie sich um, griff nach ihrer Handtasche und dem Ordner, trat einen Schritt in Richtung Tür, stoppte jedoch in der Bewegung und wendete sich noch einmal Hans zu.

»Also, wenn du willst«, sagte sie, »nun, du trainierst mich hier ja praktisch für den Ein- und Verkauf. Wenn du möchtest, bringe ich dir Wakesurfen bei.«

Perplex stand Hans auf. *Will sie sich mit mir verabreden?* Erneut machte sie ihn vollkommen unsicher, sodass anstelle einer abgeklärten Antwort nur ein Stammeln von ihm zu hören war. Einen Moment lang herrschte eine unangenehme Stille.

»Also, wenn du nicht willst, dann nicht. Ich dachte

nur, wir könnten auch außerhalb des Büros etwas unternehmen.«

Während sie die Worte gesprochen hatte, war Natalie zur Bürotür gegangen.

»Warte«, lag es Hans auf der Zunge. Er wollte ihr nachlaufen, sie aufhalten, ihr sagen, dass er gerne mit ihr Wakesurfen lernen würde – was immer das genau war –, dass er alles tun würde, was sie wollte, um mit ihr Zeit außerhalb des Büros zu verbringen.

Natürlich sagte er nichts dergleichen.

Es geht zu schnell, redete er sich ein. *Ich kenne Natalie erst einige Tage, und ich muss mich auf meine Aufgabe konzentrieren, darf nicht den Fokus darauf verlieren, darf mich nicht ablenken lassen.*

»Bis morgen!«, rief er ihr nach.

Später am Abend in seinem Schlafzimmer blickte Hans durch das Fernrohr, das er am Fenster seines Schlafzimmers aufgebaut hatte. Er kam seiner Lebensaufgabe nach, ein wachsames Auge auf seine Schwester zu haben. Das war er seiner Mutter, Waltraud Mayer, schuldig, da sie auch für ihn im Gefängnis saß, verurteilt für die Morde an Josef und Jakob Schuster sowie den Mord an den alten Schusters Jahre zuvor. Sie hatte die Schusterfamilie für den Tod ihres Mannes, Hans' Vater, verantwortlich gemacht und Josef Schuster auf der Schusteralm getötet. Aber erst, nachdem Hans Josef Schusters Neffen Jakob erstochen hatte. Hans' Mutter hatte beide Morde gestanden und büßte für ihren Sohn die Strafe ab. Jakob hatte mit Juliana, die mit Hans verlobt gewesen war, geschlafen und dann seinen gierigen Blick auf Hans' kleine Schwester Resi geworfen, die am Anfang einer Schauspiel- und

Gesangskarriere stand. Hans kam es zu, seine Schwester zu beschützen, nachdem der Vater auf einer Baustelle ums Leben gekommen war. Deshalb musste Jakob Schuster sterben. Vor einem Jahr hätte er dennoch fast versagt. Juliana, mit der er beinahe eine neue Beziehung begonnen hatte, wohnte mit Resi in einer WG, als Chan seine Schergen schickte. Seine Ex-Verlobte war dem chinesischen Geschäftsmann und seinen skrupellosen Machenschaften zu nahe gekommen und musste beseitigt werden. Der Serienmörder Peter Schwarz, Produktionschef der Schuster Schuhe GmbH, war mithilfe einer fingierten E-Mail an den Tatort gelockt worden, um ihn als Sündenbock dastehen zu lassen. Neben Julianas Leiche war Schwarz dort auf Resi getroffen, nur Hans' Auftauchen hatte wenigstens das Leben seiner Schwester gerettet, er hatte Schwarz in einem Kampf getötet.

Resi lümmelte auf der Couch herum, neben ihr stand ein Glas Rotwein auf dem Beistelltisch. Hans schwenkte das Fernrohr. Der Cabernet Sauvignon kam aus Frankreich. Die Flasche war fast leer. Wie in den Nächten zuvor lief auf ihrem Flachbildschirm ›Flashdance‹. Hans konnte nicht sagen, wie oft seine Schwester den Tanzfilm aus den 80ern schon angesehen hatte, seit sie aus der Nervenheilanstalt als wiederhergestellt entlassen worden war und in der gegenüberliegenden Wohnung in der Pramergasse lebte. Irgendwo zwischen zehn- und zwanzigmal hatte er zu zählen aufgehört. Einige Male hatte er sicher versäumt, Resi war ja tagsüber daheim, während er arbeiten musste. Immer wieder derselbe Film, den sie sich bis zum Exzess zumutete, und dazu der gesteigerte Alkoholkonsum. Sie bereitete ihm Sorgen und auch für ihn wurden so die Nächte kurz.

Resi hat es nicht verkraftet, sie kommt nicht darüber hinweg. Kein Wunder, um Haaresbreite ist sie dem Tod von der Schippe gesprungen.

Seine Schwester füllte ihr Glas Rotwein auf und leerte dabei die Flasche vollständig.

Alles wegen diesem Chan. Ich darf nicht aufgeben. Noch in diesem Jahr ist er fällig!

Hans drehte sich um und ging zum kleinen Wandschrank, der sich neben dem größeren Kleiderkasten befand. Er holte den Schlüsselbund aus seiner Hosentasche, schloss mit dem kleinsten Schlüssel auf und öffnete die Flügeltür. Dahinter kam das Jagdgewehr zum Vorschein.

»Du wirst mich nicht im Stich lassen.«

Mit seiner rechten Hand strich er behutsam über den Lauf der Waffe. Er nahm sie aus der Halterung, legte sie an seine Schulter und schaute durch das Objektiv. Der Lauf zeigte dabei ständig Richtung Mauer. Das Fenster mied er beinahe krampfhaft. Hans hatte zwar keine Gewissensbisse, seine Schwester ohne deren Wissen durch das Fernrohr zu beobachten, aber mit dem Gewehr im Anschlag wollte er sie keinesfalls ins Visier nehmen. Mehrmals rasch hintereinander setzte er die Waffe ab und nahm sie in Anschlag. Er wog sie in seinen Händen. Wie jeden Tag hantierte er eine gute Viertelstunde mit dem Steyr Elite. Auch wenn er nur an den Wochenenden zum Schießstand fuhr, nutzte er die Tage dazwischen, um sich mit der Waffe noch vertrauter zu machen.

Sie ist ein Teil von mir geworden, mit ihr fühle ich mich sicherer als voriges Jahr. Chan, deine Tage sind gezählt. Du entkommst mir nicht!

Als er fertig war, fixierte Hans das Gewehr in der Vorrichtung im Wandschrank und schloss ab. Die Waffe hatte er legal erworben, und er bewahrte sie gemäß den Vorschriften auf. Mit seiner Waffenbesitzkarte konnte ihm nichts passieren, solange er sich nichts zuschulden kommen ließ. *Erst nach dem Anschlag werden sie mich jagen.*

KAPITEL 3

»Wir sollten uns bald entscheiden«, stellte Leopold Brandner fest.

Seine Frau Eva strich Butter auf ihr Vollkornbrot und antwortete ihm nicht. Nur ihre Miene verfinsterte sich. Selina, seine jüngste Tochter, war damit beschäftigt, Nutella auf ihr Brot zu schmieren. Seine ältere Tochter, Isabella, meldete sich energisch zu Wort: »In Sankt Pölten gehe ich sicher nicht zur Schule. Ich bleibe in meiner Klasse in Wien!«

»Aber, wenn wir alle nach Sankt Pölten …«

»Leo, du siehst, es hat keinen Sinn«, unterbrach ihn Eva. »Überleg doch selbst, wie es früher für dich war, als du jung warst. Wie hättest du dich gefühlt, wenn du dich auf einmal von all deinen Freunden hättest trennen müssen, weil dein Vater seinen Arbeitsplatz gewechselt hat? Also, ich verstehe nur zu gut, wieso sich Isabella dagegen wehrt«, fügte sie hinzu.

Und selbst bleibst du auch lieber in Wien, statt mit mir nach Niederösterreich zu ziehen, wollte Brandner am liebsten antworten, verkniff sich jedoch die bissige Bemerkung. Stattdessen schaute er demonstrativ auf die Uhr. »Wir diskutieren ein anderes Mal weiter, jetzt muss ich los.«

»Ich bleibe in Wien!«, schrie Brandners älteste Tochter. Gleichzeitig schlug sie mit der Faust auf den Tisch. Das Scheppern des Geschirrs hallte noch nach, als sie längst aus der Küche hinausgestürmt war.

Eva zuckte die Achseln.

Die kleine Selina begann zu weinen.

»Ich muss fahren.«

»Ja, lass mich mit ihnen allein, jetzt, wo du uns den Tag versaut hast«, hörte Brandner Eva ihm hinterherrufen, bevor er die Tür hinter sich schloss.

Er schlüpfte in sein Sakko. Genau im selben Augenblick meldete sich sein Smartphone.

»Herr Brandner, Reitbauer hier. Er hat wieder zugeschlagen.«

»Der Wilderer? Wo?«

»Auf der Schusteralm in Hollenstein. Wollen Sie sich den Fundort selbst ansehen?«

Eigentlich nicht, aber Böck hat mich auf den Wildererfall angesetzt.

»Ja, ich bin noch in Wien, rufe nur kurz im Büro an, dann fahre ich sofort nach Waidhofen und erst gar nicht ins LKA.«

Zwei Stunden später traf Brandner mit Reitbauer in Hollenstein ein. Er steuerte seinen silbernen Audi A6 in Richtung des Skigebietes Königsberg, dann bogen sie auf die Bergstraße ab, die zur Schusteralm hinaufführte.

»Schon komisch, vor zwei Jahren sind wir im Winter hier hochgefahren.«

»Damals hat es stark geschneit«, bestätigte Brandner. Lebhaft konnte er sich daran erinnern.

Der Einsatz hier auf der Schusteralm war der Anfang von meinem Ende beim BKA. Während der Ermittlungen zum Tod von Jakob Schuster war Brandner mit der Schusterfamilie und dem chinesischen Industriellen Chan auf der Alm eingeschneit worden. In der Nacht nach dem Mord an Jakob war Josef Schuster ermordet worden, während Brandner unter demselben Dach gewesen war. *Der Mord an Josef Schuster, während ich in der Hütte war, hätte nie passieren dürfen. Der hat mich angreifbar gemacht. Auch der Frauenmörder trieb im Mostviertel sein Unwesen. Den Fall habe ich gelöst, trotzdem verdanke ich ihm meine Versetzung ins LKA.*

Hier hat alles begonnen.

Brandner lenkte den Audi an dem Kreuz vorbei, das am Straßenrand platziert war und hinter dem es steil talwärts ging. Das Andenken an den Firmengründer der Schuster Schuhe GmbH stand genau dort, wo er vor vielen Jahren mit seiner Frau tödlich verunglückt war, weil die Bremsen seines Autos manipuliert worden waren. *Waltraud Mayer hat ganze Arbeit geleistet,* ging es Brandner durch den Kopf. *Vier Familienmitglieder der Schusters hat sie um die Ecke gebracht. Vielleicht waren es auch nur drei, wenn ihr Sohn für den Mord an Jakob Schuster verantwortlich ist. Jedenfalls sitzt sie dafür hinter Gittern und wird hoffentlich nie wieder einen Fuß außerhalb der Gefängnismauern setzen.*

Der Kommissar war überzeugt, dass Jakob Schuster von Hans Mayer ermordet worden war, und dass seine Mutter für ihn die Schuld auf sich genommen hatte. Aber beweisen konnte er das nicht. Brandner seufzte laut auf. Neben ihm sah ihn der uniformierte Reitbauer fragend an.

»Ich habe nur an die gute alte Zeit zurückgedacht«, erklärte Brandner dem Waidhofener Postenkommandanten.

»Verstehe, was Sie meinen. Es ist doch ganz etwas anderes, einen Mörder zu jagen. Ein Wilderer ist da keine große Sache, keine wirkliche Herausforderung für uns.«

Vor Brandner tauchte die Schusteralm auf. Samuel Schuster, der eine grüne Jägersmontur trug, stand neben zwei Polizisten vor der Eingangstür.

»Vergessen Sie nicht den Wilderer vom Annaberg. Er hat mehrere Polizisten erschossen, bevor wir ihn gekriegt haben. Um ein zweites Desaster wie dieses zu vermeiden, ermitteln wir von Beginn an mit äußerster Sorgfalt. Wir dürfen keinen Fehler machen!«, ermahnte Brandner, als er neben dem Polizeiauto einparkte.

Die Schusteralm hat sich nicht verändert, im Frühling sieht sie aber um einiges freundlicher aus als am Ende eines langen Winters, stellte Brandner fest. Umso besser verstand er jetzt Samuel Schuster, der seit Jahren den Großteil seiner Zeit auf der familieneigenen Alm verbrachte und sich nicht mehr um das Unternehmen kümmern wollte, an dem er eine Beteiligung hielt. Eugen Schuster, Jennifer Chan und vor allem ihr Vater widmeten sich mit großem Einsatz der Geldvermehrung, während das Familienoberhaupt hier oben auf die Pirsch ging.

Der Kommissar schüttelte Samuel Schuster die Hand. Dessen Gesicht war gerötet und vom Wetter gegerbt. Das grünweiße Hemd hielt den Bauch des Trägers nur schwer im Zaum. Sein Gewehr trug der Waidmann in der linken Hand.

»Zeigen Sie uns bitte die Stelle«, sagte Brandner nach der Begrüßung. *Lassen Sie aber bitte ihr Gewehr hier,* dachte er sich, hielt sich jedoch zurück. Auch wenn es ihn störte, wenn Personen, die nicht in Uniform waren, Waffen mitführten, so konnte er dem Jäger die Mitnahme seines Gewehrs in dessen Jagdrevier kaum verwehren.

Der Rehbock war viel zu jung gewesen, um geschossen zu werden, erfuhr Brandner von Samuel Schuster. Die Trophäe war nicht der Rede wert, der Wilderer hatte sie auch diesmal nicht mitgenommen. Bis auf das Einschussloch war der Rehbock unversehrt und lag wie der Hirsch auf dem Friesling seitlich ausgestreckt auf dem Waldboden. Der süßliche Geruch, der von ihm ausging, war intensiver als beim Hirsch vor wenigen Tagen. Der Fäulnisprozess war weiter fortgeschritten. Mit Schusters Unterstützung fanden sie erneut rasch die Stelle, von der aus der Täter den Rehbock vermutlich erlegt hatte. Es handelte sich um einen der Hochstände, die der Waidmann regelmäßig für seine Beobachtungen nutzte. Sollte er das Holz auf Fingerabdrücke untersuchen lassen? Brandner verwarf den Gedanken. Wahrscheinlich hatte der Wilderer Handschuhe angehabt. *Zu aufwendig die Untersuchung, zu hoch die Kosten, wegen einem Wilderer …*

»Wir müssen die Kugel sicherstellen und von der Kriminaltechnik den Abgleich anfordern – erst dann haben wir Gewissheit«, bemerkte Brandner zu Reitbauer gewandt.

»Es handelt sich um einen Wiederholungstäter, oder?«, wollte Schuster wissen.

»Mit hoher Wahrscheinlichkeit«, bestätigte Brandner.

»Ich bin erst gestern am Abend auf die Alm gekommen. Heute Morgen beim Rundgang habe ich ihn gefunden. Ich gehe immer dieselben Stellen ab. Den Bock kenne ich gut, ein paar Jahre hätte ich ihm noch gegeben.«

»Sie haben demnach nichts gehört oder gesehen?«

»Nein, er muss ihn schon vor meiner Ankunft geschossen haben.«

Brandner nickte. *Das macht Sinn. Zuletzt ist es richtig eng für den Schützen geworden. Der Jäger in Ybbsitz hätte den Wilderer fast gesehen. Er hätte ihn stellen können, wenn er es darauf angelegt hätte.*

»Der Wilderer hat sich vergewissert, dass niemand hier war, und erst dann zugeschlagen.«

»Sieht so aus«, stimmte Schuster zu. »Die Alm wird ja eigentlich nicht mehr bewirtschaftet. Ich bin sowieso der Einzige, der sich hier oben regelmäßig aufhält. Rindviecher holen wir uns gar keine mehr rauf. Dann müsste rund um die Uhr jemand auf sie aufpassen und sie betreuen.«

»Wir haben nicht mehr Anhaltspunkte als zuvor. Der Täter ist vorsichtiger geworden und nicht sehr wählerisch, was die Auswahl seiner Zielobjekte betrifft. Der Bock ist viel jünger als der Hirsch, aber er nimmt ohnehin keine Trophäen mit. Er erlegt die Tiere nur um des Tötens willen.«

»Wenn ich den erwische, dann gnade ihm Gott!«

Schuster befand sich mit Brandner und Reitbauer auf dem Rückweg zu den Gebäuden der Alm, als er die Drohung aussprach. Brandner blieb stehen, zwangsläufig stoppte Schuster hinter ihm. Der Waidmann sah Brandner an, als wüsste er nicht, was den Kommissar dazu bewegt hatte, stehen zu bleiben.

»Herr Schuster, spielen Sie nicht den Helden. Dieser Wilderer ist gefährlich. Er erschießt die Tiere, um zu töten. Sollte Ihnen in Zukunft etwas Verdächtiges auffallen, verständigen Sie uns umgehend, aber halten Sie Abstand zum Wilderer.«

Brandner konnte im Gesicht des Waidmanns keine Gefühlsregung erkennen.

»Versprechen Sie mir bitte, dass Sie keine Alleingänge unternehmen«, beharrte der Kommissar auf eine Antwort.

Schuster nickte kurz, drängte sich an Brandner vorbei und schritt auf dem Waldweg voran, ohne ein Wort zu sagen. Nur die gedämpften Schritte, das Knacken der Äste und zaghaftes Vogelgezwitscher waren zu hören. Vor den drei Männern tauchte die Alm auf und sie gingen geradewegs zu Brandners Auto.

»Übrigens, wie geht es Ihrem Neffen Eugen?«, wollte Brandner von Samuel Schuster wissen, als sie sich voneinander verabschiedeten.

»Gut, denke ich. Wir sind sehr erfolgreich mit unseren fair hergestellten Sportschuhen. Die Fußballweltmeisterschaft letztes Jahr hat uns dabei noch einmal zusätzlich Auftrieb verliehen.«

»Freut mich.« Brandner schüttelte Schuster die Hand. »Wir sehen uns hoffentlich nicht allzu bald wieder.«

Auch Reitbauer verabschiedete sich von Schuster und stieg zu Brandner in den Audi.

»Ein komischer Kauz, dieser Schuster. Da fragen Sie ihn nach Eugen und ihm fällt nichts Besseres ein, als über die fair produzierten Schuhe zu reden.«

Brandner startete den Motor, blickte kurz zu seinem Beifahrer, während er den ersten Gang einlegte. Reitbauer sagte nichts, war offenbar noch nicht bereit weiterzureden, und Brandner wusste nicht, worauf er hinauswollte. Der Kommissar schaute daher nach vorne durch die Windschutzscheibe und konzentrierte sich auf die steile Bergstraße, die er hinabfuhr.

Einige Minuten vergingen, bis Reitbauer endlich weitersprach.

»Ich meine ja nur, in Waidhofen und Ybbsitz reden alle von der bevorstehenden Hochzeit, und er erwähnt sie mit keinem Wort. Der alte Schuster ist wahrscheinlich nicht allzu glücklich darüber.«

Welche Hochzeit? Diesem Reitbauer muss man heute alles aus der Nase ziehen. Das war doch früher nicht so, da war er viel klarer in seinen Aussagen und kam schneller auf den Punkt. Aber vielleicht bin ich auch nur sentimental, dachte Brandner, bevor er Reitbauer die Frage stellte, wer wen heiraten würde.

KAPITEL 4

»Steht dein Angebot noch für das Wakesurfen?«, fragte Hans.

Natalie saß ihm gegenüber, sie aßen gemeinsam in der Kantine zu Mittag. Von nun an musste seine neue Kollegin allein zurechtkommen – es war der letzte Schulungstag. Hans hatte Natalie alles beigebracht, was er über das SAP-System, den Bestellablauf und die Auftragsabwicklung wusste. Den Rest musste Natalie selbst herausfinden. Erfahrung konnte man nicht lehren und auch nicht einfach weitergeben.

Natalie wird mir fehlen, die Zeit mit ihr hat mir gut getan. Jetzt ist sie nicht mehr von meinem guten Willen abhängig, sie muss nicht zusagen, nur um ihren Lehrmeister bei Laune zu halten. Über das Wakesurfing habe ich im Internet recherchiert, das sieht nach jeder Menge Spaß aus. Wieso sagt sie nichts?

Natalie schaute ihn an. Mit ihrem Messer schnitt sie ein Stück ihrer vegetarischen Lasagne ab und führte es mit der Gabel zum Mund. Kurz zögerte sie in der Bewegung, für Hans schien es so, als wolle sie ihm antworten, bevor sie das Stück aß, doch dann zuckte sie entschuldigend mit den Achseln und kaute genussvoll.

Hans war nicht nach essen zumute. Er sah, wie sie, während sie hinunterschluckte, bereits den nächsten Happen abschnitt und mit der Gabel aufspießte.

»Nun sag schon, ob du noch immer mit mir surfen willst!«

Natalie hielt inne.

»Woher der plötzliche Sinneswandel? Vor einigen Tagen warst du überhaupt nicht interessiert.«

»Das ist doch gar nicht wahr!«

»Ich habe es dir angeboten und du hast nicht darauf reagiert. Daran kann ich mich noch sehr genau erinnern.«

Natalie saß aufrecht auf ihrem Stuhl.

»Ich habe es dir angeboten, als ich mich zum Feierabend von dir verabschiedet habe und gegangen bin. Außer einem ›Bis morgen‹, habe ich von dir beim besten Willen nichts gehört!«

Natalie sah Hans anklagend an. *Sie hat recht, aber so wie sie mich davor überrumpelt hatte, habe ich einfach nichts herausbekommen.*

»Was ist jetzt? Hat es dir die Sprache verschlagen?«

Was macht diese Frau nur mit mir? Kaum reden wir nicht über die Arbeit, komme ich mir vor wie ein Schuljunge.

»Es stimmt, Natalie, ich habe nichts gesagt. Aber es hatte nichts mit dir zu tun, oder nein, so stimmt das auch nicht«, beschwichtigte er, als er sah, dass Natalie ihm ungläubig entgegenblickte. »Es hatte sehr wohl etwas mit uns zu tun«, fügte er hinzu. »Ich lerne dich ein, und da wollte ich nicht, dass du dich verpflichtet fühlst, in deiner Freizeit etwas mit mir zu unternehmen, nur weil ich dein Lehrer bin und du dich nicht getraust, mir eine Abfuhr zu erteilen.«

»Darüber hast du dir Gedanken gemacht? Das ist nicht dein Ernst.« Natalie schüttelte den Kopf, ließ die Gabel los, beugte sich über den Tisch und klopfte ihm leicht auf die Hand.

»Doch, mein voller Ernst!«

»Und da heute mein letzter Schulungstag ist, denkst du, es ist nun in Ordnung, mit deiner ehemaligen Schülerin surfen zu gehen?« Natalie tätschelte nochmals leicht sein Handgelenk. Tadelnd schüttelte sie währenddessen weiterhin den Kopf.

»Genau«, antwortete Hans.

Eine bessere Antwort fiel ihm nicht ein. Am liebsten wäre er im Erdboden versunken. Er spürte die Schamesröte, die ihm ins Gesicht stieg. Aber ihre Berührung hatte sich gut angefühlt, beinahe elektrisiert saß er da.

Was ist los mit mir? Fühlen sich so Flugzeuge im Bauch an?

»Du bist ja süß! Dann sollten wir keine Zeit verlieren. Wie wäre es gleich mit heute Abend?«

»Was?«

Natalie lächelte.

»Du hast mich schon verstanden. Heute ist unser letzter gemeinsamer Schulungstag, und danach hast du das Vergnügen, von mir Wakesurfen zu lernen.«

So schnell? Blamiere ich mich nicht dabei?

»Wo und wann treffen wir uns?«, fragte er.

Er konnte jetzt keinen Rückzieher machen, wenn er sein Gesicht nicht komplett verlieren wollte.

Und ich will es ja selbst. Ich will Zeit mit ihr verbringen. Surfen mitten in Wien … das kann ja was werden.

Es war später Nachmittag. Das Motorengeräusch war lauter, als er es sich vorgestellt hatte. Auf der Website des Anbieters hatte die coole Musik das Getöse der ›MasterCraft X Star‹ übertönt, die sie mit ihren 380 PS auf die Donau hinausbrachte.

Aber die Frau auf dem Boot ist noch schöner als die Models aus dem Video, dachte Hans und war mehr als zufrieden damit, dass er sich nicht davor gedrückt hatte, mit Natalie surfen zu gehen. Deren Luxuskörper konnte er nun in aller Ruhe bewundern: Natalie steckte in einem eng anliegenden Neoprenanzug, der deutlich über den Knien endete und dazu den Blick auf ihre gebräunten Oberarme gewährte. Ihr Gesicht strahlte Zuversicht aus. Sie freute sich darauf, über die Wellen zu reiten. Außer dem Fahrer befand sich noch ein zweites Paar auf dem Boot. Die beiden waren jung und wirkten routiniert, sie hatten schon oft mitten in Wien gesurft, erfuhr Hans von den beiden. Die Blondine würde an diesem Frühlingsabend nicht wie ihr Freund ins Wasser springen, sie trug nur ein knappes Höschen und ein weißes Shirt, das sie nun auszog. Sie legte sich auf den Bauch und ihr Begleiter ölte ihr den Rücken mit Sonnencreme ein. Immer tiefer wanderten die Hände des Mannes auf dem Körper seiner Freundin, sie schoben sogar das Höschen leicht über den Poansatz nach unten. Hans wendete seinen Blick ab, aus den Augenwinkeln sah er, dass ihn Natalie beobachtet hatte. Ein Lächeln zeichnete sich in ihrem Gesicht ab, vielsagend schüttelte sie den Kopf. Hans spürte Hitze in seinem Gesicht aufsteigen. Seine Hände waren plötzlich schweißnass, er wischte sie sich am Stoff seiner marineblauen Bermudashorts ab.

»Ich gehe zuerst rein«, erklärte Natalie.

Der Fahrer und Hans zeigten ihre Daumen nach oben. Der zweite männliche Surfer war mit dem Eincremen seiner Freundin beschäftigt und reagierte gar nicht. Natalie schnappte sich das kurze Board, warf es in die Donau und sprang selbst hinterher. Sekunden später hielt sie sich an der Leine fest und wartete darauf, dass das Boot beschleunigte. Der Motor heulte auf, das Seil spannte sich. Hans sah Natalies Muskeln und Sehnen an Armen und Beinen hervortreten, ihr Gesicht blieb entspannt. Das Boot wurde schneller, Natalie richtete sich halb im Wasser auf, wurde mitsamt dem Board mitgezogen. Sie balancierte auf dem Brett, war schließlich ganz aus dem Wasser und surfte über die vom Boot erzeugte Welle. Hans hörte ein lautes »Yes«, als sie die Leine losließ und völlig frei, ohne gezogen zu werden, auf der Welle ritt. Natalie stand mit leicht angewinkelten Beinen auf dem Board, der linke Fuß befand sich vor dem rechten. Als es nicht mehr weiter vorwärtsging, richtete sie sich auf, winkte Hans kurz zu und sprang kopfüber ins Wasser.

Der Kapitän wendete das Boot, zog eine Schleife und schloss von hinten zu Natalie auf, die bereits auf ihrem Brett saß und sich die Leine griff. Sofort beschleunigte das Boot wieder.

Nach vier weiteren Versuchen kletterte sie aus dem Wasser. Hans, der jetzt an der Reihe war, half ihr dabei. *Es sieht ganz leicht aus. Ich muss nur ans Skifahren denken, dann wird es schon klappen,* sprach er sich selbst in Gedanken Mut zu, während er sein Poloshirt auszog. Natalie trocknete sich mit einem Handtuch ab, Hans sah, dass sie ihn musterte. Ob ihr gefiel, was sie sah, konnte er in ihren Augen nicht ablesen. *Gott sei Dank gehe ich seit einigen Monaten regelmäßig ins Fitnessstudio. Und zwar nicht, um den Mädels zu gefallen, sondern um fit für die Abrechnung mit Chan zu sein.* Bei dem Gedanken an den Chinesen verflüchtigte sich das Urlaubsgefühl, das sich innerhalb der letzten Minuten in Hans breitgemacht hatte.

»Ganz entspannt sein, genieß es einfach«, riss Natalie ihn aus seinen Gedanken. Seine Begleiterin trat auf ihn zu, klopfte ihm aufmunternd auf die Schulter, dann beförderte sie ihn mit einem Stoß, der ihn vollkommen überraschte, aus dem Boot. Hans schrie auf, als er in die kalte Donau eintauchte.

Das »Viel Glück!«, das ihm Natalie nachrief, hörte er kaum. Seine Ohren und Nase füllten sich mit Wasser. Er blieb ein oder zwei Sekunden untergetaucht. Als er zurück an der Oberfläche war, hielt ihm Natalie die Leine entgegen.

»Ich dachte, so wie du ausgesehen hast, traust du dich sonst nie!«

»Dir werde ich es zeigen!«

Hans schnappte sich das Board, griff sich die Leine und beförderte danach seine Beine auf das Brett. Mit beiden Händen hielt er den Griff fest. Der Motor heulte auf. Er sah, wie Natalies Daumen nach oben zeigten. Fast kippte sie hinten aus dem Boot, als es beschleunigte, aber sie konnte sich mit einer Hand gerade noch abstützen. Das Seil straffte sich, Hans spürte den Zug an seinen Armen, er spannte seine Muskeln an, zog sich langsam aus dem Wasser und versuchte, auf dem Board zu balancieren. Das Brett rutschte seitlich unter seinen Füßen weg, er wurde nach vorn gezogen und landete mit einem Bauchfleck im Fluss. Sein Kopf geriet unter Wasser und er ließ die Leine los.

Drei Stunden später stoppte Natalie ihr Auto vor Hans' Wohnung in der Pramergasse.

»Willst du auf einen Kaffee mit hinaufkommen?«

Ihre Hand landete wie selbstverständlich auf seinem Oberschenkel. Sofort spürte er das Kribbeln.

»Ein andermal«, sagte sie, löste den Sicherheitsgurt, beugte sich zu ihm und küsste ihn auf die Wange. Ihre Haut fühlte sich weich an, ihre gelockten Haare streiften seinen Hals. Sie waren noch feucht.

Hans stieg aus, nahm seine Tasche vom Rücksitz und winkte ihr nach, als sie davonfuhr. Im Innenspiegel ihres Autos sah er ihre Augen, ein letztes Mal nahm sie Blickkontakt mit ihm auf, bevor sie um die Ecke bog.

Voller Elan lief er die Stufen zu seiner Wohnung hinauf. Vor lauter Aufregung spürte er seine Muskeln kaum, die von der ungewohnten Anstrengung total ausgelaugt waren. Er schloss die Tür auf, ließ die Tasche im Vorraum auf den Boden fallen und ging ins Schlafzimmer. Durch das Fenster sah er mit bloßem Auge, dass Resi vor dem Fernseher saß. *Wahrscheinlich schaut sie wieder ›Flashdance‹*. Immer noch spürte er das Kribbeln, Natalies Körper im Neoprenanzug hatte er in Gedanken deutlich vor Augen. Hans erinnerte sich, wie er auf dem Brett balanciert hatte, zweimal hintereinander war er in die Donau gestürzt, ohne annähernd aufrecht stehen zu können.

»Wenn du die Welle einmal ganz reitest, ziehe ich den Anzug aus – versprochen!«, hatte ihm Natalie vom Boot aus zugerufen und gelacht.

Hans ging ins Badezimmer und zog sich sein T-Shirt über den Kopf, danach entledigte er sich seiner Socken, streifte die Hose ab und stieg unter die Dusche.

Im weißen, fast durchsichtigen Bikini hatte Natalies Körper perfekt ausgesehen. *Ausgezahlt hat es sich allemal, dass ich es geschafft habe, die Welle zu reiten. Es war nicht nur ein unglaubliches Gefühl, zum ersten Mal zu surfen … auch Natalie hat Wort gehalten.* Hans' Gedanken wanderten zurück zu dem Moment, in dem seine

Hände über ihren Rücken gewandert waren, um die Sonnencreme möglichst gleichmäßig zu verteilen. Die Sonne war fast verschwunden gewesen, hatte kaum genug Kraft gehabt, um ihn zu wärmen, und trotzdem hatte sie darauf bestanden, von ihm gründlich eingecremt zu werden.

»Lös ruhig den Knoten«, hatte Natalie gesagt, und er hatte gefügig den Verschluss des Oberteils geöffnet und sie weiter eingeölt. Sein Blick war nach unten gewandert, natürlich war er nicht so unverfroren gewesen, ihr Höschen tiefer zu schieben und dadurch ihren Hintern zu entblößen. Aber seine Hände waren ihrem Po gefährlich nahe gekommen.

Hans drehte an der Armatur und spürte das Nass von der Duschbrause auf ihn hinunterprasseln. Bewusst schloss er die Augen, er wollte vergessen, dass er allein unter der Dusche stand. Er stellte sich vor, wie er Natalie das weiße Höschen auszog, ihre Pobacken mit seinen öligen Fingern massierte, die weiche, warme Haut spürte. In seiner Fantasie lächelte sie ihn einladend und neckend an, kniete auf allen Vieren vor ihm auf dem Fußboden …

Fünf Minuten später stieg Hans aus der Dusche und trocknete sich ab. Dabei betrachtete er sein leicht gerötetes Gesicht im Spiegel des Badezimmers. *Juliana war die letzte Frau, mit der ich geschlafen habe. Das ist über ein Jahr her. Juliana ist tot. Ich muss Natalie unbedingt wiedersehen – außerhalb des Büros. Ihre ganze Art zieht mich in ihren Bann!*

Barfuß, in seinen weißen Bademantel gehüllt, verließ Hans das Bad, öffnete die Schlafzimmertür, trat ein und betrachtete unsicher den Wandschrank, in dem sich sein Gewehr befand. Er sah durchs Fenster.

Resi schaut noch immer fern.

Hans zog die Vorhänge zu, sodass er nicht mitbekam, womit sich seine Schwester in ihrer Wohnung beschäftigte. Sein Blick wanderte zurück zum Wandschrank. *Heute nicht,* beschloss er, stattdessen öffnete er die Flügeltür seines Kleiderschranks. Er griff sich ein frisches Leintuch, danach nahm er den Polster und die Decke seines Bettes unter seine Achseln. In der Wohnküche brachte er die Couch in Schlafposition, bedeckte deren provisorische Matratze mit dem Leintuch, legte den Kopfpolster an das Ende und beförderte auch die Decke auf seine neue Schlafstelle. Schließlich ließ er sich mitsamt dem Bademantel darauf fallen.

Erleichtert atmete Hans aus. In dieser Nacht würden seine Gedanken nicht um seine Rache an Chan kreisen.

Heute Nacht denke ich nur an Natalie, sagte er sich in Gedanken und schloss zufrieden die Augen.

KAPITEL 5

Sankt Pölten

»Habt ihr die Angehörigen des Opfers schon verständigt?«

Sehr witzig! Brandner sah zu seinem Kollegen Franz Huber, der sich kaum halten konnte. Der langjährige LKA-Kommissar lachte offenbar am liebsten über seine eigenen Witze. *Wahrscheinlich hat er den ganzen Tag darauf gewartet, dass ich zurückkomme und er mir diese Frage stellen kann.*

»Nun zieh doch nicht so ein griesgrämiges Gesicht. Ich kann doch nichts dafür, dass Böck dir diesen Fall aufgebrummt hat«, sagte Huber.

Brandner ließ sich kommentarlos ihm gegenüber in seinen Schreibtischsessel fallen. *Immerhin hat sich Huber seinen Humor bewahrt. Trotz der anstehenden Scheidung.* Brandner formulierte in Gedanken eine Erwiderung. Bevor er antworten konnte, wurde die Bürotür geöffnet.

»Brandner, gut, dass ich Sie antreffe!«

Böck muss hier eine Kamera installiert haben.

»Ja, Herr Direktor?«

Brandners Vorgesetzter trat näher und stützte sich mit einer Hand auf der Schreibtischplatte ab, die sich Brandner und Huber in ihrem Zweimannbüro teilten. Obwohl Brandner saß, war Böck nur ein kleines Stück höher als er. Die blauen Hosenträger schafften es auch nicht, seinen neuen Chef weniger untersetzt wirken zu lassen. Wie immer, wenn ihm Böck zu nahe kam, stieg Brandner der herbe Geruch des Parfums in die Nase, in dem der Kriminaldirektor regelrecht zu baden schien. *Hat er ein Fläschchen in seinem Büro und legt jedes Mal nach, bevor er seine Mitarbeiter belästigt?*

»Haben Sie schon Anhaltspunkte im Wildererfall?«

»Ein Hirsch und ein Rehbock wurden zuletzt geschossen. Innerhalb weniger Tage. Der eine in Ybbsitz, der andere in Hollenstein, beide in abgeschiedenen Waldstücken, nur über Forststraßen zu erreichen.«

Brandner sah Böck zustimmend nicken, daher erklärte der Kommissar weiter: »Beim Hirsch in Ybbsitz war ein einheimischer Jäger in der Nähe, als der Schuss gefallen ist. Er hat uns verständigt, aber nichts gesehen. Anhand des Motorengeräusches meint er, dass der Wilderer einen kleinen Wagen fährt; jedenfalls kein Geländeauto. Die beiden Fundorte liegen 40 bis 50 Fahrminuten auseinander. Die Techniker prüfen noch, ob mit dem gleichen Gewehr geschossen wurde.« Böck brauchte er nicht zu erklären, wie das funktionierte. »Ich gehe davon aus, dass es sich um ein und denselben Täter handelt«, fügte Brandner hinzu.

»Irgendwelche brauchbaren Spuren?«

Brandner schüttelte den Kopf. »Wir sind uns an beiden Orten ziemlich sicher, von wo der jeweilige Schuss abgegeben worden ist. In Ybbsitz waren der Waldboden und das Gras der Wiese zertrampelt, aber wir haben keine verwertbaren Fußabdrücke gefunden.«

»Auch keine Reifenspuren?«

»Nein, er ist mit dem Wagen auf der Forststraße geblieben. Die ist alt und der Schotter daher fest und hart. Da sind schon viele Laster mit ihren Holzfuhren rauf- und runtergefahren. Auf der Schusteralm in Hollenstein war es ähnlich, außer dass wir dort nur vermuten können, von wo aus geschossen wurde. Da Samuel Schuster den Rehbock erst am Tag danach gefunden hat, war am Waldboden nichts mehr zu sehen.«

»Verstehe, Sie haben also nichts.«

Böck verzog das Gesicht.

»Schuster? Ist das dieselbe Familie, der Schuster Schuhe gehört? Die sind aus der Gegend, oder?«, warf Huber ein.

Brandner reagierte nicht. Er ließ sich in seinen Sessel zurückfallen.

»Und?«, beharrte Böck auf eine Antwort.

»Ja, der Rehbock wurde in dem Wald gewildert, der zur Schusteralm gehört«, bestätigte Brandner.

»Und auf dieser Schusteralm geschahen vor … wann war das? Vor zwei Jahren?«

Huber kann es nicht lassen, der muss unbedingt in alten Wunden bohren! Kein Wunder, das mit seiner Frau.

Brandner richtete sich in seinem Sessel auf. Zuerst blickte er Huber an, dann Böck.

»Ja«, bestätigte er. »Es war im März 2013. Zwei Angehörige der Familie Schuster wurden damals auf der Schusteralm erstochen. Ich habe ermittelt, und ich denke, es ist Zufall, dass der Wilderer jetzt dort zugeschlagen hat.«

Im Gesicht seines neuen Vorgesetzten konnte Brandner nicht erkennen, ob seine Erklärung ihm reichte.

Weiß er, dass ich beim zweiten Mord in der Almhütte war, als er passiert ist?

»Ich glaube zwar normalerweise nicht an Zufälle, aber hier gibt es aller Wahrscheinlichkeit nach keinen Zusammenhang. Schließlich wurden die Morde vor zwei Jahren ja aufgeklärt«, stellte Böck fest. Es folgte eine Pause.

Irgendetwas beschäftigt ihn noch. Böck ist sicher nicht nur zu uns gekommen, um nach den Fortschritten zu fragen.

»Ich habe schon den ersten Anruf von der Presse erhalten. Die möchten mehr über den Wildererfall wissen. Irgendjemand muss sie über den Rehbock auf der Schusteralm informiert haben. Die wollen landesweit darüber berichten.«

Und schon bin ich in der Schusslinie, dachte Brandner.

KAPITEL 6

Wien

Noch immer musste er sich am Gefängniseingang ausweisen.

Man sollte meinen, nach zwei Jahren kennt man mich hier.

Die Beamtin musterte ihn. Sie verglich sein Gesicht mit dem Foto im Personalausweis, den er sich extra besorgt hatte, nachdem seine Mutter verurteilt worden war. So musste er nicht seinen unhandlichen Reisepass mitnehmen, sondern nur die Plastikkarte auf der sein Name, Geburtsort, Geburtsdatum und ein nicht besonders schmeichelhaftes Porträt von ihm zu sehen waren. Genau dieses Bild betrachtete die Beamtin für Hans' Geschmack etwas zu lang.

»Danke.« Sie gab ihm den Ausweis zurück, ohne zu lächeln oder irgendeine Art von Regung erkennen zu lassen. Sie deutete in Richtung des Metalldetektors.

Geldbörse, Wohnungs- und Autoschlüssel legte er in den kleinen Behälter, den er danach auf das Förderband stellte, das seine Sachen automatisch durch den Scanner transportierte. Dann durchschritt er selbst die Kontrolle. *Kein Piepsen.* Der Mann hinter dem Detektor winkte ihn durch, Hans nahm seine Sachen vom Förderband und begab sich ins Besucherzimmer. Das Ziehen in seinem Bauch hatte sehr früh an diesem Tag eingesetzt. Mittlerweile hatte sich das ungute Gefühl verstärkt, außerdem kratzte ihm der Hals. Mehrmals räusperte er sich. Die Bauchschmerzen würden verschwinden, kurz nachdem er das Gefängnis verlassen hatte. Darauf war Verlass, das war jedes Mal so, seit er sich regelmäßig vor den Besuchen bei seiner Mutter unwohl fühlte.

Die Dame, die seinen Ausweis kontrolliert hatte, musste ihn umgehend angemeldet haben, denn bereits nach wenigen Minuten erschien seine Mutter.

Waltraud Mayer wirkte mit jedem Besuch jünger auf ihren Sohn. *Ihre Haare sind gelockt wie die von Natalie,* ging es Hans durch den Kopf. Außerdem glänzten sie in kräftigem Kastanienbraun. Und sie war geschminkt, wenn auch nur leicht.

Mutter und Sohn gaben sich einen Wangenkuss.

Hans roch ein neues Parfum.

Seine Mutter trug ein weißes langärmeliges Rundhalsshirt mit einer Stickerei an der Schulter, durch die ihre gebräunte Haut hervorschimmerte.

Haben die hier ein Solarium oder ein Freibad? Dass ihre dunkelblauen Jeans perfekt saßen, hatte Hans schon festgestellt, als sie den Besucherraum betreten hatte. Es erinnerte ihn an seine Jugend, als seine Mutter den Schulkameraden den Kopf verdreht hatte.

»Wie geht es dir? Gut siehst du aus! So braun im Gesicht«, stellte Waltraud Mayer fest, als sie sich Hans gegenübersetzte.

Hans benötigte eine Sekunde, bevor er antworten konnte. Zu überrascht war er über die ungewöhnliche Frage seiner Mutter, die sich sonst nur für Resi interessierte.

»Ich war viel draußen. Habe eine neue Sportart entdeckt«, sagte er schließlich.

»Hat eine Frau damit zu tun? Sag schon!«

Seine Mutter strahlte ihn an.

»Sie heißt Natalie, arbeitet bei uns als Praktikantin und sie hat mir Wakesurfen beigebracht!«

Seine Mutter runzelte die Stirn. »Surfen?«, fragte sie.

»Ja, auf der alten Donau. Es ist unglaublich und macht einfach Spaß! Aber du hast auch eine gesunde Farbe bekommen«, stellte er fest, um weiteren Fragen zu seiner Beziehung zu Natalie aus dem Weg zu gehen.

Eine Beziehung ist es nicht, davon sind wir weit entfernt.

»Ich arbeite viel im Garten. Das tut mir gut. Aber genug von mir – wie ist das mit dieser Natalie? Ist sie gut für dich? Wann stellst du sie mir vor?«

Natalie meiner Mutter vorstellen? Im Gefängnis? Wie soll das funktionieren?

»Oh, ich verstehe, du schämst dich für mich. Ausgerechnet dir ist es peinlich, dass deine Mutter im Gefängnis sitzt.« Mit einem Mal war das Strahlen in ihrem Gesicht erloschen. Das Gespräch entwickelte sich rasch in eine vollkommen falsche Richtung, nachdem er sich durch sein Zögern grundlos in die Brennnesseln gesetzt hatte.

Nach allem, was sie für mich getan hat, muss sie doch wissen, dass ich mich niemals für sie schämen werde!

»Das ist es nicht!«, versuchte Hans, seine Mutter zu beschwichtigen. »Ich habe ihr nicht gesagt, dass du im Gefängnis sitzt – ich erzähle es ihr natürlich, aber so weit sind wir noch nicht. Wir waren nur ein paarmal surfen. Sie ist nicht meine feste Freundin. Außer freundschaftlichen Küssen auf die Wange war da gar nichts.«

Mit jedem Wort, das er sprach, hellte sich das Gesicht seiner Mutter auf.

»Du bist eine gute Partie. Sag ihr, dass du sie magst. Öffne ihr dein Herz! Du willst mehr, als nur mit ihr Boot zu fahren und auf den Wellen zu reiten, oder etwa nicht? Wenn sie die Richtige ist, wird sie dich mit offenen Armen empfangen«, ermutigte ihn seine Mutter. »Du willst doch eine Beziehung mit ihr?«, wollte sie von ihm wissen.

»Schon, aber da ist auch noch Resi«, sagte Hans.

»Ihr geht es schlecht, stimmt's?«

»Ich denke, sie trinkt zu viel.«

»Du musst für deine Schwester da sein. Kümmere dich um Resi, aber achte auch auf dich selbst.«

»Resi schaut sich immer denselben Film an.«

»Noch immer ›Flashdance‹?«

»Ja, das geht schon wochenlang so.«

»Sie hat den Überfall nicht verkraftet.«

»Oder sie kann sich nicht damit abfinden, die Hauptrolle nicht gespielt zu haben.« Kurz vor dem Überfall auf Juliana hätte Resi die Hauptrolle im Sommermusical im Amstetten übernehmen sollen. Durch Chan wurde diese Karrierechance zunichtegemacht.

Waltraud Mayer nickte ihrem Sohn zu. Ihre Hände landeten auf seinen und drückten sie aufmunternd. »Resi hat überlebt! Du hast sie gerettet. Vergiss das nicht! Jetzt muss sie selbst wieder zu leben beginnen. Ihr müsst beide wieder damit anfangen.« Sie drückte seine Hände fester. »Du bist auf dem richtigen Weg, das sehe ich. Triff dich weiter mit dieser Natalie. Sag ihr, was sie dir bedeutet.«

»Okay.«

Hans erwiderte die Berührung, danach gab sie ihn frei und er konnte aufstehen.

»Wann siehst du Resi das nächste Mal?«

Jeden Abend durch das Fernrohr. »Am Wochenende, sie ist mit Kochen dran.«

»Gut, dann hat sie eine Aufgabe. Das passt.«

Ihr exzellentes Rindsgulasch hatte Resi schon lange nicht mehr gekocht. *Es gibt nur Fraß aus der Mikrowelle. Besser wäre es, ich würde mich um das Essen kümmern. Mittlerweile sind die Besuche bei Resi genauso deprimierend wie die bei Mutter im Gefängnis. Kein Grund, mich darauf zu freuen. Dass ich bei Mutter war, darf ich ihr nicht erzählen. Davon will sie immer noch nichts wissen.*

»Bring mir diese Natalie vorbei. Ich will sie kennenlernen, bin schon ganz neugierig auf sie.«

»Sicher, bis zum nächsten Mal!«, bestätigte Hans.

Ich weiß nicht einmal, ob und wie ich bei Natalie überhaupt landen kann. Nur, dass ich es will. Mehr als alles andere. Mehr, als Vergeltung an Chan zu üben? Nein … aber das eine schließt das andere nicht aus. Irgendwann bringe ich Natalie zu Mutter.

Zum Abschied küsste er seine Mutter auf beide Wangen. Sie schien nicht unglücklich darüber zu sein, dass er sie verließ.

Immerhin bin ich zu ihr ins Gefängnis gekommen.
Hans schloss die Tür hinter sich und ging am Metalldetektor vorbei. Niemand hielt ihn auf.

Hinaus kommt man ohne Probleme, solange man kein Insasse ist. Danke, Mutter! Nur deinetwegen sitze ich nicht in so einem Loch fest! Schon allein deshalb werde ich dich immer besuchen.

KAPITEL 7

Sankt Pölten

»Böck hat dir ja ganz schön Druck gemacht!«

Brandner musterte seinen Kollegen. In Hubers Gesicht zeichnete sich nichts von der Schadenfreude ab, die er dort erwartet hatte. »Kein Wunder, die Presse heizt ihm ein.« Brandner nahm einen Schluck von seinem Kaffee und fuhr fort: »Der Wilderer vom Annaberg steckt noch in den Köpfen der Leute. Das ist erst zwei Jahre her. Die Journalisten fürchten, oder besser gesagt, hoffen, dass wieder so ein Monster durch die Wälder streift. Das gäbe Schlagzeilen.«

Huber nickte. »Du darfst den Täter auf keinen Fall unterschätzen. Wer weiß, was wirklich in dem vorgeht?«

Brandner schaute auf seinen Bildschirm. Vor ihm sah er das Haus samt den Wirtschaftsgebäuden auf einem Foto. Darin hatte sich ein Waffenarsenal befunden, mit dem der Wilderer vom Annaberg eine Kleinstadt hätte auslöschen können. *Und niemand hat davon etwas geahnt.*

»Was sind deine nächsten Schritte?«, wollte Huber wissen.

»Wir kennen das Kaliber. Nicht gerade ausgefallen.« Brandner nahm einen Stapel mit losen Blättern und hob ihn hoch. »Hier habe ich Namen und Adressen der Waffenbesitzer aus den Bezirken Amstetten und Scheibbs, die ein dazu passendes Gewehr offiziell ihr Eigen nennen. Hauptsächlich Jäger. Einige Sportschützen. Die werde ich mir wohl nacheinander vornehmen müssen.«

»Die Schüsse wurden vom gleichen Gewehr abgegeben?«

»Mit hoher Wahrscheinlichkeit.«

Huber nahm einen Schluck von seinem Kaffee. »Nimm dir Verstärkung mit. Vor zwei Jahren kam nicht einmal die Cobra mit dem Wilderer klar.«

Vor Brandner auf dem Bildschirm stand das ganze Ausmaß der Katastrophe geschrieben, die sich damals ereignet hatte.

Drei Polizisten und ein Sanitäter. Tot. Erschossen von einem Wilderer, als sie ihn stellen wollten. Der Menschenretter getötet, als er einem der Polizisten zu Hilfe gekommen ist.

»Ein einheimischer Polizist begleitet mich. Mehr ist nicht drin.«

»Du könntest jeden einzeln vorladen lassen. Das wäre sicherer.«

»Ich muss sehen, wie die Verdächtigen leben, will erkennen, ob sie etwas zu verbergen haben.«

»Dann gib gut auf dich Acht!«

Brandner dachte an seine Frau. Auch an diesem Morgen hatte er mit Eva über den Umzug nach Sankt Pölten diskutiert, den er sich wünschte. Es hatte im Streit geendet. *Wenn Huber das mitbekommt, denkt der, ich steuere auf eine Scheidung zu. Vielleicht macht er sich dann Hoffnungen, in Zukunft mit mir gemeinsam auf Brautschau zu gehen. Das wird nicht passieren. Soweit lasse ich es nicht kommen.*

Brandner wählte die Nummer von Postenkommandant Reitbauer in Waidhofen.

KAPITEL 8

Wien

»Kraft, Koordination, und Ausdauer«, sagte Natalie.

Worauf will sie hinaus?

Hans' Gesicht spiegelte offenbar seine Frage wider, denn Natalie erklärte weiter: »Du hast mich mal gefragt, was ich für einen Sport mache.«

Eine ihrer Locken hing ihr links ins Gesicht. Sie stemmte beide Arme in die Hüften.

›Sag ja nichts Falsches‹, sollte die Pose wohl ausdrücken.

»Ja, schon, Wakesurfing, dachte ich.«

Natalie lächelte gütig.

»Wakesurfing mache ich zum Spaß. Sicher, es fordert nebenbei sämtliche Muskeln. Aber, um mich richtig zu verausgaben, brauche ich Ausdauersport, Stand-Up-Paddeln. Das mache ich auch auf der alten Donau. Dabei bin ich selbst der Motor.«

Hans war verwirrt. »Wie heißt das?«, fragte er.

»Stand-Up-Paddeln. Heute nach der Arbeit paddle ich. Willst du mitkommen?«

Mittlerweile stand sie wieder mit ihren Händen an den Hüften vor ihm. Das Kinn reckte sie auffordernd nach vorn, während sie versuchte, die Locke aus ihrem Gesicht zu pusten – was nicht gelang.

Ob ich dich begleiten will? Seit Tagen warte ich auf eine Gelegenheit, etwas mit dir zu unternehmen. Ich habe hin und her überlegt, was ich dir vorschlage. »Hört sich gut an. Wakesurfen kann ich ja. Da sollte das Paddeln keine große Herausforderung darstellen.« Er versuchte, cool und teilnahmslos zu wirken, obwohl er innerlich jubilierte über die Möglichkeit, die sich ihm auftat.

»Unterschätze es bloß nicht. Paddeln und das Gleichgewicht zu halten, während du aufrecht stehst, ist schwerer, als es sich anhört, und vor allem als es aussieht.«

Als Hans drei Stunden später mit wackeligen Beinen auf dem Board balancierte und versuchte, zu Natalie aufzuschließen – sie war ihm weit voraus –, dachte er an ihre Worte im Büro zurück. Es war wirklich nicht einfach. Der wackelige Untergrund. Die Strömung. Der Wind.

Hans hielt sein Paddel mit beiden Händen fest, das breite Ende befand sich seitlich vor ihm, knapp über der Wasseroberfläche. Er atmete ein, beförderte das Ruder ins Wasser, schob es nach hinten und hob es an. Während er es nach vorn führte, atmete er aus und tauchte das Ende wieder unter. Unwesentlich bewegte sich sein Brett vorwärts, während er einen weiteren Zug tat.

Hans stand gebückt, schwitzte wie in einer Sauna und kam nicht voran. Natalie hielt sich aufrecht, beide Beine eng nebeneinander, als könnte sie nichts aus dem Gleichgewicht bringen. Immer mehr Distanz brachte sie zwischen sich und Hans.

Wahrscheinlich schwitzt sie nicht einmal.

Natalie drehte sich um und nickte ihm zu.

»Ich warte hier auf dich. Beeil dich!«

»Okay, ich komme ja schon.«

Hans erhöhte die Schlagzahl und bemühte sich, möglichst aufrecht auf dem Brett zu stehen. Und tatsächlich, jetzt, da sie ihn beobachtete, funktionierte es deutlich besser als zuvor. Er kam schneller voran.

»Machen wir ein paar Übungen am Brett«, sagte Natalie bestimmt, als er bis auf wenige Meter zu ihr aufgeschlossen hatte und erschöpft das Paddel ein letztes Mal ins Wasser tauchte, um ganz heranzukommen.

Gib mir etwas Zeit zum Verschnaufen, wollte er gerade sagen, aber sie kam ihm zuvor.

»Keine Müdigkeit vortäuschen. Mach es mir einfach nach!«

Immerhin gab ihm das Gelegenheit, ihren Anblick zu genießen.

Ihre Haut glänzte. Sie schwitzte auch. *Beruhigend.*

Natalie trug ihren weißen Bikini, der gerade noch genügend von ihrem Körper verdeckte, um seine Fantasie anzuregen.

Diesen Bikini trägt sie sonst sicher nicht. Der kann beim Sport nicht bequem sein. Das Teil hat sie meinetwegen angezogen. Sie will mir zeigen, was sie zu bieten hat.

Seine Traumfrau legte ihr Paddel auf das Brett und stellte sich mit beiden Beinen eng nebeneinander aufrecht hin. Er riss seinen Blick von ihren Beinen los und sah ihr in die Augen. Langsam hob sie ein Bein an. Ohne ein einziges Mal zu wackeln, führte sie ihren linken Fuß an die Innenseite ihres rechten Oberschenkels, sodass ihr linkes Knie abgewinkelt nach außen zeigte. Die Hände faltete sie vor der Brust und drückte die Handinnenflächen aneinander.

»Jetzt du!«

Natalie blieb in der einbeinigen Stellung und grinste ihn an. »Wenn du 30 Sekunden so stehen kannst, ohne ins Wasser zu fallen, darfst du dir etwas von mir wünschen. Egal was, ich mache es!«, rief sie ihm übermütig zu.

»Egal was?« Hans ließ sich auf das Spiel ein. »Bist du dir sicher, mir fällt da nämlich einiges ein, was du tun kannst. Vor allem Unanständiges.«

»Ganz sicher! Du darfst dir alles von mir wünschen. Und los!«

Noch immer stand Natalie auf einem Bein, balancierte auf dem Brett, ihr Lächeln wirkte nun leicht angestrengt auf ihn, aber sie blieb standhaft und senkte ihren linken Fuß nicht.

Eine Gruppe von Segelbooten kreuzte in einiger Entfernung, sein Brett und auch das von Natalie schaukelten leicht unter den Wellen, die von den Booten erzeugt wurden. Natalie stand deutlich länger auf einem Bein als die 30 Sekunden, die sie von ihm eingefordert hatte.

Diese Blöße gebe ich mir nicht, das kann ich auch. Hans legte sein Paddel vor sich auf das Brett, das durch die Gewichtsverlagerung sofort stärker schaukelte. Er stellte beide Beine breit nebeneinander. Langsam rückte er sie zusammen, versuchte, so aufrecht wie möglich zu stehen.

»Eine Minute!«, rief Natalie und stellte ihren linken Fuß auf das Brett zurück. »Jetzt bin ich gespannt. Fang an! Und denk an die Belohnung! Du bestimmst den Preis, den du bekommst.«

Immerhin verlangt sie keinen Einsatz von mir. Außer meiner Ehre habe nichts zu verlieren.

»Wenn du es nicht schaffst, sage ich dir danach, was ich von dir will!«

Sie machte einen großen Ausfallschritt nach vorn, das hintere Bein streckte sie durch und stützte sich mit ihren Händen seitlich neben ihrem vorderen Fuß am Brett ab.

Ihr Bikinioberteil hatte sichtlich Mühe, ihre Brüste unter Kontrolle zu halten.

Hans löste sein linkes Bein vorsichtig vom Brett. Sofort wankte er auf dem instabilen Untergrund. Mit seitlich ausgestreckten Armen tarierte er sein Ungleichgewicht aus. Das rechte Knie winkelte sich automatisch ab, sein Oberkörper klappte nach vorn.

Ich muss gerade stehen, aufrecht, sonst wird das nichts!

Langsam streckte er sein rechtes Knie durch, den Oberkörper richtete er auf, weiterhin ruderte er mit beiden Armen, um sein Gleichgewicht zu finden. Dann winkelte er sein linkes Knie ab und führte seinen Fuß in Richtung des rechten Knies. Sämtliche Muskeln waren angespannt und arbeiteten gegen den Wellengang.

Ich werde die 30 Sekunden durchhalten, das wird die perfekte Gelegenheit, sie um ein Rendezvous zu bitten, das sie nicht ablehnen kann.

»Gut machst du das! Muss ich mir etwa Sorgen machen?«, rief Natalie ihm zu. Sie löste einen Arm von ihrem Brett und führte ihn schwungvoll seitlich nach oben. Ihr Kopf und Oberkörper folgten der Bewegung harmonisch. Für den Bruchteil einer Sekunde lenkte sie ihn damit ab. Er konnte seine Augen nicht vom Ansatz ihres Busens lösen, den das weiße Oberteil vollständig freigeben würde, wenn sie weiter solche ruckartigen Bewegungen vollführte.

Sein Brett bewegte sich.

Eine Welle.

»Nein!«, schrie er auf.

Mit aller Kraft kämpfte er dagegen an. Dann erwischte ihn eine Windböe. Sie zwang ihn, seinen linken Fuß aufs Brett zu stellen.

Eine weitere Welle, ein zweiter Aufschrei, er schwankte, konnte sich nicht halten und landete im kalten Wasser der Donau.

Natalie lachte hämisch, als er auftauchte.

»Hab ich es doch gewusst! Jetzt darf ich mir etwas wünschen.«

»Das war unfair!«, rief Hans zu ihr hinüber, nachdem er wieder auf sein Brett geklettert war.

Natalie paddelte näher heran. »Ich weiß nicht, was du meinst.«

In ihren Augen und an dem verschmitzten Lächeln erkannte er genau das Gegenteil. Sie kam noch näher, war nur mehr einen guten Meter entfernt von ihm.

»Du bist ja ganz nass! Wieso denn das?«, fragte sie neckend und versuchte, ein unschuldiges Gesicht zu machen.

Unvermittelt stieß sich Hans von seinem Brett ab und hechtete zu ihr hinüber. Sie schrie auf. Mit beiden Armen umklammerte er ihre Hüften und zog sie an sich. Gleich danach folgte ein zweiter, deutlich lauterer Schrei von ihr, als Hans sie vom Brett beförderte und die beiden gemeinsam im kalten Wasser landeten. Während Hans auftauchte, hörte er Natalie prusten vor Lachen, gleichzeitig rang sie nach Atem und unterbrach so ihr Gelächter immer wieder, während sie in Richtung ihres Surfbretts schwamm. Als sie sich an ihrem Board festhielt, sah er, dass sich ihr Bikinioberteil beim Sturz ins Wasser gelöst hatte. Sie hielt es in einer Hand und lachte weiter. »Wenn du willst, dass ich mich ausziehe, hättest du doch nur etwas sagen müssen!«

Hans fiel keine passende Erwiderung ein. Daher tauchte er kurz mit dem Kopf unter Wasser, verpasste jedoch nicht, wie Natalie aus dem Fluss kletterte, sich ihr Bikinihöschen richtete und sich ihm zugewandt auf ihr Brett setzte. Beide Beine baumelten seitlich ins Wasser. Demonstrativ stützte sie sich mit ihren Händen hinten ab, drückte ihre Brust hinaus und warf den Kopf in den Nacken. Natürlich musste sie sich dessen bewusst sein, wie ihr Verhalten auf Hans wirkte. Er erkannte deutlich die leichte Gänsehaut, die sich auf ihrem Körper abzeichnete. Er zwang sich, seinen Blick von ihren Brustwarzen zu lösen, die sich der Sonne entgegenstreckten. Trotzdem sehnte er sich danach, ihre Haut zu spüren.

Nein, nicht ich bin es, der einen Wunsch frei hat.

»Ich habe mir was einfallen lassen, wovon wir beide etwas haben. Etwas, das du dich nicht getraut hättest, von mir einzufordern!«, rief sie ihm zu.

»Was soll ich tun?«

»Lass dich überraschen!«

Ein weiteres Mal tauchte er ab.

Als Natalie später in seinem Auto neben ihm saß – diesmal hatte er sie mitgenommen –, wusste er noch immer nicht, was sie von ihm als Einlösung seiner Wettschuld forderte.

Sie hat gesagt, wir haben beide etwas davon. Was es wohl ist?

Er sah kurz zu ihr hinüber. Sie befeuchtete mit ihrer Zunge die Lippen und entfachte eine Kaskade von Fantasiebildern in ihm.

»Hier ist es, gleich dort kannst du parken.«

Er hielt vor dem Haus, zu dem sie ihn gelotst hatte. Das Wohngebäude sah neu aus, ringsum zierten Ahornbäume die Zufahrt.

»Du musst mit hochkommen, um deine Schuld zu begleichen.«

Nichts lieber als das!

Sofort hatte Hans die Erinnerung an ihre nackten Brüste vor Augen, die der Erdanziehung trotzten.

Wenige Minuten später saß er in der Wohnküche ihrer Singlewohnung auf der Couch, die mit Decken, Polstern und vielen Kuscheltieren zugepflastert war. Überall standen Kerzen herum. Natalie zündete sie gleich beim Eintreten an. Dann füllte sie den Wasserkocher und schaltete ihn ein.

So hatte sich Hans Natalies Zuhause nicht vorgestellt. Ihr Umgang mit ihm war immer unbekümmert, fast schon zu forsch. Das spiegelte ihre Wohnung gar nicht wider. *Ist eine Romantikerin in Natalie verborgen?*

»Ich habe noch einen Weißwein offen.«

Sie holte die Flasche aus dem Kühlschrank und schenkte ein. Hans nahm das Glas entgegen, stieß mit ihr an und trank.

Im Nu stellte Natalie ihr geleertes Glas auf den Couchtisch. »Warte hier, ich springe nur rasch unter die Dusche, bin gleich wieder bei dir.«

Schon war sie aus dem Zimmer, kurz darauf hörte er das Prasseln des Wassers. Nach etwa zwei Minuten wurde es still. Kurz darauf öffnete Natalie – in einen weißen Bademantel gehüllt – die Tür. Ohne ein Wort zu sagen, kam sie auf ihn zu und setzte sich neben ihn auf die Couch. Einige Augenblicke später küsste sie ihn. Zum ersten Mal seit Julianas Tod landeten die Lippen einer Frau auf seinen.

Sie schmeckte gut, wie eine Süßigkeit zum Hauptgang. Sofort war das Kribbeln zurück. Hans zog sie an sich, öffnete leicht seinen Mund. Ihre Zunge tastete sich sanft seiner eigenen entgegen. Natalies Atem war heiß. Als seine Hände ihren Weg unter den Bademantel suchten, stöhnte sie auf, nahe an seinem Ohr, der exotische Geruch ihres Parfums drohte, ihn zu berauschen. Er beherrschte sich, ganz sanft strich er über ihren Rücken, dann wanderten seine Hände tiefer. Ihr Po war fest, so wie er ihn sich in seiner Fantasie vorgestellt hatte. Die Haut fühlte sich noch zarter an. Natalie löste sich von ihm, er wollte sie zurückhalten, stand auf, doch sie wehrte ihn ab.

»So«, sagte sie. »Jetzt bist du dran, deine Schuld zu begleichen.«

Zwei Stunden später stand Hans in seiner eigenen Wohnung unter der Dusche. Noch immer hatte er ihren Geschmack im Mund. Er führte beide Hände an seine Nase und konnte deutlich das Öl riechen, mit dem er ihre Haut eingecremt hatte. Nachdem er an der Armatur gedreht hatte, schloss er die Augen. Lauwarmes Wasser prasselte auf seinen Rücken hinunter.

Hans roch den Duft von Wiesenblumen, spürte Natalies Körper unter seinem eigenen zucken, hörte sie aufstöhnen, fühlte ihre glatte Haut unter seinen Fingerspitzen, ihren straffen Po, die festen Brüste, ihre erregten Brustwarzen, die schlanken Beine. Er war in ihr, sie umschlang ihn, gab ihn wieder frei, zog ihn tiefer in sich hinein. Fester, härter, schneller, bis zum Bersten steigerte sich seine Lust. Alle seine Muskeln spannten sich an, er stöhnte, sein Körper bäumte sich auf und sackte in sich zusammen. Als er seine Augen öffnete, registrierte er, dass er allein unter der Dusche stand.

Sie waren in ihrem Schlafzimmer gewesen, er hatte ihr den Rücken eingeölt, und sie auf ihre Schulterblätter geküsst, langsam den Rücken hinunter. Seine Hände hatten schließlich ihre Rundungen massiert. Bedeckt nur von einem schmalen Höschen, war sie vor ihm auf der Matratze ihres Bettes gelegen. Ganz leicht hatte sie den Kopf angehoben und zu ihm nach hinten gesehen.

»Nicht«, hatte sie gesagt. »Hans, bitte die Steine.«

Er hatte seine Wettschuld eingelöst und ihr die grauen, glatten Steine einen nach dem anderen auf den Rücken gelegt. Die faustgroßen auf die Schultern, die kleineren, kieselsteingroß, legte er über die Nieren. Mit jedem warmen Stein, der ihre Haut berührte, seufzte sie zufrieden. Als kein Hot Stone übrig war, zog er ihr die Decke bis zum Kopf hoch.

Ein leises »Danke« hatte er von ihr vernommen, bevor er gegangen war.

KAPITEL 9

Ybbsitz

»Sonnenhangsiedlung, dort ist es«, sagte Reitbauer. Er zeigte auf die Wohnbauten vor Brandner, die wie große Stufen in drei Reihen nebeneinander am steilen Hang errichtet worden waren.

»Wo soll ich hier parken?«

»Nehmen Sie einfach einen von den reservierten Parkplätzen. Falls jemand das Kennzeichen nicht richtig deutet, landet die Anzeige sowieso bei mir.«

Brandner stellte seinen Audi auf einen der freien Plätze, die allesamt mit Schildern gekennzeichnet waren, die mit »AM« begannen.

»Siedelberger Martin, hier wohnt er.«

Reitbauer betätigte die Klingel. Es meldete sich niemand. Die beiden Beamten sahen sich an. Brandner hatte keine Lust, die vielen Stufen nach oben zu steigen, an jeder Tür anzuklingeln und zu fragen, ob man wisse, wann dieser Siedelberger wieder zu Hause sein würde.

Reitbauer zuckte mit den Achseln. »Einmal probiere ich es noch.« Er läutete Sturm, mindestens eine halbe Minute lang drückte er seinen Zeigefinger auf den Taster, der sich neben dem Namensschild von Siedelberger befand. »Wir hätten doch vorher anrufen sollen«, stellte der Postenkommandant schließlich fest.

»Ich will die Leute überraschen, sehen, wie sie reagieren, wenn wir auftauchen und sie erfahren, worum es geht.«

»Siedelberger ist vorbestraft wegen Wilderei. Der rechnet sicher damit, dass wir bald vor seiner Tür stehen.«

Auch wieder wahr.

»Wer ist der Nächste auf der Liste?«

Reitbauer lotste Brandner den Hubberg hinauf. Sie ließen die Wohnbauten und die am Hang errichteten Einfamilienhäuser hinter sich. Mehrere Kehren folgten, die Straße war schmal, Brandner fuhr bewusst langsam. Die Wiesen, die seitlich steil abfielen, wurden von den Bauern regelmäßig gemäht. Alles wirkte sehr gepflegt. Entlang der Fahrbahn und auf den Wiesen standen die Obstbäume, deren Früchte für die Herstellung des Getränkes verwendet wurden, dem das Mostviertel seinen Namen verdankte.

»Viele verwenden die Birnen, Äpfel und Zwetschken, um Schnaps zu brennen, der Obstbauer auch. Hier rechts abbiegen.«

Brandner befolgte Reitbauers Anweisung. Die Straße war zwar asphaltiert, aber so eng, dass keine zwei Autos nebeneinander Platz hatten. Dass es sich um Kirschbäume handelte, die an dieser Stelle die Straße säumten, hatte ihm Reitbauer sofort erklärt, als sie diese zu Gesicht bekommen hatten. Brandner hatte keine Ahnung von Obstbäumen.

Wahrscheinlich gehört das im Mostviertel zur Grundausbildung, ohne die man nicht aus der Schule entlassen wird.

»Die Schnäpse vom Obstbauern sind weithin bekannt. Er hat viele Preise gewonnen. Verkauft sie ab Hof, aber auch an Gasthäuser und an die Bioläden in der Umgebung.«

»Und er ist ein Waffennarr«, merkte Brandner an.

»Ja, ist jedoch alles im Rahmen und ganz legal. Er hat einen Schießstand und man kann auf Tontauben zielen. Richtige Wettbewerbe werden da ausgeschrieben.«

»Wahrscheinlich kennt er den Täter. Immerhin muss der irgendwo üben. Der hat nicht einfach so drauflosgeballert, sondern sehr genau getroffen.«

»Deswegen ist Michael auch an zweiter Stelle auf unserer Liste gelandet. Und er ist zu Hause.«

Vor dem Bauernhaus, dessen Fenster untypischerweise mit Fensterläden aus dunklem Holz versehen waren, goss ein Mann in einem rot-blauen Flanellhemd die Blumen in den Holztrögen links und rechts neben dem Hauseingang. Drei Sitzgarnituren an Gartenmöbeln, jeweils Holzbänke und Tische, standen etwas abseits. Haus, Garage und die Wirtschaftsgebäude wirkten neu.

»Michael betreibt auch einen Mostheurigen. Im Moment hat der aber geschlossen«, erklärte Reitbauer, als Brandner neben den Garnituren einparkte.

Michael Sallingers Gesicht war sonnengebräunt. An seiner Nase konnte man erahnen, dass er selbst seinen eigenen Schnaps verkostete und hin und wieder mit seinen Gästen anstoßen musste.

»Sepp, was verschafft mir die Ehre?«

Sallingers Händedruck war fest, seine Miene verfinsterte sich, als Reitbauer ihm den Grund ihres Besuches nannte.

»Wilderei ist kein Kavaliersdelikt, dafür habe ich nicht das geringste Verständnis«, sagte Sallinger.

Die Männer ließen sich auf einer der Sitzgarnituren nieder. Angenehm warm schien Brandner die Sonne ins Gesicht, blendete jedoch seine Augen, da er die Sonnenbrille im Wagen gelassen hatte. Sallingers Tochter servierte den Beamten jeweils ein Glas alkoholfreien Süßmost. Brandner beschattete seine Augen mit der rechten Hand und sah ihr nach.

Kein Dirndl, sondern Jeans und T-Shirt, offiziell ist der Heurige ja geschlossen.

»Ihren Schießstand, können wir uns den einmal ansehen?«, fragte Brandner.

Sallinger führte die beiden Polizisten zu einem Gebäude, das Brandner irrtümlich für eine Garage gehalten hatte. Darin waren fünf Seilzüge zwischen der hinteren Wand und den Abschussplätzen gespannt. Brandner schätzte die Entfernung auf 25 Meter. In einem separaten Raum lagerten die Gewehre und Pistolen. Die Tür war mit zwei Schlössern gesichert. Die Waffen befanden sich wiederum in verschlossenen Schränken. Sallinger selbst hatte drei Gewehre mit demselben Kaliber, das der Wilderer verwendet hatte.

Die Anlage für das Tontaubenschießen befand sich dahinter im Freien. Zwei Abschussvorrichtungen für die Tauben waren fix montiert. Außerdem waren mehrere Zielscheiben in unterschiedlicher Entfernung angebracht. Auf diese konnte geschossen werden, ohne jemanden zu gefährden, da der Hang dahinter steil anstieg, sodass ein fehlgeleiteter Schuss in der Erde landete.

»Alles legal und behördlich genehmigt«, erklärte Sallinger. »Am Sonntagnachmittag und am Mittwochabend treffen sich die Mitglieder unseres Sportschützenvereins, natürlich dürfen sie auch zu anderen Zeiten kommen, wenn sie ein Gewehr einschießen wollen«, merkte er an, als die drei Männer zum Haus zurückgingen.

»Wir hätten gerne die Mitgliederliste vom Schützenverein«, sagte Brandner. Er nahm gegenüber von Sallinger wieder auf der Bank der Sitzgarnitur Platz. Reitbauer setzte sich ebenfalls.

»Kein Problem, ich sende sie dir per E-Mail«, sagte Sallinger zu Reitbauer. Der bedankte sich.

Ein fortschrittlicher Bauer. Hätte ich nicht gedacht, den hier in der Provinz zu finden. Wahrscheinlich ein weiteres Vorurteil, das ich revidieren sollte.

»Der Form halber: Können Sie mir bitte sagen, wo Sie sich am Mittwoch, dem 6. Mai, in der Früh und am Vormittag aufgehalten haben?«

»Hier, ich bin meistens zu Hause, komme selten raus.«

»Kann das jemand bezeugen?«

»Meine Tochter und meine Frau.«

Wie viel die Aussagen von den Familienmitgliedern wert sind, kann ich mir denken, aber bitte. Seine Gewehre kann ich nicht beschlagnahmen, nur weil sie dasselbe Kaliber haben wie das des Wilderers. Da würden mehr als die Hälfte der Jäger ohne Waffe dastehen, und unsere Kriminaltechniker wären mit dem Abgleich wochenlang beschäftigt. Die würden mich für verrückt erklären, wegen einem Wilderer so einen Aufwand zu betreiben. Da kann ich ihnen noch so sehr mit dem Fall vom Annaberg kommen.

Sallingers Tochter trat ins Freie, ihr Vater gab ihr ein Zeichen. Gehorsam trat sie an den Tisch. Auf Brandners Frage hin bestätigte sie: »Vater war an dem Tag daheim.«

»Hat noch jemand außer den Vereinsmitgliedern in den letzten Wochen und Monaten Ihren Schießstand benutzt? Haben Sie ihn vermietet?«

»Nein.«

Sallingers Tochter hatte zu einer Antwort angesetzt, ihr Vater war aber schneller gewesen. Brandner bemerkte den überraschten Blick in ihren Augen, sie blieb jedoch stumm.

»Ich nehme an, am 10. und 11. Mai waren Sie auch hier?«, fragte Brandner weiter.

»An einem der Tage ist der Bock auf der Schusteralm geschossen worden, stimmt's? Ja, ich bin in der Woche nicht fortgekommen, nur am Sonntag, da bin ich kurz in die Kirche.«

Die Tochter nickte eifrig.

Hier richten wir heute nichts aus. Der 10. Mai, das war der Sonntag. Er hätte theoretisch Gelegenheit gehabt, statt in die Kirche auf die Schusteralm zu fahren … Vielleicht deckt ihn seine Tochter.

»Mailen Sie uns bitte die Liste. Und falls sich irgendjemand verdächtig verhalten hat, oder Sie auch nur eine vage Vermutung haben, wer der Wilderer sein könnte, lassen Sie es uns wissen. Sie können mich jederzeit anrufen.«

Brandner gab Sallinger seine Visitenkarte. Auch der Tochter reichte er eine Karte mit seiner Telefonnummer und E-Mail-Adresse.

»Vergessen Sie nicht, was der Wilderer vom Annaberg angerichtet hat. Einen zweiten Fall dieser Art müssen wir unbedingt vermeiden. Falls Sie irgendetwas wissen, ist es unverantwortlich, es uns nicht mitzuteilen!« Während er sprach, sah Brandner der Tochter in die Augen.

»Wir haben Ihnen alles gesagt.«

Sallinger stand auf. Seine Tochter blickte beschämt zu Boden, murmelte »Wiedersehen«, nahm die Gläser vom Tisch, drehte sich um und ging rasch zum Haus. Dort verschwand sie aus Brandners Blickfeld durch die Eingangstür.

KAPITEL 10

Wien

Die aktuelle Ausgabe des Wochenmagazins klemmte unter Hans' Arm, als er Resi auf ihre Wangen küsste. *Gott sei Dank hat sie sich geduscht und die Haare gewaschen, aber ihr Gesicht ist noch blasser als zuletzt.* »Dein Haar ist dunkelbraun, fast schwarz«, stellte er fest, als er ihr in den Wohnbereich folgte, den er aus der Perspektive vom gegenüberliegenden Fenster nur zu gut kannte.

»Mir gefällt es so.«

»Deine natürliche Haarfarbe sagt mir mehr zu. Goldbraun steht dir einfach besser.«

Er setzte sich an den Platz am Küchentisch, an dem er gewöhnlich saß, wenn er Resi besuchte.

»Hm«, erwiderte Resi knapp.

»Hier, ich habe das Wochenmagazin mitgebracht.«

Er schob ihr die Zeitung über den Tisch hinweg zu.

»Wie sicher ist Ihr Geld?« stand in Großbuchstaben als Headline auf dem Cover der Zeitschrift. Passend dazu waren verschiedene Euroscheine und Münzen abgebildet. Ausnahmsweise zierte kein Gesicht einer jungen Frau und kein Antlitz eines erfolgreichen Mannes das Cover des Magazins. Hans hatte die Zeitung nicht gelesen, aber der Titel klang für ihn unverfänglich. Der Inhalt sollte helfen, seine Schwester auf andere Gedanken zu bringen.

Weg vom Fernseher, Schluss mit Trübsal blasen.

»Ich gebe nur schnell die Lasagne ins Rohr.«

Die beiden Fertiggerichte lagen in ihren Originalverpackungen auf dem Ceranfeld des Ofens. Hans erkannte, dass sie immerhin das teurere Bioprodukt des Supermarkts gekauft hatte. Resi schaltete auf 180 Grad und Umluft, löste die beiden Deckel ab und beförderte diese in den Mistkübel.

»Salat gibt es leider keinen. Ich bin nicht dazu gekommen, einen zu kaufen.«

Hans zwang sich, verständnisvoll zu nicken.

Ich darf nicht vergessen, was sie durchgemacht hat. Resi ist traumatisiert.

»Macht nichts, zur Lasagne brauchen wir sowieso kein Grünzeug!«

Auch mit dieser Aussage schaffte er es nicht, seiner Schwester den Ansatz eines Lächelns abzuringen.

Resi setzte sich zu ihm an den Tisch und begann, das Magazin von vorne nach hinten durchzublättern. Die Karikaturen im Heft zauberten ebenso kein Schmunzeln in ihr Gesicht, stattdessen wurden ihre Stirnfalten tiefer, als sie einen Artikel über Vergewaltigungsopfer las. Danach folgte ein Bericht über eine Serienmörderin, die mehrere Liebhaber ermordet hatte und dafür im Gefängnis saß.

»War vielleicht doch keine gute Idee, dir die Zeitung mitzubringen.«

»Ist schon gut, so ist die Welt nun einmal.«

»Aber es ist nicht alles schlecht! Du musst dich nur wieder unter Leute trauen.«

Resi sah von der Zeitschrift auf. »Dafür ist es zu früh.«

»Gehst du noch zum Psychiater?«

»Nein, von denen habe ich genug.«

»Psychopharmaka?«

»Nehme ich nicht mehr.«

Aber Alkohol trinkst du im Übermaß, lag es ihm auf der Zunge, er hielt sich jedoch zurück. Von ihrem Alkoholkonsum konnte er nichts wissen – nicht bevor er sie irgendwann sturzbetrunken antraf – und das war bisher nicht passiert.

Ihre geröteten Augen sind eine Nachwirkung von gestern, aber ich rieche nichts, ihr Atem ist in Ordnung. Heute hat sie nichts getrunken.

Erst jetzt registrierte er, dass Resi Kaugummi kaute, was sie früher nie getan hatte.

»Du solltest weiterhin professionelle Hilfe in Anspruch nehmen.«

»Nie wieder will ich in eine Anstalt!«

Ihre Stimme bebte, die Augen funkelten ihn zornig an.

»Das meinte ich nicht, aber regelmäßige Gespräche mit einem Psychotherapeuten oder vielleicht in einer Selbsthilfegruppe würden dir guttun.«

Ihr Blick richtete sich auf die Seiten des Magazins.

»Gib mir einfach etwas Zeit.«

Rasch blätterte sie nach vorn. Mit einem Mal wurde ihr Gesicht noch blasser, ihr rechtes Auge zuckte mehrmals hintereinander. Sie stand auf und lief zum Herd.

»Was ist?«

Dann sah er es.

»Traumhochzeit in Weiß bei Schuster Schuhe« war in fetten Buchstaben im Boulevardteil der Zeitung zu lesen. Jennifer Chan und Eugen Schuster, als Paar abgebildet, grinsten ihm aus dem Heft entgegen. Die Chinesin war schlank wie immer, die schwarzen Haare hatte sie hochgesteckt. Eugen Schusters Gesicht wirkte, als wäre er im Solarium gewesen. Es handelte sich sicher um keinen Schnappschuss eines Paparazzos. Augenscheinlich hatten die beiden selbst das Foto an die Presse übermittelt. Hans drehte die Zeitung um 180 Grad und zog sie näher zu sich heran, sodass er den Text neben dem Bild lesen konnte.

Auch Jennifers Vater, Chan senior, wurde in dem Artikel erwähnt. Die Verlobungsfeier würde ohne ihn stattfinden, aber bei der Hochzeit würde er seine Tochter höchstpersönlich zum Altar führen. Um ihrem Verlobten entgegenzukommen und als Anerkennung der christlichen Tradition in ihrem neuen Heimatland hatte sich Jennifer Chan taufen lassen und bereits die Sakramente der Erstkommunion und der Firmung erhalten.

Die Braut würde in Weiß heiraten. Das Paar plante, sich in der kleinen Wallfahrtskirche Maria Seesal in Ybbsitz das Jawort zu geben.

Chan wird dort sein, schoss es Hans durch den Kopf. Er sah währenddessen, wie Resi damit kämpfte, genug Energie aufzubringen, um die beiden Lasagneportionen mitsamt der Kartonverpackung aus dem Rohr zu hieven.

Dafür ist Chan verantwortlich! Er hat Juliana auf dem Gewissen. Er ist schuld daran, dass Resi ein Wrack ist. Hans dachte an den Wandschrank in seiner Wohnung und daran, dass er in den vergangenen Tagen nachlässig geworden war. Nicht mehr an jedem Abend hatte er sein Steyr-Elite-Präzisionsgewehr aus der Halterung genommen.

Morgen muss ich zum Schießstand.

Hans' Smartphone meldete sich.

»Hallo, Natalie.«

»Hast du morgen Zeit?«

Er zögerte.

»Nein. Oder doch, aber erst am Nachmittag, dann bin ich voll und ganz für dich da«, sagte er schließlich.

»Gut, abgemacht, ich hole dich ab.«

»Was machen wir?«, wollte er wissen.

»Sag ich dir nicht.«

Er legte auf, nachdem sie sich verabschiedet hatten.

»War das etwa deine neue Freundin?«

Resi stellte die beiden Teller, auf denen sie die Lasagne angerichtet hatte, auf den Tisch. Sie wirkte nach wie vor aufgewühlt.

»Freundin ist wohl noch zu viel gesagt.«

KAPITEL 11

Waidhofen

»Schwägerin in spe, möchtest du noch Wein?«, wollte Valerie Schuster von ihr wissen.

Jennifer Chan war irritiert. *Schwägerin in … was soll das heißen?*

»Wenn du mit Eugen verheiratet bist, wirst du meine Schwägerin. Da es noch nicht soweit ist, sagt man ›in spe‹.«

»Ah, alles klar, verstehe, und ja, bitte einen Schluck.«

»Dann wirst du meine Ehefrau, meine Gattin sein.« Eugen saß neben ihr auf der Couch in Valeries Wohnzimmer. Er legte seine Hand in ihre.

»Ich weiß, so schlecht ist mein Deutsch auch wieder nicht.« Sie erwiderte seinen Händedruck und lächelte ironisch.

Corinna, die vierte Person am Tisch, meldete sich zu Wort: »Wir beneiden euch beide. Man sollte das nicht sagen, das ist mir klar, aber für uns ist eine Hochzeit in weiter Ferne.«

Corinna drehte sich zu ihrer Lebensgefährtin Valerie um, die Jennifers Glas mit Zweigelt aus dem Burgenland auffüllte.

»Du weißt, wie das ist«, sagte Valerie. »Du selbst willst kein Aufsehen erregen, keinen Skandal erzeugen, auch wenn er noch so klein wäre.«

»Seit Conchita Wurst sind in Österreich alle liberal und tolerant. Angeblich. Ganz einfach könnten wir zu unserer Beziehung stehen«, entgegnete Corinna.

Jennifer entging ihr sarkastischer Unterton nicht.

»Du kommst aber zu unserer Vermählung?«, fragte Jennifer Corinna.

»Ja, als Geschäftspartnerin, nicht als Valeries Lebensgefährtin.«

Valerie versuchte, die Hand ihrer Geliebten zu drücken. Jennifer sah, dass Corinna diese ihrer zukünftigen Schwägerin entzog.

»Ich zertifiziere ja für deinen Vater seine Betriebe, sodass ihr überhaupt erst mit dem Fair-Deal-Gütesiegel arbeiten könnt«, fügte Corinna hinzu.

»Also, Corinna, ich habe kein Problem damit, wenn du an unserem Tisch sitzt, und zwar als Lebensgefährtin von Valerie. Du doch sicher auch nicht, Jennifer?«, fragte Eugen.

Du bist zu gutherzig. Damit ruinierst du die Hochzeit. Wir sollten im Mittelpunkt stehen, nicht das Lesbenpaar, damit niemand auf die Idee kommt, diese ganze Hochzeit wäre eine Farce!

Jennifers »Nein« kam verspätet und zu leise aus ihrem Mund, sodass sie von Valerie übertönt wurde.

»Ich finde, es reicht, wenn du bei der Hochzeit dabei bist, Corinna. Ich freue mich darüber, will mir aber das Getratsche ersparen, das sicher noch lauter wird, wenn du bei uns an der Hochzeitstafel Platz nimmst.«

Corinnas Augen waren starr auf Valerie gerichtet. »Wenn du dich für mich schämst, bleibe ich zu Hause und verbringe das Wochenende in Wien.«

Wenn Blicke töten könnten …

Jennifer lehnte sich zurück. Eugen hielt krampfhaft ihre Hand fest. »Meine Schwester schämt sich doch nicht für dich. Überall hängen Bilder von dir. Allein im Wohnzimmer sind drei.«

Corinnas Gesichtsfarbe wechselte von blass auf rötlich.

»Trotzdem versteckt sie mich.«

Das kann man nicht gerade behaupten. Als Jennifer das Wohnzimmer betreten hatte, war sie überrascht gewesen. Das Ölgemälde an der Wand gegenüber zeigte eindeutig Corinna mit laszivem Blick. Die Beine überkreuzt trug sie nur schwarze Stöckelschuhe. Ihre Hände ruhten auf nackten Knien. Leicht nach vorne gebeugt und unter dem seitlichen Druck der Oberarme zogen Corinnas Brüste die Aufmerksamkeit des Betrachters auf sich.

Der Akt ist ein Kunstwerk, ohne Zweifel. Valerie zeigt allen, was sie an Corinna findet. Zumindest jedem, den sie zu sich nach Hause einlädt, schränkte Jennifer in Gedanken ein.

»Es stimmt, Valerie geht nicht Händchen haltend mit dir durch Waidhofen, aber dadurch will sie dich schützen«, erklärte Eugen. »Hier in der Provinz sind wir konservativer als in der Stadt.«

»Du weißt, dass ich dich liebe und nicht verstecke. Alle wissen, wir sind ein Paar! Aber wir sollten unser Glück nicht überstrapazieren«, erklärte Valerie.

Alle Augenpaare waren auf Corinna gerichtet. Diese trank von ihrem Rotwein.

»Also gut«, sagte Corinna schließlich. »Ich komme, und zwar als Geschäftspartnerin und Freundin der Familie. Schließlich will ich dem Paar die Hochzeit nicht vermiesen.«

Corinna sah Eugen und anschließend Jennifer an.

»An diesem Tag soll sich alles um euch beide drehen. Nichts soll die gute Stimmung stören«, betonte sie.

Genau! Gut, dass du das auch so siehst. Jetzt brauchst du dich nur mehr daran zu halten.

»Danke«, sagte Jennifer. »Ihr kommt doch alle zur Eröffnung der Schuhfabrik?«, wechselte sie das Thema. Ihr Vater hatte sie beauftragt, die Bestätigung dafür einzuholen.

»Die Einladung nach Äthiopien lasse ich mir nicht entgehen, und Corinna kann sich einen ersten Überblick über den notwendigen Ablauf des Zertifizierungsprozesses verschaffen, nicht wahr, Liebling?«, fragte Valerie.

»Genau, ich bin schon sehr neugierig. In dem Teil Afrikas war ich noch nie und bin in jedem Fall dabei.«

»Wie sieht es mit deiner Mutter aus?«, wollte Jennifer von ihrem Verlobten wissen.

»Sie hat zugesagt, ist ganz aufgeregt«, sagte Eugen. »Nur Onkel Samuel bleibt weiter bei seiner Absage. Der ist mit seiner Almhütte verheiratet und will Österreich nicht verlassen. Zur Hochzeit kommt er natürlich.«

Das hatte Jennifers Vater vorausgesehen, sie nickte.

»Wann realisiert ihr die Pläne mit der Im-Shop-Fertigung?«, wollte Valerie wissen.

Jennifer registrierte, wie Eugen sich aufrichtete. Mit einem Mal sprühte er geradezu vor Energie. Dieses Steckenpferd Eugens bereitete ihr deutlich mehr Kopfzerbrechen als die Hochzeitsvorbereitungen.

KAPITEL 12

Sankt Pölten

»Musste mir heute extra Urlaub nehmen!« Martin Siedelberger stand vor Brandner, der ihm ruhig seine rechte Hand entgegenstreckte.

»Kommissar Brandner, LKA Niederösterreich, danke, dass Sie sich die Zeit nehmen.«

Fester Händedruck, auch sonst strahlt Siedelberger Selbstbewusstsein aus. Oder versucht es zumindest.

Brandners Verdächtiger trug eine schwarze Anzughose, ein weißes Hemd, ein grünes Trachtensakko und eine einfarbige ebenso grüne Krawatte. Die schwarzen Halbschuhe waren blitzblank poliert.

Nur der dunkle Dreitagebart passt nicht ins Bild. Da hat sich anscheinend der Revoluzzer in ihm durchgesetzt.

»Setzen Sie sich bitte.«

Die beiden Männer befanden sich in einem der Besprechungszimmer des LKA in Sankt Pölten. Brandner bevorzugte es, dort mit dem ersten Verdächtigen zu reden und nicht im Vernehmungszimmer. Das Besprechungszimmer war freundlicher. Durch eine Glasfront drangen Sonnenstrahlen ins Innere. Einen Spiegel, durch den man von außen beobachtet werden konnte, gab es nicht.

»In meinen Unterlagen sehe ich, dass Sie einen Lehrabschluss als Maschinenschlosser haben.«

»Ja, bin Geselle.«

»Für welchen Betrieb arbeiten Sie derzeit?«

»AKBF, 'tschuldigung, die ›Austrian Knife and Blade Factory‹ in Ybbsitz.«

Das darf doch nicht wahr sein! Wie klein ist das Mostviertel eigentlich? Letztes Jahr hatte Brandner im Umfeld der AKBF ermittelt, um dem Serienmörder Peter Schwarz auf die Schliche zu kommen. Mit einem Industriemesser der Messerfabrik hatte er einem seiner Opfer die Fingerkuppen abgeschnitten.

»Den Betrieb kenne ich. Sie stellen verschiedenste Industriemesser her. Das Firmengelände liegt nahe der Schuster Schuhe GmbH.«

»Stimmt.« Siedelberger fuhr fort: »Werden mit Aufträgen zugeschüttet, kommen kaum nach, weiß auch nicht, warum alle von einer Krise reden. Andere Betriebe haben vielleicht Probleme, bei uns ist davon nichts zu spüren. War daher nicht leicht freizukriegen.« Nach einer Pause erklärte er weiter: »Konnte dem Schichtführer nicht sagen, dass ich eine Vorladung vom LKA habe. Wie hätte das denn ausgesehen?«

Wieso nicht, hätten Sie es denen einfach erklärt. Die hätten es verstanden. Bei Ihrer Vergangenheit …

»Wir waren vor Ihrer Wohnung in Ybbsitz, da hat uns niemand geöffnet.«

»Hab deswegen mit Reitbauer telefoniert. Da hab ich gearbeitet, als Sie da waren. Wir hätten schon einen Termin gefunden für ein Treffen in Waidhofen oder Ybbsitz.«

»Die Fahrtkosten erhalten Sie ersetzt.«

»Aber der Urlaubstag ist vertan.«

»Vor neun und vor sechs Jahren wurden Sie jeweils wegen Wilderei angeklagt und auch verurteilt«, kam Brandner auf den Grund der Vorladung zu sprechen.

»Das war blöd von mir. War 16 beim ersten Mal. Haben damals in der Ybbs Forellen gefischt. Schwarz natürlich. Meine Freunde und ich.«

»In den Akten steht nichts von Freunden.«

»Gewildert hab ich ganz allein, das war mein Ding, wollte so schnell wie möglich die Jagdprüfung ablegen, konnte es nicht erwarten. Da hab ich mir das Gewehr vom Alten geschnappt und bin auf die Pirsch gegangen.«

»Und dabei wurden Sie erwischt.«

»Genau, mit 16 passiert einem nicht viel, habe ja die Lehre gemacht, wollten mir mein Leben nicht verpfuschen. Mein Alter hat da mehr Probleme bekommen.«

»Mit 19 wurden Sie rückfällig.«

»Ja, war ein Fehler.« Siedelberger schüttelte den Kopf. »Damals war ich beim Heer, habe festgestellt, dass es mit der Jagdprüfung nicht so einfach wird, weil ich gewildert habe. Sehen die nicht gerne. Dann hat meine Freundin Schluss gemacht. Die Schlampe hat's schon lange mit einem anderen getrieben, hab ich nachher erfahren. Da bin ich losgezogen. Konnte nicht anders. Musste sein.«

»Verstehe, Herr Siedelberger, hat vielleicht vor Kurzem wieder eine Freundin, Lebensgefährtin oder wer auch immer mit Ihnen Schluss gemacht? Sie betrogen? Ist irgendetwas vorgefallen, das Sie so aufgebracht hat, dass Sie losziehen mussten und die armen Tiere abgeknallt haben?«

Siedelberger schüttelte den Kopf. Brandners Gegenüber schaute ihm in die Augen und hielt seinem prüfenden Blick stand. »Seit damals habe ich auf keine Tiere mehr geballert.«

»Aber Sie haben sehr wohl geschossen.«

Kurz zögerte Siedelberger, bevor er nickte.

»Bin im Sportschützenverein beim Sallinger, kann mir dort ein Gewehr ausleihen. Nur für den Schießstand, mitnehmen geht nicht. Sallinger wird das sicher bestätigen.«

Ja, das wird der gute Sallinger. Der hält dicht, sagt mir rein gar nichts, was ich nicht sowieso herausfinde.

»Sind Ihnen vielleicht Personen aufgefallen, die am Schießstand von Herrn Sallinger, sagen wir, geübt haben, die nicht Mitglieder im Schützenverein sind?«

Brandner sah, wie Siedelberger zu einer Antwort ansetzte, dann innehielt und verneinte. Auch auf das nochmalige Nachfragen des Kommissars blieb der junge Mann dabei. Abschließend wollte Brandner von Siedelberger wissen, wo er sich am 6. Mai am Vormittag aufgehalten hatte.

»Zu Hause, Reitbauer hat mir schon erklärt, dass ich das wissen sollte, da Sie mich danach fragen werden. Hatte Nachmittagsschicht, habe das am Kalender geprüft. Bin davor nicht raus aus der Wohnung, hab lange geschlafen.«

Also hat er kein Alibi. Angeblich besitzt er keine Waffe. Durchsuchungsbefehl? Dafür reichen Vermutungen nicht.

KAPITEL 13

Waidhofen

Jennifer Chan nahm das Smartphone von Bob Lee entgegen. Sie befand sich in ihrem Büro im Gebäude der Schuster Schuhe GmbH in Waidhofen.

»Hallo, Jennifer«, hörte sie ihren Vater in ihrer Muttersprache sagen.

»Wo bist du gerade?«

»In Hongkong, auf dem Weg zum Flughafen.«

»Kommst du früher nach Österreich?«

»Nein, ich fliege nach Äthiopien. Die Afrikaner beschäftigen mich mehr, als ich gedacht habe. Es war trotzdem die richtige Entscheidung.«

Jennifer setzte sich und gab Lee ein Handzeichen, ihr Büro zu verlassen. Der Chinese bewegte sich nicht von der Stelle.

In seinem grauen dreireihigen Anzug sieht er aus wie ein Banker in London oder Hongkong, aber das ist er nicht. Er verhält sich, als gehöre ihm die Firma.

»Vater, einen Moment bitte.«

Jennifer nahm das Smartphone von ihrem Ohr.

»Ich möchte mit meinem Vater kurz allein sprechen. Danach bringe ich das Telefon zurück.«

Lee nickte kaum merklich. In seinem Gesicht erkannte Jennifer keine Gefühlsregung. Die rechte Hand ihres Vaters drehte sich um und verließ wortlos ihr Büro. Verärgert erhob sich Jennifer, ging rasch zur Tür und schloss sie bewusst geräuschvoll hinter ihm. Danach legte sie Lees Telefon auf die Holzplatte ihres Schreibtisches und schaltete es auf Lautsprecher.

»So, jetzt können wir ungestört sprechen.«

»Wer war denn noch da? Außer Lee versteht uns doch bei dir in Österreich sowieso niemand.«

»Ich habe Lee hinausgeschickt. Er muss nicht alles wissen.«

»Vor ihm habe ich keine Geheimnisse. Das weißt du.«

Er erledigt ja auch die Drecksarbeit für dich. »Eben, über Lee will ich mit dir reden. Ich verstehe nicht, wieso du ihn zu mir geschickt hast.«

»Er soll auf dich aufpassen. Darauf achten, dass dir nichts passiert.«

Oder sicherstellen, dass ich es nicht in letzter Sekunde verbocke.

»Fast zwei Jahre war ich nun meistens allein hier. Ich weiß nicht, wieso ich ausgerechnet jetzt in so großer Gefahr sein soll, dass du mir einen wie Lee zur Seite stellst.«

»Vertrau mir einfach.«

»Aber er ist ein …«

»Telefonate! Telefonate können abgehört und aufgezeichnet werden!«, unterbrach ihr Vater sie. Seine Stimme klang deutlich lauter als zuvor. »Denk immer daran!«, fügte er nach einer kurzen Pause leiser hinzu.

»Keine Angst, ich sage schon nichts, was uns in Schwierigkeiten bringt.«

So dumm, mich selbst zu belasten, bin ich nicht. Das weiß Vater nur zu gut.

»Wie laufen die Hochzeitsvorbereitungen?«

»Gut, alles läuft nach Plan.«

»Dein Bräutigam bekommt keine kalten Füße?«

»Nein, wir waren erst kürzlich bei seiner Schwester zu Besuch.«

»Und diese Corinna war auch da.«

»Woher ...« *Bob Lee muss es ihm gesagt haben.* »Es ist alles in Ordnung. Wir hatten eine kleine Diskussion, sie kommt natürlich zur Hochzeit, sitzt aber nicht an der Brauttafel.«

»Okay, gut.«

»Blumen, Torte, Musik, alles ist organisiert. Und wir werden mit einer Kutsche zur Kirche fahren.«

»Und das mit der kirchlichen Hochzeit muss wirklich sein?«

Jennifer seufzte.

»Das habe ich dir doch schon mehrmals erklärt«, sagte sie. »Hier in Österreich ist der römisch-katholische Glaube, der mit Abstand am meisten verbreitete. Es ist Tradition, sich in der Kirche von einem Pfarrer vor der ganzen Gemeinde trauen zu lassen.«

»Ja, das verstehe ich, aber auch wir haben unsere Traditionen.«

»Du warst es, der wollte, dass ich einen der Schusters heirate. Du musst die Konsequenzen akzeptieren. Es muss alles echt aussehen.«

»Gewöhne dich lieber nicht zu sehr daran, mit ihm verheiratet zu sein.«

Vater macht sich Sorgen. Er denkt, ich verliebe mich in Eugen. Deswegen ist Lee hier! »Ich habe unser Ziel nicht vergessen.« Durch die Hochzeit und die Scheidung zum richtigen Zeitpunkt, unter den richtigen Vorwänden, wollten Jennifer und ihr Vater sich weitere Anteile an der Schuster Schuhe GmbH sichern. Ihr Vater besaß 49 Prozent der Firma und durch mindestens die Hälfte von Eugens Anteilen wären die Chans in Zukunft Mehrheitseigentümer.

»Und Schuster verlangt keinen Ehevertrag?«

»Nein, Eugen hat kein einziges Mal davon gesprochen.«

»Er weiß, dass wir Geld haben. Immerhin gehören mir die Schuhfabriken.«

Und ich besitze nichts. Noch nichts. Wenn ich Eugen heirate, ändert sich mein Anspruch. Eugen hat seinen Anteil an Schuster Schuhe von seinem Vater geerbt. »Wann holst du Lee wieder zu dir? Hier stört er nur.«

»Bob bleibt bis zur Hochzeit bei dir.«

»Aber ich brauche ihn nicht.«

»Keine Widerrede.«

»Und danach?«

»Danach geht er einige Zeit nach Äthiopien.«

Immerhin, ein Lichtblick.

»Gut, dann halte ich ihn eben bis zur Trauung noch aus.«

»Bob ist ein guter Mann, vergiss das nicht.«

Als ob ich je vergessen könnte, was Bob Lee für eine Art von Kreatur ist.

»Kommen alle Schusters zur Fabrikeröffnung nach Äthiopien?«, fragte ihr Vater.

»Ja, alle außer Samuel Schuster. Eugen und ich haben danach unsere Hochzeitsreise nach Madagaskar geplant. Die Flüge sind gebucht.«

Wahrscheinlich muss ich Lee die paar Tage in Äthiopien auch noch aushalten. Nach Madagaskar kommt er nicht mit.

»Aha, und den alten Samuel Schuster könnt ihr nicht überreden?«

»Nein, der hat definitiv abgesagt. Aber Eugens Mutter und Valeries Lebensgefährtin kommen.«

»Gut, kann man nichts machen, wenn der alte Schuster nicht will.«

»Genau, Vater, jetzt muss ich in eine Besprechung«, log Jennifer.

»Die Im-Shop-Produktion?«, wollte ihr Vater wissen.

Die Frage musste kommen. »Eugen lässt sich nicht davon abbringen«, antwortete Jennifer. »Tut mir leid!«

»Ich investiere gerade ein Vermögen in eine Fabrik in Afrika, um unsere Produktionskapazität auszubauen, und dein Verlobter denkt daran, lauter kleine Fertigungen in den Verkaufsstores einzurichten! Auch wenn uns die ganze Firma bald gehört, bringt mir niemand das Geld zurück, das er für seine Hirngespinste aus dem Fenster wirft.«

»Seit dem Technologieforum, das Eugen in Italien besucht hat, ist er davon fest überzeugt. Die Technik ist so weit fortgeschritten, dass man auf Kundenwunsch einen Sportschuh innerhalb kurzer Zeit im Geschäft automatisch und maßgefertigt herstellen kann. Wenn wir es nicht machen, tut es die Konkurrenz, sagt er.«

»Wir sind doch mit unseren fair hergestellten Sportschuhen derzeit sehr erfolgreich. Wieso belässt er es nicht dabei?«

»Die waren Jakobs Idee. Du weißt, dass Eugen seinen Cousin nicht ausstehen konnte.«

»Ich lasse mir das jedenfalls nicht bieten!«

Die Schusters halten noch die Mehrheitsanteile, wir können im Moment nichts machen.

»Gewöhn dich lieber nicht daran, lange mit dem Schuster verheiratet zu sein«, stellte Jennifers Vater nach einer kurzen Pause nochmals fest.

Sie antwortete nichts darauf, sondern wünschte ihm eine gute Reise und legte auf. Nach dem Telefonat starrte sie auf Bob Lees Smartphone. Die Versuchung war groß. *Ich könnte seine zuletzt gewählten Rufnummern prüfen. Seine E-Mails lesen. Das Webprotokoll durchgehen. Aber er würde es merken.*

Bob Lee war nicht jemand, den sich Jennifer Chan zum Feind machen wollte. Deshalb verzichtete sie darauf, in seiner Privatsphäre herumzuschnüffeln.

Auch wenn er bei mir keinerlei Skrupel hat.

Jennifer nahm Bob Lees Telefon und verließ ihr Büro. Lee erwartete sie wenige Meter entfernt im Gang. Kalte Augen sahen ihr entgegen, als sie auf ihn zuging.

KAPITEL 14

München

Diesmal war es Hans, der Natalie überraschte. Sie wusste nicht, wohin sie unterwegs waren. Genau so war es ihm ergangen, als Natalie ihn am Tag nach dem Abendessen bei Resi zum ›Dinner in the Dark‹ entführt hatte. Es war aufregend gewesen, im Dunkeln mit ihr zu essen.

Er hatte die Bahntickets besorgt. Von Wien ging es über Linz bis Salzburg, von dort weiter mit dem Bus nach München.

Das Fünfsternehotel lag gegenüber vom Busbahnhof. Wenige Minuten nach ihrer Ankunft in München checkten sie ein.

»Unglaublich, das Hotel!«

Nicht zum ersten Mal an diesem Tag machte Natalie große Augen. Hans war beruhigt. Das Überraschungswochenende in München war ein Volltreffer. Er bekam einen Schmatz auf die Wange, dann noch einen auf den Mund.

Die Website hatte nicht zu viel versprochen: perfekte Lage, außen alte Gemäuer, innen modern eingerichtet.

Hans erwiderte ihre Küsse. Währenddessen öffnete ihnen die Kofferträgerin die Zimmertür. Sie traten ein.

Die erste Enttäuschung: Das Zimmer wirkte zu finster, zu unfreundlich, zu steril. *Gegen Letzteres können wir hoffentlich etwas unternehmen,* sagte sich Hans, als er das große Doppelbett sah.

Die Hotelangestellte verabschiedete sich, ohne Trinkgeld anzunehmen.

»Schön«, sagte Natalie. »Mir gefällt es! Jetzt erkunden wir die Stadt!«

An den Fensterscheiben suchten sich erste Regentropfen ihren Weg nach unten.

»Es regnet. Von mir aus können wir es uns auch im Zimmer gemütlich machen«, schlug Hans vor.

»Komm schon! Wir sind beide nicht aus Zucker, und du hast doch einen Schirm. Ich bin zum ersten Mal hier und will die Stadt sehen!«, ließ Natalie keine Widerrede gelten.

Die Sightseeing-Tour durchs Stadtzentrum, inklusive Frauenkirche, Residenz, Märkte und Parks beanspruchte mehrere Stunden. Überall begegneten ihnen blau-weiße Fahnen und Stoffmuster in denselben Farben. Nur selten stießen sie auf das Rot von Bayern München, nach dem Hans Ausschau hielt.

Sie schlenderten durch eine schmale Fußgängerzone. Zufällig sah Natalie das Hard-Rock-Cafe-Schild und gleich auf der entgegengesetzten Seite lag das Hofbräuhaus.

»Das muss man gesehen haben, wenn man in München ist«, waren sie sich einig.

Allerdings erwies sich die Einrichtung als ungeeignet für gemütliche Zweisamkeit. Statt im Hofbräuhaus zu essen, kehrten sie daher in einem rustikalen Lokal in der Nähe ein und verdrückten dort eine gefühlte Tonne Fleisch zum Bier. Aus dem einen Absacker-Getränk, das Natalie unbedingt im ›Hard Rock Cafe‹ trinken wollte, wurden mehrere.

Erst gegen Mitternacht kehrten sie ins Hotel zurück. Hans ließ Natalie den Vortritt im Badezimmer. Er hörte sie duschen, Zähneputzen und kurz danach stand sie im seidenen hellblauen Schlafanzug vor ihm. Ein Knopf knapp unterhalb des Halses stand offen.

»Du bist dran«, sagte sie zu ihm und stieg auf ihrer Seite ins Bett.

Als Hans aus dem Badezimmer zurückkam, waren Natalies Augen geschlossen. Ihr Atem war gleichmäßig.

Schläft sie schon?

So leise wie möglich kroch er auf seiner Seite unter die Decke und drehte das Licht ab.

Erwartet Natalie von mir, dass ich die Initiative ergreife? Ist sie enttäuscht, wenn ich es nicht tue?

Lange lag Hans wach. Immer wieder ging er in Gedanken seine Optionen durch. Mehrmals war er versucht, sich einfach an sie zu schmiegen und ihre Reaktion abzuwarten. Aber er tat es nicht. Stattdessen wartete er sehnsüchtig auf den Morgen.

Natalie gähnte, endlich war sie wach. Sie streckte beide Arme, drückte den Rücken durch.

Von draußen drangen erste Sonnenstrahlen durch den kleinen Spalt zwischen den beiden Vorhängen ins Zimmer. Hans rutschte von seiner zu Natalies Bettseite. Sie lag seitlich mit dem Gesicht von ihm abgewandt. Daher schmiegte er sich von hinten an sie, eine Hand landete auf ihrer Hüfte. Sie seufzte leise, griff nach seinem Arm und zog ihn nach vorn auf die Matratze.

Sehr schnell spürte Hans, wie sein Körper auf Natalies Nähe reagierte. Mit der freien Hand begann er, ihren Rücken zu streicheln. Seine Finger ertasteten den seidenen Stoff. Ganz glatt und dünn war das Material. Er rutschte näher an sie heran, bis die Wärme, die von ihr ausging, sich in Hitze verwandelte.

Natalie drehte sich um, Gesicht an Gesicht lagen sie nebeneinander und küssten sich mit geschlossenem Mund. Seine linke Hand legte er zurück auf ihre Hüfte, spielerisch strich er entlang des glatten Stoffes, bis er darunter ihre glatte Haut spürte. Er zog sie ganz eng an sich, begann, sich an ihr zu reiben, ließ sie seine Erregung spüren.

Natalies Lippen lösten sich von seinen.

»Du, Hans«, sagte sie, »ich hoffe, es macht dir nicht zu viel aus, wenn wir nicht miteinander schlafen. Ich kann nämlich nicht.«

Hans schluckte.

»Ich kann heute nicht«, erklärte sie verlegen.

Er verstand und nickte.

»Ist schon okay«, sagte er.

Ein Kuss. Ein zweiter Kuss. Ein dritter Kuss.

»Wir müssen aufstehen, frühstücken und die Stadt weiter erkunden«, sagte sie und löste sich endgültig von ihm.

Kurz darauf hörte er, wie sie unter die Dusche stieg. Enttäuscht zog er die Decke über seinen Kopf.

KAPITEL 15

Waidhofen

Dieser Sonntagnachmittag gehörte nur ihr. Jennifer streckte sich auf ihrer Liege auf dem Balkon. Rote und rosafarbene Pelargonien zierten in Blumenkistchen das Geländer. Die Bambusstäbe, die dort befestigt waren, verhinderten, dass sich neugierige Bewohner von gegenüber an ihrem Körper ergötzten, der in einem knappen dunkelblauen Bikini steckte. Auch Fotografieren sollte so unmöglich sein – wobei sie makellos aussah und sich extra nachgeschminkt hatte. Falls doch von irgendwo aus ein Schnappschuss entstand und später seinen Weg in eines der unzähligen Boulevardblätter fand, hatte sie damit absolut kein Problem. Aufgrund der bevorstehenden Hochzeit interessierten sich die Journalisten in letzter Zeit vermehrt für sie.

»Kein Wunder«, hatte Eugen gesagt. »Du bist eine exotische Schönheit und heiratest einen der begehrtesten Junggesellen Österreichs.«

Jennifer Chan musste über die Aussage schmunzeln, die er halb im Scherz gemacht hatte. Sie hatte versucht, seine Worte nicht allzu ernst zu nehmen. Sie griff nach der Kaffeetasse, die neben ihr auf den Fliesen am Boden stand, und trank einen Schluck. Als sie sich ›Distelfink‹, den Roman von Donna Tart, den sie gerade las, zur Hand nahm, meldete sich unter ihr lautstark ein Radio mit Werbung. Ein Möbelhaus und ein Pizzahersteller bemühten sich, Abnehmer für ihre Produkte zu finden. Die tiefe Stimme eines Mannes war zu hören, sie kam nicht aus den Boxen. Kindergeschrei, Wasserplanschen, mehr Kindergeschrei und immer wieder diese Stimme, die mit dem Nachrichtensprecher aus dem Radio um Aufmerksamkeit kämpfte.

Jennifer sah die Buchstaben im Buch vor sich, nahm sie aber nicht auf. Die Stimme des Mannes im Garten unter ihr redete in einer fremden Sprache. Einer, die Jennifer nicht verstand, und die es ihr unmöglich machte, den Nachrichtensprecher zu verstehen, obwohl dieser deutsch sprach. Noch einmal schaute sie in ihren Roman, auf den Buchstabensalat. Wieder Kindergeschrei. Auch die Kleinen verstand sie nicht. Ihr Herzschlag beschleunigte sich.

Jennifer setzte sich auf und schaute zum Himmel. Weiße Kumuluswolken umschmeichelten den Buchenberg, es war ein schöner Sommertag.

Eine Schande, dachte sie und stand auf, bückte sich, nahm ihre Kaffeetasse und ging vom Balkon ins Wohnzimmer. Die Tür schloss sie hinter sich. Jetzt dröhnte laute Musik aus Lautsprechern an ihre Ohren. Sie sah sich um. Das Fenster war gekippt. Sie schloss es und der Geräuschpegel reduzierte sich deutlich. Das Geschrei war kaum zu hören. Jennifer atmete auf, legte sich auf ihre Couch mit dem orangen Stoffbezug und breitete ihre dunkelblaue Plüschdecke über ihren Körper aus. Sie nahm ihr Buch und schlug es auf. Endlich erkannte sie ganze Wörter und Sätze, die einen Sinn ergaben.

30 Seiten später hörte sie, wie die Wohnungstür aufgeschlossen wurde.

»Du liegst gar nicht auf dem Balkon?«, fragte Eugen, nachdem er sie zur Begrüßung geküsst hatte.

»Dort ist es zu laut.«

»In einer Wohnanlage kommt das schon einmal vor.«

Eugen öffnete die Balkontür. Sofort drangen wieder Stimmen, Musik und vor allem das penetrante Geschrei der Kinder an Jennifers Ohren. »Bitte nicht«, sagte sie leise. Er schloss die Tür.

»Bald wohnst du ohnehin bei mir in der Villa. Da ist genug Platz, und außer mir stört niemand deine Ruhe. Noch niemand.«

Worauf will er hinaus?

»Was hältst du von Kindern?«, beantwortete ihr Verlobter, als könnte er Gedanken lesen, und musterte sie erwartungsvoll.

Jetzt nichts Falsches sagen. Um Zeit zu gewinnen, richtete sie sich auf und entledigte sich der Plüschdecke, sodass Eugen viel nackte Haut zu sehen bekam. *Das wird ihn vorerst ablenken.*

»Und, was sagst du dazu?«

»Kinder?« Sie sah eine Sorgenfalte auf Eugens Stirn. »Kinder, Kinder mit dir, jederzeit!«, sagte sie rasch und öffnete beide Arme.

Freudestrahlend setzte er sich zu ihr, zog sie an sich und küsste sie. Als Eugen den Verschluss ihres Bikinioberteils öffnete, fröstelte es sie mit einem Mal. Die Worte ihres Vaters kamen ihr in den Sinn. *Gewöhne dich lieber nicht zu sehr daran, mit ihm verheiratet zu sein,* hatte er gesagt.

Eugens warme Hände wanderten über ihren Körper, spielten mit ihren Brüsten. Sie spürte seinen Atem an ihrem Hals, einige Sekunden brauchte sie, um ihre

Gedanken zum Schweigen zu bringen. Schließlich gab es für sie nur mehr Eugens Körper und ihre eigene Lust.

KAPITEL 16

München

Vollkommen außer Puste rannte Hans den Gehsteig entlang.

Fünf Minuten vor vier. Um Punkt 16 Uhr fährt der Bus ab. Wahrscheinlich die einzige Chance, heute noch von München nach Wien zu kommen. Hans schleifte beide Rollkoffer hinter sich her. Einen links, den anderen hielt er mit der rechten Hand. Natalie hatte eine Handtasche in einem Schaufenster gesehen und sie einfach haben müssen. Hans wollte ihr den Wunsch erfüllen und hatte sie als Souvenir gekauft.

Er sprintete weiter, es war nicht mehr weit. Er hatte

die Koffer aus dem Hotel geholt, während Natalie direkt zur Bushaltestelle gelaufen war, um den Fahrer aufzuhalten.

Wird er ihr die Bitte abschlagen können? Er hat eine planmäßige Abfahrtszeit und muss rechtzeitig in Salzburg ankommen, sodass die Passagiere ihren Anschlusszug mit der Westbahn erwischen.

Nochmals beschleunigte Hans seine Schritte und lief die letzten Meter in das Busbahnhofsgebäude hinein.

»Hierher!«, rief die helle Frauenstimme. Natalie winkte ihm mit beiden Armen. Hinter ihr parkten mehrere Busse. »Beeil dich, er will abfahren!«

Die Luft wurde noch einmal wärmer. Das Brummen der startbereiten Busse war zu hören. Hans keuchte.

»Ist er das?«, fragte der Mann in blauer Uniform neben Natalie.

Sie bejahte.

Der Fahrer nahm ihm beide Rollkoffer ab und verfrachtete sie ins Innere des Busses.

Hans stand vornübergebeugt und stützte seine Hände auf den Knien ab. Erst jetzt riskierte er einen Blick auf seine Armbanduhr. *Eine Minute nach vier.*

Natalie war sichtlich ein Stein vom Herzen gefallen. »Ich dachte schon, du schaffst es nicht mehr«, sagte sie, als sie in den Bus stiegen und sie sich in der dritten Sitzreihe hinter dem Fahrer niederließ. Hans setzte sich neben sie.

»Der Weg zum Hotel war doch etwas länger, und dann haben die noch ein oder zwei Minuten gebraucht, bis sie mit den Koffern aufgetaucht sind.«

Hans schwitzte. Seine Haare klebten an seiner Stirn. Sein Herz pochte wild.

Ich brauche eine Dusche ... daraus wird so schnell nichts ... Immerhin hat Natalie ihre neue Handtasche. Sie wird immer an mich denken, wenn sie die ansieht.

Die Neuerwerbung lag auf ihrem Schoß, sie war rot, aus Kunstleder, mit silbernem Verschluss. Hans erkannte beim besten Willen nicht, was das Besondere an der Tasche sein sollte, war aber glücklich über die Freude in Natalies Augen.

»Dich nicht zum Hotel zu begleiten war in jedem Fall die richtige Entscheidung. Es war gar nicht so einfach, Sven zu überreden, nicht loszufahren.«

Sie ist schon per Sven mit ihm. Was habe ich erwartet? Sie ist eine offene und freundliche Person und natürlich hat sie ihn bezirzen müssen. Immerhin hat er ja Rücksicht auf mich genommen.

Sven stellte sich allen Passagieren über das Mikrofon als ihr Busfahrer vor. Er wolle sie möglichst rasch ans Ziel bringen. »Allerdings ist kurz vor der Grenze ein zehn Kilometer langer Stau gemeldet worden. Ich werde alles tun, damit Sie zeitgerecht ankommen und den Anschlusszug der Westbahn erreichen.«

Hört sich nicht so an, als ob das klappen wird, schloss Hans aus Svens Worten. Es musste schwer gewesen sein für Natalie, den Fahrer zum Warten zu überreden. Mit jeder Sekunde, die er später wegkam, stieg der Zeitdruck. Der Flachbildschirm, der oben neben dem Fahrer montiert war, zeigte die Route mit den Straßen nach Salzburg. Eine lange, dicke rot-gelbe Schlage kennzeichnete den Stau auf der Autobahn. Jeder im Bus konnte sie sehen. Sven fuhr los.

»Pass doch auf!«, rief er nach wenigen Metern und hupte einen Radfahrer an, der vor ihm die Fahrbahn überquerte. »Die meinen, die können sich alles erlauben, nur weil wir auf die schwächeren Verkehrsteilnehmer aufpassen müssen.«

Der Ärger des Fahrers war ohne Unterstützung des Mikrofons in der dritten Reihe zu hören. Einige Minuten später passierten sie die Stadtausfahrt und ein paar Kilometer weiter erklärte Sven – diesmal durchs Mikrofon –, dass er dem Stau großräumig ausweichen und die Autobahn verlassen würde.

Eine Umfahrung, mehrere Kuhweiden, Dörfer, Herrenhäuser und zahlreiche hupende Autofahrer später, die einen fluchenden Sven zur Folge hatten, befand sich der Bus auf der Autobahn in Richtung Salzburg.

Der Busfahrer telefonierte mit der Westbahn. Die Ankunft des Busses verzögere sich aufgrund des Umweges voraussichtlich um eine halbe Stunde. Ganz knapp würden sie den Zug erwischen, der um 19 Uhr von Salzburg abfuhr, hörte Hans.

Lautes Hupen war links hinten zu hören. Sven ließ sich nicht beirren und lenkte sein Fahrzeug vollends auf die Überholspur. Als der Kleintransporter, den sie überholten, hinter ihnen lag, manövrierte Sven den Autobus zurück auf die rechte Fahrspur. Wieder war das Hupen zu hören. Hans sah einen silbernen Audi A3, der überholte und sich sofort vor dem Bus einreihte. Vor dem Auto war die Strecke vollkommen frei. Trotzdem leuchteten die Bremslichter des Audis auf.

»Ja, spinnt denn der?«, kam es vom Busfahrer.

Die Hupe des Autobusses ertönte, Natalie richtete sich neben Hans auf. Er hielt sich am Sitz vor ihm fest. Sven bremste, der Bus kam dem Audi dennoch bedrohlich näher, scherte aber rechtzeitig auf die Überholspur aus und beschleunigte. Hans löste seine Hand von der Lehne des Vordersitzes und atmete aus, um die Anspannung abzuschütteln. Er konnte nicht glauben, was er dann sah: Der Audi beschleunigte, lenkte auf die linke Spur und befand sich erneut unmittelbar vor dem Bus. Die Bremslichter des Autos leuchteten auf.

»I brems sicher ned«, hörte Hans Sven sagen. Trotzdem wurde der Bus langsamer, gleichzeitig verringerte sich der Abstand zum Audi, der noch immer stark bremste. Hans griff nach Natalies Arm, mit der freien Hand stützte er sich an der Lehne vor ihm ab. »Halt dich fest«, sagte er zu ihr.

Natalie hatte sich bereits wieder in ihren Roman vertieft.

Der Bus touchierte den Audi am Heck. Blech auf Blech. Lautes Hupen. Der Audi machte einen Schlenker, blieb aber auf der Fahrbahn. Sven steuerte seinen Autobus nach rechts auf den Pannenstreifen.

»Ich konnte das Ärgste verhindern, gleich werde ich die Polizei rufen, bleiben Sie bitte auf Ihren Plätzen«, informierte der Fahrer die Passagiere. Aufregung schwang in seiner Stimme mit.

Der Audifahrer gehört eingesperrt. Der Busfahrer ist auch ein Depp. Wieso fährt der raus auf die Überholspur? »Solche Idioten!« Die Anspannung des ganzen Wochenendes musste hinaus. *Ich weiß nicht, ob Natalie meine Gefühle erwidert, heute Morgen war peinlich und jetzt sitzen wir hier auch noch stundenlang fest.* »Gemeingefährdung. Den Fahrer des Audis sollte man auf der Stelle erschießen«, sagte er laut.

Natalie sah ihn entgeistert an. »Was hast du da gesagt?«

»Man sollte ihn erschießen, diesen Deppen.«

»Ist dir klar, was du da von dir gibst?«

»Das ist doch nur daher gesagt. Natürlich erschießen wir niemanden in Österreich. Oder in Deutschland.«

»Mit so etwas scherzt man nicht.«

»Tut mir leid.«

»Sollte es auch!«

»Kommt nicht wieder vor.«

»Gut.«

»Wieso regt dich das überhaupt auf?«

»Ich bin Pazifistin aus Prinzip. Waffen gehen bei mir gar nicht. Die sind das Letzte!«

Gott sei Dank habe ich mein Gewehr nie erwähnt. Das Thema muss ich in Zukunft vermeiden. Natalie wird schockiert sein, wenn sie alles erfährt. Wenn die Wahrheit über mich ans Licht kommt, ist es ohnehin zu spät, dann haben wir keine Zukunft.

KAPITEL 17

Sankt Pölten

»Versprich mir, dass wir nicht in dieses Kuhdorf ziehen!«

»Sankt Pölten ist doch kein Kuhdorf. Es ist die Landeshauptstadt von Niederösterreich!« Brandner konnte förmlich sehen, wie Kollege Huber seine Ohren spitzte, damit ihm nichts von Brandners Telefonat mit seiner Tochter Isabella entging.

»Doch! Sankt Pölten ist ein Dorf! Wir wohnen in der Stadt. Hier gehören wir hin, alle meine Freunde sind in Wien.«

Ich hätte mich verleugnen lassen sollen, das wäre viel leichter gewesen. Aber das tut man nicht bei den eigenen Kindern. Ganz zu schweigen, was ich mir da von Eva anhören könnte!

»Bist du noch dran, hörst du mich?«

»Ja, Isabella, ich habe mitbekommen, was du gesagt hast, aber so einfach ist das nicht.«

»Doch, es ist einfach. Es bleibt bei Wien!«

Isabellas Stimme wurde immer lauter. Kollege Huber, der gegenüber von Brandner an seinem Schreibtisch lümmelte, schaute ihn mit großen Augen an und wartete offenbar gespannt darauf, wie der Streit zwischen Vater und Tochter ausgehen würde.

Brandner seufzte. »Isabella, noch ist nichts entschieden. Ihr würdet mir aber einen großen Gefallen tun, wenn wir näher zu meiner neuen Dienststelle ziehen. Du weißt, dass ich sehr unregelmäßige Arbeitszeiten habe, oft muss ich spätabends ins Büro. Mutter und ihr Mädchen habt da einen geregelteren Tagesablauf. Ihr wisst genau, wann ihr wo sein müsst. Außerdem wären wir in Sankt Pölten mitten im Grünen und nicht mehr den Abgasen in Wien ausgesetzt.«

»Was für Abgase? Hier fahren doch alle mit der U-Bahn. Gibt es in Sankt Pölten überhaupt eine U-Bahn?«

Die Bürotür wurde von außen geöffnet. Direktor Böck trat ein.

»Brandner, haben Sie … Ah, Sie telefonieren.«

»Isabella, ich muss auflegen.«

»Du kannst dich nicht drücken, wir sind noch nicht fertig!«

Sie maßregelt mich wie eine Erwachsene. Es sollte genau umgekehrt sein!

»Wir reden zu Hause weiter, bis am Abend.« Brandner legte auf, ohne auf Isabellas Antwort zu warten.

»Und, Herr Brandner? Gibt es Fortschritte im Wildererfall?«

Er redet nicht um den heißen Brei herum. Die eine positive Eigenschaft hat er, der liebe Herr Direktor.

Brandner richtete sich auf, sodass er gerade saß, währenddessen versuchte er, sich zu sammeln und nicht weiter an den Streit mit seiner Tochter zu denken. Demonstrativ nahm er den Stapel Papier in seine Hand, der vor ihm auf dem Schreibtisch lag.

»Ich habe viele Befragungen durchgeführt. Die Dienststelle in Waidhofen war sehr hilfreich bei der Erstellung der langen Liste, und wir haben sie bereits abgearbeitet. Vorbestrafte in der Umgebung, frühere Wilderer, Jäger, die ein Gewehr gemeldet haben, zu denen das Kaliber passt, Sportschützen.«

»Irgendwas Brauchbares?«

»Ich bin gerade dabei, die Protokolle nochmals durchzugehen und auszuwerten. Kaum einer der Befragten hat ein Alibi für die Zeitpunkte, als die Tiere erlegt wurden. Aber keiner hat sich soweit hervorgetan, dass ich einen Verdächtigen präsentieren könnte.«

Böck stützte sich mit beiden Armen auf der Schreibtischplatte ab und blickte auf Brandner herunter.

»Mit anderen Worten, Sie haben nichts.«

»So würde ich es nicht bezeichnen.«

»Was konkret haben Sie denn?«

»Wie gesagt, viele Namen, wahrscheinlich ist unser Wilderer darunter … aber sicher ist das natürlich nicht.«

»Genau, es ist alles andere als sicher, und Sie haben keinen konkreten Anhaltspunkt.«

»Nun, wir haben die drei Kugeln. Wenn wir ein Gewehr sicherstellen, kann die Kriminaltechnik feststellen, ob es die Tatwaffe ist.«

»Stimmt, wenn wir ein Gewehr hätten. Aber wenn ich mir Ihren Papierstapel ansehe, werden wir keine Waffe zur Untersuchung bekommen. Es dürften an die hundert Namen und daher auch mindestens so viele Gewehre sein, oder nicht?«

Brandner blieb nichts anderes übrig, als zu nicken.

»Wenn Sie keinen konkreten Hinweis haben, dann überlege ich, ehrlich gesagt, Sie von dem Fall abzuziehen und ihn nicht mehr mit höchster Priorität zu verfolgen.«

»Was? Wieso?«

Böck stand nun vor Brandner, die Arme vor seinem Bauch verschränkt. »Der Wilderer hat länger nicht zugeschlagen. Vielleicht sind Sie ihm so dicht auf den Fersen, dass es ihm zu heiß geworden ist und er daher nicht weiter auf die Pirsch geht.«

Zuerst sagt Böck, ich habe nichts, und jetzt meint er, ich sei so nah dran am Täter, dass er sich fürchtet und aufhört.

Brandner schüttelte den Kopf. »Der hat Blut geleckt. Der hört nicht einfach auf.«

»Das mag sein, aber wir werden nicht Hunderte Gewehre beschlagnahmen und untersuchen. Das würden wir nicht einmal tun, wenn ein Mensch das Opfer gewesen wäre.«

Genau, und ich untersuche den Mord an einem Hirsch und an einem Rehbock. Erinnere mich bitte immer wieder daran, wie tief ich gesunken bin.

»Zwei Tage gebe ich Ihnen noch, wenn sich bis dahin nichts Neues ergibt oder kein weiteres Tier gewildert wird, widmen Sie sich einem anderen Fall. Huber kann sicher Ihre Unterstützung gebrauchen. Da sind einige alte Fälle ungelöst. Richtige Morde.«

Die Presse hat wohl das Interesse an dem Wilderer verloren. Hoffentlich bekomme ich dann einen richtigen Fall, dachte Brandner. *Und das mit dem Umzug muss ich auch lösen. Das Haus am Stadtrand ist sicher schnell vergeben. Es wäre ideal. Ich muss den Mietvertrag so bald wie möglich unterschreiben, hat die Maklerin gesagt. Nur, wie bringe ich es Isabella bei? Und Eva erst?*

KAPITEL 18

Waidhofen

Jennifer Chan bog mit ihrem dunkelblauen Passat in die schmale Zufahrtsstraße ein, die von Kastanien gesäumt war. Vor ihr tauchte die Villa der Schusters auf. Für den gelben Anstrich, die neuen Fenster und die dunkelgrauen Dachziegel hatte noch Josef Schuster höchstpersönlich gesorgt, bevor das Leben des Familienoberhaupts abrupt beendet worden war. Wilma Schuster, die Witwe, war wenige Monate nach dem Tod ihres Gatten aus der Villa ausgezogen. Jetzt lebte Eugen, Jennifers Verlobter, in dem Prunkbau.

Jennifer parkte neben Eugens Passat.

Hier soll ich wohnen? Ich weiß nicht …

Sie stieg aus und warf einen Blick auf die Außenmauern. Es kam ihr vor, als wolle die Villa sie mit Haut und Haar verschlingen. Jennifer atmete noch einmal tief die warme Sommerluft ein, bevor sie die Türklinke nach unten drückte und die schwere Holztür aufstieß, die ins Innere führte.

Die Eingangshalle, wie Jakob Schuster ihr gegenüber einmal den Eingangsbereich genannt hatte, war durch und durch kalt.

Es ist nicht nur die Temperatur, nein, auch dieses Gemälde lässt mich zu Eis erstarren.

Eugen Schusters Großeltern dominierten die Eingangshalle, obwohl sie lange tot waren. Der Künstler hatte die beiden in ihrem Hochzeitsgewand auf der Leinwand verewigt. Allerdings war das Gemälde Jahre nach der Vermählung der beiden entstanden. Hose, Hemd und Sakko des Großvaters hatten dem größeren Körperumfang angepasst werden müssen. Sein Bauch war nicht das Markanteste an ihm, das waren eindeutig die stechenden Augen. Das Brautkleid der Großmutter war im Originalformat verblieben. Eugens Großmutter hatte kein Kilo zugenommen, von der Hochzeit bis zu ihrem tödlichen Unfall bei der Abfahrt von der Schusteralm.

So erzählen es zumindest ihre Enkelkinder. Gott sei Dank leben die beiden Alten nicht mehr. Wenn der Maler ihren Charakter auch nur annähernd getroffen hat, entgeht mir nichts. Die Großmutter hat er mit blauen Augen ausgestattet, die genauso eiskalt aussehen, wie ich mich fühle, wenn ich diese Villa betrete.

Jennifer zog ihre High Heels aus und stellte sie neben Eugens Ansammlung von Schuhen und Stiefeln, danach schlüpfte sie in die Gästepantoffeln. Sie zögerte. In ihrem Wagen befand sich ihre Strickweste. Der Tag war so warm gewesen, dass sie diese nicht gebraucht hatte, doch wenn es in den anderen Räumen ähnlich frostig war wie in der Eingangshalle, dann musste sie sich wärmer anziehen.

Sie entschied, die Weste später zu holen, und öffnete die Tür, die ins Wohnzimmer führte.

»Endlich!«

Eugen empfing sie mit einem Lächeln und breitete die Arme aus. Sie küssten sich. Trotzdem fühlte sich Jennifer weiterhin unwohl.

»Was ist los?«, fragte er.

Jennifer schaute in seine treuherzigen Augen.

Er hat rein gar nichts von seinen Großeltern. Eugen ist ein hoffnungslos guter Mensch.

»Die Villa, es ist dieses Gebäude.«

»Was ist damit?«

Sie entwand sich seiner Umklammerung.

»Kaum trete ich ein, fühle ich mich schlecht. Es fröstelt und schüttelt mich richtiggehend.«

Eugen sah sie fragend an. »Worauf willst du hinaus?«, wollte er wissen.

Soll ich es wagen? Soll ich ihm ein Ultimatum stellen? Ich will nichts riskieren. Nicht, bevor wir uns das Jawort gegeben haben.

»Eugen, es tut mir leid, aber dieses Haus … es schadet mir. Ich denke nicht, dass ich hier leben kann.«

Eugen trat einen Schritt zurück. »Aber es ist die Villa meiner Großeltern. Ich bin ihr Erbe. Ich muss die Familientradition ehren, unsere Geschichte fortführen.«

»Eben!«, hakte sie ein. »Deine Großeltern und dein Vater haben Schuster Schuhe aufgebaut, und sie haben hier gelebt. Du weißt, wie sie ums Leben gekommen sind.«

»Sie wurden doch nicht hier ermordet. Hier haben sie gelebt, hier waren sie glücklich!«

Glücklich war das Leben hier sicher nicht, lag es ihr auf der Zunge. *Ich kann die schlechten Vibrationen spüren.*

»Ich verstehe dich«, sagte sie, statt ihm ihre wahren Gedanken mitzuteilen. »Aber ich glaube nicht, dass ich hier unsere Kinder aufziehen kann.«

Seine Augen flackerten auf bei den Worten »unsere Kinder«.

»Ich fühle mich heute hier überhaupt nicht wohl. Es ist besser, ich fahre sofort.« Entschlossen trat sie auf ihn zu, schlang ihre Arme um ihn und drückte ihm einen langen, zärtlichen Kuss auf die Lippen. »Du weißt, wo du mich findest«, hauchte sie zum Abschied.

Eugens Gesichtsausdruck zeigte Verwirrung, doch ebenso konnte Jennifer das Leuchten in seinen Augen erkennen, das seine Freude über mögliche gemeinsame Kinder zum Ausdruck brachte.

Als Jennifer in ihre Schuhe schlüpfte, fragte sie sich, ob sie den Bogen nicht überspannt hatte. Ein Blick auf das Gemälde der Großeltern ließ die Zweifel verschwinden.

Hier kann ich nicht leben. Keinen Tag.

KAPITEL 19

Wieder registrierte Jennifer nur Buchstabensalat vor sich. Mit dem ›Distelfink‹ kam sie einfach nicht voran. Fast schien es, als sollte es nicht sein, dass sie in diese Geschichte eintauchte.

Ich sollte bei Eugen sein, in seiner Villa. Was ist in mich gefahren? Ich konnte nicht anders. In der Villa zu leben ist unmöglich. Dort fühle ich mich wie in meiner Kindheit. Kalt und abweisend sind die Gemäuer. So frostig und steril war unsere Wohnung in Hongkong, nachdem … nachdem Mutter von uns gegangen ist. Wie soll ich das Vater erklären? Wird er mich noch lieben, nachdem ich es vermasselt habe? Hat er mich überhaupt jemals geliebt? Uneingeschränkt? Ja, er liebt mich, aber nicht bedingungslos.

›Das ist alles, was ich jemals von dir verlangt habe‹, wird er sagen, ›und du enttäuschst mich! Und das nur, weil du nicht ein paar Tage in dieser Villa verbringen konntest. Nur so lange, bis dir nach der Scheidung Anteile an der Firma zustehen. Was sind schon ein paar Tage?‹, wird er fragen. ›Eine Milliarde deiner Landsleute würden einen Arm dafür geben, in so einem Prunkstück leben zu dürfen, und du hältst es nicht einmal ein Wochenende aus. Ruinierst unsere Vision. Zerstörst meinen Traum!‹

Auch Lee wird nicht gut auf mich zu sprechen sein. Der muss seine Zeit bei mir in Österreich verbringen, damit nichts in letzter Sekunde schiefgeht. Und dann verbocke ich es trotzdem. Lee will ich nicht zum Feind.

»Abgeschossen! Du bist raus!«, drang eine helle Kinderstimme vom Rasen nach oben zu Jennifer und holte sie ins Hier und Jetzt zurück. Die Nachbarskinder spielten Abschießen. Oder ›Völkerball‹ – wie Eugen ihr einmal erklärt hatte.

Die Sonne wärmte Jennifer, sie trug wieder ihren dunkelblauen Bikini. Die Bambusmatten am Geländer verhinderten nach wie vor, dass neugierige Nachbarn gaffen konnten. Jennifer richtete sich auf und öffnete den

Verschluss ihres Oberteils. Nachdem sie sich des Stoffes entledigt hatte, cremte sie sich den Busen mit Sonnenöl Faktor 20 ein. Ihre Haut glänzte, kein Haar war an den glattrasierten Beinen zu erkennen. Erst am Vorabend hatte sie sich ihnen ausführlich gewidmet.

Eine Schande, niemand wird sie sehen, geschweige denn berühren.

Die Klingel ertönte.

Wer kann das sein? Eugen? Aber der hat doch einen Schlüssel.

Jennifer griff sich ihr Bikinioberteil und lief vom Balkon ins Innere ihrer Wohnung, dort schlüpfte sie rasch in ihr weiß-blaues Strandkleid. Das Oberteil beförderte sie unter einen der Couchpolster. Sie drückte den Taster für die Gegensprechanlage.

»Ich bin's, Eugen. Darf ich hochkommen?«

»Sicher!«

Sie drückte auf den Öffner und hörte den Summton, danach folgte das Klacken der Eingangstür, als diese aufgestoßen wurde.

»Wieso bist du nicht einfach raufgekommen? Du hast doch einen Schlüssel«, stellte Jennifer fest, als er oben angekommen war.

»Ich war mir nicht sicher, ob ich willkommen bin.«

»Du weißt, wo du mich findest, habe ich gesagt, als ich gegangen bin. Das hieß, hier in meiner Wohnung bist du mir sehr willkommen!«

Eugen rang mit sich, er schien einen inneren Kampf auszufechten. »Ja«, sagte er schließlich. »Aber die Villa … sie steht zwischen uns«, stammelte er.

»Das ist nichts, was sich nicht lösen lässt.« *Soll ich aufzählen, was ich alles für ihn aufgebe? Ich lebe fernab meiner Heimat, ich habe seinen Glauben angenommen, und ich habe kaum mehr Kontakt zu meinen Freunden.*

»Wenn du unsere Kinder nicht in der Villa aufziehen willst, werden wir einen anderen, besseren Ort für uns finden, an dem wir beide glücklich sind. Wenn du willst.«

»Ob ich will? Natürlich will ich!«

Jennifer trat auf ihn zu, küsste ihn, zuerst sanft auf die Lippen, dann öffnete sie ihren Mund. Ihre Zunge fand seine. Jennifer schmiegte sich eng an ihn, sie spürte die Hitze, die von ihm ausging. Seine Muskeln spannten sich unter ihren Händen. Sie musste ihn haben, sofort, hier und jetzt. Jennifer zog ihn mit sich zur Couch, dort knöpfte sie ihm sein Hemd auf, öffnete ihm die Gürtelschnalle. Seine Hose glitt auf den Boden. Neben ihr Bikinihöschen. Das Strandkleid folgte.

»Ein Kondom, ich habe eines eingesteckt«, brachte Eugen hervor, nachdem sich seine Lippen von ihren Brustwarzen gelöst hatten.

»Kein Kondom. Ich will dich spüren. In mir. Sofort.«

KAPITEL 20

Ybbsitz

Früh am Morgen hatte Hans Wien verlassen. Zwei Stunden nach der Abfahrt erreichte er Ybbsitz, ließ die Ortstafel hinter sich, verließ die Bundesstraße, die ihn nach Gresten geführt hätte, und passierte das Werk des Metallverarbeiters Welser Profile. Mehrmals überquerte er die Schwarze Ois, die weiter unten im Tal in die Ybbs mündete. Er fuhr mit seinem Opel Corsa talaufwärts, immer seltener sah er Häuser am Straßenrand und die Fahrbahn wurde schmaler. Die Sonne blendete ihn, automatisch stieg er auf das Bremspedal und wurde langsamer. Trotzdem übersah er beinahe den Mountainbiker vor ihm, der in einem blauen Trikot und einem dunkelblauen Rucksack den Anstieg hinaufstrampelte. In letzter Sekunde bremste er noch stärker, schaltete in den zweiten Gang und folgte dem Radler um eine Rechtskurve. Er hatte keine freie Sicht, rechts am Berghang stand ein Einfamilienhaus direkt an der Straße. Hans zwang sich, weiterhin langsam hinter dem Radfahrer herzufahren. Endlich kam er auf eine kurze Gerade und überholte.

Nach 150 Metern gabelte sich die Straße und Hans hielt an. Linker Hand überspannte eine Brücke den Fluss, auf der anderen Uferseite sah er das Sägewerk samt den fertigen Brettern und unbearbeiteten Baumstämmen im Lager. Dahinter prangte das Kaiserbierzeichen am Wirtshaus, das zum Sägewerk gehörte. Hinter dem Holzlager auf dem Hügel dominierte die Wallfahrtskirche Maria Seesal das Blickfeld. Hans schätzte den Höhenunterschied zwischen Sägewerk und Kirche auf vielleicht 100, maximal 200 Meter. Das kleine Gotteshaus weckte Erinnerungen in Hans. Wehmütig dachte er daran zurück, wie er das Schmuckkästchen vor Jahren mit seinem Vater besucht hatte. Seit dessen Tod hatte seine Mutter keinen Wert mehr darauf gelegt, eine Kirche zu betreten, und auch sein Verlangen danach hielt sich in Grenzen. Hans hatte sich lange Zeit Vorwürfe gemacht, weil er sich verantwortlich für den Unfalltod seines Vaters gefühlt hatte, aber er war nie auf die Idee gekommen, sich die Absolution von einem Pfarrer zu holen. Das wäre ihm geradezu lachhaft einfach vorgekommen. Jemand anderer, ein vollkommen Unbeteiligter, sollte ihn von seiner Schuld freisprechen? Nein, das wäre nicht richtig gewesen. Vergeben konnte er sich in diesem Leben nur selbst, sonst keiner. Das war ihm immer klar gewesen.

Hans überquerte die Brücke nicht, sondern fuhr rechts weiter. Zu Fuß käme er zwar vom Sägewerk über einen steilen Weg, der an einer winzigen Kapelle vorbeiführte, zur Wallfahrtskirche, aber er wollte direkt vor dem Gotteshaus parken. Noch einmal wurde die Straße schmaler, nur mehr breit genug für ein Fahrzeug. Auf eine Linkskurve folgte eine nach rechts. Der Bach, neben dem Hans entlangfuhr, teilte sich und verlief links eng an der Straße. Am rechten Straßenrand begrenzte eine steile Felswand den Asphalt, sodass auf beiden Seiten kein Platz war für ein ausreichendes Bankett. Jenseits des Bachs ragten Baumwipfel schräg in den Himmel und verdeckten die Sonne, sodass es den Anschein hatte, als dämmerte es. An der nächsten Abzweigung lenkte Hans sein Auto auf die kleine Schleife, die ihn zur steilen Kirchenauffahrt brachte. Knapp 100 Meter ging es nach oben. Dann sah er auf beiden Seiten der Straße jeweils Gebäude, die mit den Hinweisschildern »Fastenzentrum« versehen waren.

Komisch, war das früher nicht ein Erholungsheim für Menschen mit Sehbehinderung?, ging es Hans durch den Kopf. Er reduzierte seine Geschwindigkeit. Rechter Hand befand sich eine frisch gemähte Wiese. Durch das Grün verlief ein Pfad bis zur Waldgrenze nach oben. Entlang des Waldes markierte ein Holzgeländer den Wanderweg, der dort verlief.

Von oben habe ich den besten Überblick. Der Platz ist weit genug entfernt, um nicht aufzufallen, aber nah genug am Geschehen für einen sauberen Schuss.

Er fuhr weiter geradeaus zwischen den Häusern hindurch. Dahinter tauchte die Kirche auf, die er zuvor aus der Ferne bewundert hatte. Davor lagen die Parkplätze unter Kastanienbäumen. Unter den grünen Blättern stieg Hans aus. Die Bäume schützten Hans vor der Sonne, trotzdem war die Luft an diesem Vormittag schon stickig. Außer ihm war niemand zu sehen, Autos parkten keine auf dem Platz. Er war früh genug aufgetaucht.

In den Frühlings- und Sommermonaten fanden an den meisten Samstagen Hochzeiten statt, auch heute war das wahrscheinlich. Der Sonntag war für seine Erkundungstour nicht infrage gekommen, denn in Maria Seesal wurde am Vormittag die heilige Messe gelesen. Die Einheimischen waren regelmäßige Kirchgänger, und nach der Segnung würden sie noch lange miteinander tratschen. Zumindest hatte er es so in Erinnerung. Auch wenn es lange her war, nahm er nicht an, dass sich diese Tradition geändert hatte.

Hans legte die 20 Meter bis zum Eingang im Eilschritt zurück, öffnete die Tür und trat ein. Das Weihwasser war angenehm kühl, ebenso die Luft in der Kirche. Die bemalten Fenster leuchteten durch das Sonnenlicht im bunten Farbenspiel. Trotzdem fühlte er Beklemmung. Der zu Tode gequälte Jesus am Kreuz rief ein ungutes Gefühl hervor. Der reiche Goldschmuck wurde von den zahlreichen düsteren Gemälden in den Schatten gestellt, in denen Szenen aus der Bibel dargestellt wurden.

Noch immer sind die alten Holzbänke da. Mit den Namensschildern. Damals hat mir Vater erzählt, dass die Personen lange tot sind, aber wegen der Tradition haben die Kirchenoberen die Blechtafeln mit den Namen auf den Bänken gelassen. Oder es war ihnen einfach zu aufwendig, sie zu entfernen.

Zu gut erinnerte er sich daran, wie unbequem die Sitzreihen als Kind gewesen waren.

Und erst das Niederknien auf dem Holzbalken, knapp über dem Boden, erinnerte er sich. Auch diese waren noch vorhanden. Er ging mehrere Schritte nach vorn, drehte sich um und schaute nach oben.

Die Orgel.

Die Musik, die von dem Instrument erzeugt wurde, hatte ihm zugesagt.

Hier wird es also passieren. Draußen. Entweder vor oder nach der Zeremonie.

KAPITEL 21

Der Specht hämmerte hartnäckig in die Rinde des Baumes. Nur hin und wieder legte er eine Pause ein. Meist zur selben Zeit verstummten auch die Motorsägen der Waldarbeiter, die für Nikolaus Lumetshofer die Idylle störten. Beide Motorsägen bearbeiteten Baumstämme im angrenzenden Gemeindewald. Im Stiftswald, für den er als Förster und Jagdaufseher zuständig war, befanden sich an diesem Tag keine Holzfäller – was untypisch war. Es war ein großes Gebiet, und es gab meistens etwas zu tun, um den Waldbestand in Ordnung zu halten.

Lumetshofer notierte sich im Geiste die vier Fichten, die eng aneinandergereiht neben der Forststraße standen und vom Borkenkäfer befallen waren. Er sah nach oben. Die einzelnen Äste waren braun, kaum grüne Nadeln waren zu erkennen. Über den Wipfeln kreiste ein Bussard und hielt nach Beute Ausschau. Lumetshofer musste möglichst bald seine Holzfäller hierherschicken, sodass sich der Käfer nicht weiter ausbreitete. Einige Bäume, die der starke Wind eines Sturms geknickt hatte, waren offenbar nicht rasch genug aufgearbeitet und abtransportiert worden. Sonst hätte der Käfer nicht die Fichten befallen, die bis vor Kurzem noch unbeschadet gewesen waren.

An seinem Jeep holte Lumetshofer den kleinen Block aus der Brusttasche seines Hemdes und schrieb sich eine Notiz dazu auf. Es war 10 Uhr, sein Jagdgewehr hatte er über die Schulter gehängt, obwohl sich kaum Wild zeigte und außerdem keine Jagdsaison war. Seine Waffe trug er im Wald immer mit sich. Man wusste ja nie, was einen erwartete. Er beförderte das Gewehr auf die Rückbank seines Geländewagens, gesichert war die Waffe sowieso. Es konnte nichts passieren.

Als er sich auf den Fahrersitz setzte, wurde ihm bewusst, welche Kraft die Sonne schon um diese Zeit hatte. Kinder verbrachten den Tag mit Sicherheit im Freibad. Er hingegen streifte gerne durch seine Wälder. Nichts Schöneres konnte er sich vorstellen, als völlig ungestört die Natur zu beobachten. Lumetshofer kurbelte das Seitenfenster herunter. Die stickige Luft wurde vom angenehmen Duft der Nadeln und Zapfen verdrängt.

Trotzdem wäre das Gebläse hilfreich, um die letzten Reste der aufgestauten Hitze aus dem Jeep zu kriegen.

Es war nicht nur Badesaison. Auch für die Gruppe von Menschen, die er hasste wie sonst nichts, war es die Zeit im Jahr, in der sie ausschwärmten. Mountainbiker. Regelmäßig vermiesten sie ihm die Tage. Er drehte den Zündschlüssel eine Viertelumdrehung nach rechts, gerade weit genug, um das Lenkrad bewegen zu können und die Bremsen in ausreichender Kraft zur Verfügung zu haben. Dann stieg er auf die Kupplung, löste die Handbremse und ließ den Jeep langsam die Forststraße hinunterrollen bis zu einer Gabelung, von der aus drei Wege weiterführten. Rechts käme er nach Sankt Georgen, links müsste er dem Straßenverlauf an die 15 Kilometer folgen, um nach Ybbsitz zu gelangen. Geradeaus führte die Forststraße weiter in die Wälder hinein und den angrenzenden Berg hinauf. Gelegentlich benutzten Wallfahrer diesen Weg, um zu Fuß nach Mariazell zu gelangen.

Lumetshofer lenkte den Jeep nach links, die Schotterstraße wurde enger – die Holztransporte erfolgten normalerweise auf einem anderen Weg, dieser Pfad fiel dafür zu steil ab. Gerade deshalb wurde er von der Spezies Mensch bevorzugt, auf die er es abgesehen hatte.

Dann sah er ihn. Der Mann befand sich 20 Meter von ihm entfernt. Er hatte ihn nicht gehört. Wie erhofft, hatte Lumetshofer wieder einmal einen Mountainbiker überrascht. Der Förster nahm seinen Fuß von der Bremse. Sofort gewann der Jeep im Leerlauf an Geschwindigkeit.

»Hab ich dich erwischt! Was machst du hier?« Lumetshofer schrie durchs offene Fenster. Die linke Hand streckte er zur Faust geballt hinaus, gleichzeitig stieg er kraftvoll auf das Bremspedal.

KAPITEL 22

Sankt Pölten

Ein flaches Pultdach bedeckte das Einfamilienhaus, das Brandner besichtigte. Die Glasfront in Kombination mit dieser Dachvariante sorgte für sonnendurchflutete Räume. Speziell im Obergeschoss helfe die leichte Schräge, um die Räume größer und freundlicher wirken zu lassen, erklärte ihm die Immobilienmaklerin.

Eva würde die Küche gefallen, alle Geräte waren auf dem neuesten Stand, die Front war weiß, die Beschläge mit geschmiedeter Optik. Selina wäre begeistert vom Garten. Zwei Kirschbäume standen dort. Bald waren die Früchte reif. Platz für ein Schwimmbecken war auch vorhanden. Der Grund war eben, sodass Roboter den Rasen mähen konnten.

Ich bräuchte mich um nichts zu kümmern. Nur die Hecken müsste ich hin und wieder zurückstutzen. Ich könnte grillen. Aber das schaffe ich schon in Wien nicht, obwohl wir dort einen kleinen Garten haben. Wieso sollte ich auch grillen? Meine drei Damen essen kaum Fleisch. Ich wäre der Einzige, dem ich damit wirklich einen Gefallen täte.

Auch der Umzug nach Sankt Pölten käme nur mir zugute. Eva weiß nicht einmal, dass ich mir das Haus ansehe. Sie denkt, ich muss am Samstag arbeiten, weil ich einen wichtigen Fall habe, der keinen Aufschub erlaubt.

Heute Abend passe ich auf Selina und Isabella auf, damit Eva ihren Damenabend genießen kann.

Ein wichtiger Fall! Das ich nicht lache. Ein Wilderer hat ein paar Tiere erschossen. Sonst nichts. Vor einem Jahr habe ich einen Serienmörder gejagt. War beim BKA. Wenn es nach Böck geht, darf ich bald Huber bei einem seiner Fälle assistieren. So wird er es zwar nicht bezeichnen, zumindest wenn er einigermaßen weiß, was sich gehört, aber letztendlich läuft es darauf hinaus. Da brauche ich mir nichts vorzumachen. Soll ich mir vielleicht eine andere Aufgabe suchen? Weg vom Kriminalamt? Den Hut draufhauen?

»Hier geht's nach oben in den ersten Stock.«

Die Mittfünfzigerin im roten Kostüm und hochhackigen Schuhen stieg vor Brandner die Stufen hoch.

»Die drei Räume werden Ihnen sicher zusagen, und die Galerie erst, sehen Sie selbst!«

Die Maklerin machte eine ausladende Handbewegung. Für Brandner wirkte es, als erwartete die Frau, dass er vor lauter Freude einen Luftsprung machte oder ihr zumindest aus Dankbarkeit um den Hals fiel dafür, dass sie ihm dieses Prachtstück präsentierte.

»Also, ich sehe hier deutlich ein Bücherregal an der Wand. Dort einen Lesestuhl mit einer Stehlampe«, führte die Frau ihren Gedanken weiter.

Brandner gestand sich ein, dass er nicht wusste, ob Isabella gerne las. Seine älteste Tochter richtete ihre Augen ständig auf ihr Smartphone oder auf das Tablet, das er ihr vor Kurzem hatte kaufen müssen.

Wer sagt, dass sie darauf keine Bücher liest?

Die Galerie würde Isabella sicher nicht dazu bringen, ohne großen Widerstand nach Sankt Pölten zu ziehen. Ob sie nun E-Books las oder nicht.

»Hier befindet sich das erste Schlafzimmer. Der größte Raum im Obergeschoss, für die Eltern. Die Morgensonne scheint durchs Fenster.«

Brandner folgte ihr ins Zimmer.

Ja, sie hatte recht. Er konnte sich gut vorstellen, hier neben seiner Eva aufzuwachen, ihr das Frühstück ans Bett zu bringen und danach selbst noch einmal zu ihr zu steigen, seine Hände über ihren weichen, warmen Körper gleiten zu lassen, während die Sonne ins Schlafzimmer lachte.

»Und? Wie gefällt es Ihnen, Herr Kommissar?«

Brandners Handy meldete sich in seiner Sakkoinnentasche. Er schaute auf die Nummer.

07442-Vorwahl, war das nicht Waidhofen?

»Entschuldigung.«

Er nahm das Gespräch an. Am anderen Ende war Reitbauer mit aufgeregter Stimme.

»Der Wilderer! Er hat einen Mann erschossen!«

Vor wenigen Minuten war auf der Polizeidienststelle Waidhofen die Meldung eingegangen. In einem Waldgebiet nahe Ybbsitz hatte eine Gruppe Wallfahrer einen Toten mit Schusswunde gefunden. Alles deutete darauf hin, dass das Opfer dem Wilderer in die Quere gekommen war, in unmittelbarer Nähe zum Tatort war ein Reh erlegt worden.

Brandner entschuldigte sich bei der Maklerin, nachdem er das Gespräch mit Reitbauer beendet hatte. »Ich melde mich bei Ihnen, jetzt muss ich aber dringend weg.«

»Vergessen Sie nicht, ich habe mehrere Interessenten für das Objekt!«, ermahnte ihn die Maklerin. »Lassen Sie nicht zu viel Zeit vergehen, sonst ist das schöne Haus weg.«

Brandner dachte resigniert, dass er zumindest in seiner Familie der einzige Interessent sein dürfte.

Ich muss mich zuerst auf den Fall konzentrieren. Der Rest ergibt sich von selbst. Immerhin ist es ein richtiger Mord! Das Haus muss warten.

Er forderte das volle Programm für die Tatortuntersuchung an. Als er die Autobahnauffahrt erreichte, waren die Kriminaltechniker schon auf dem Weg nach Ybbsitz.

Ein Mensch ist tot. Wir werden jeden Grashalm rund um den Tatort umdrehen und nach Spuren absuchen. Irgendetwas muss zu finden sein.

KAPITEL 23

Ybbsitz

»Er ist keine vier Stunden tot«, erklärte Doktor Heiß, nachdem sie und Brandner sich gegenseitig vorgestellt hatten. Die Gerichtsmedizinerin trug einen weißen Mantel und eine weiße Hose, ihr blondes Haar war fast genauso hell wie ihre Kleidung, und Brandner schätzte, dass sie ungefähr gleich alt war wie seine Frau.

»Die Wanderer sagen also die Wahrheit. Einer der beiden Schüsse, die sie gehört haben, hat ihn getötet«, stellte Brandner fest. Reitbauer und Heiß nickten.

»Die Kugel ging mitten ins Herz. Mit mehr als 99-prozentiger Sicherheit ist sie die Todesursache. Trotzdem werde ich selbstverständlich eine Obduktion vornehmen, das ist aber nur mehr Formsache, bei all dem Blut, das hier geflossen ist.«

»Gut, von mir aus kann der Leichnam abtransportiert werden.«

Frau Doktor Heiß verabschiedete sich und schritt auf der Forststraße talwärts, vorbei an mehreren Einsatzwagen. Von der Kriminaltechnik waren genug Männer anwesend, um den Leichnam auf eine Bahre zu hieven und in das Fahrzeug zu schieben, das für den Abtransport vorgesehen war.

»Haben wir schon die Identität sichergestellt?«, fragte Brandner Reitbauer.

»Der Jeep ist auf einen Herrn Lumetshofer zugelassen, seines Zeichens Jäger und Förster beim Stift.«

»Und ist er das? Er trägt grüne Hosen und ein ebensolches Hemd. Gewehr und Feldstecher liegen neben ihm auf der Schotterstraße.«

Reitbauer sah auf den Leichnam hinunter. »Herrn Lumetshofer kenne ich nicht, wenn überhaupt, dann habe ich ihn nur ein- oder zweimal kurz getroffen. Es spricht aber alles dafür, dass es sich um ihn handelt. Wir sind in seinem Revier, das ist sein Auto, niemand sonst darf hier außer ihm die Forststraße hochfahren. Es herrscht absolutes Fahrverbot.«

Interessant, Reitbauer kennt doch sonst immer alles und jeden. Brandner zog sich seine Wegwerfhandschuhe über, ging um den Jeep herum und öffnete die Beifahrertür. Innen war die Luft muffig, er zog das Handschuhfach auf. Wie erhofft, fand er darin Zulassungs- und Führerschein. Er blätterte die Dokumente durch. Sie waren auf Herrn Nikolaus Lumetshofer ausgestellt. Das Foto im Führerschein zeigte den Toten in jungen Jahren. Er war vor 29 Jahren ausgestellt worden.

»Es handelt sich um den Förster. Hier, tüten Sie den Führerschein und die Zulassungspapiere ein.« Brandner reichte die beiden Dokumente an die junge Dame von der Kriminaltechnik weiter, die gerade auf ihn zugekommen war. Die schwarzhaarige Frau sah ihn perplex an, nahm die Papiere von ihm entgegen und blieb unmittelbar vor Brandner stehen.

»Herr Kommissar, wir haben etwas gefunden. Eine Spur!«

Damit hatte sie Brandners volle Aufmerksamkeit.

Fünf Minuten später stand der Kommissar mit Elfriede

Auer, der Kriminaltechnikerin, und Sepp Reitbauer am Rand einer Wiese, wo der Wald begann. Fichten und Tannen dominierten den Bestand, auch Buchen, Eichen und Eschen mischten sich unter die Nadelbäume.

»Von hier aus muss er geschossen haben.«

Die Stelle war mit Absperrband gesichert. Brandner erkannte frische Beschädigungen im Moos des Waldbodens, die von Schuhen herrühren dürften.

»Das Reh konnte er ohne Problem erlegen.«

Auer zeigte nach links. In etwa 30 Metern Entfernung lag das Rotwild reglos auf der Wiese.

»Der Wind weht noch immer aus der entgegengesetzten Richtung«, erklärte die Technikerin weiter. »Und auch die Straße hat man im Blickfeld.«

Der Jeep war von ihrem Standort aus gut sichtbar. Brandner verfolgte, wie Lumetshofers Leichnam auf die Bahre gehoben wurde. Zwei kräftige Männer beförderten diese danach ins Innere ihres Einsatzfahrzeuges.

»Aber die richtig interessante Spur sehen wir hier.«

Elfriede Auer führte Brandner und Reitbauer in den Wald.

»Hier ist ein Wildwechsel, sodass sich über die Jahre ein Pfad gebildet hat.« Nach etwa 40 Metern stoppte sie. »Ich bin dem Verlauf gefolgt, der Untergrund ist matschig, sehen Sie, genau hier ist ein Fußabdruck zurückgeblieben, der noch gut erhalten ist.«

Den Waldweg hatte die Technikerin bereits gesichert, sodass niemand den Abdruck aus Versehen zerstören konnte. Unermüdlich hämmerte ein Specht auf einen der Baumstämme ein. Es klang für den Kommissar, als wäre er nur wenige Meter entfernt. Brandner trat näher an die Absperrung heran und stand eng neben Auer.

»Sieht nach einem Sportschuh aus. Ich tippe auf Laufschuh mit Geländeprofil.«

»Genau«, bestätigte Auer Brandners Annahme. »Wir machen Fotos, vermessen die Größe und nehmen einen Abdruck. Dann können wir mit ziemlicher Sicherheit den Hersteller und das genaue Modell herausfinden. Die Schuhgröße auch.«

»Machen Sie das!« Brandner drehte sich noch einmal um. »Und, Frau Auer.«

»Ja?«

»Gute Arbeit!«

Sie lächelte, makellose Zähne kamen zum Vorschein. Die vollen hellroten Lippen fielen Brandner erst jetzt auf.

»Danke!«

»Keine Ursache. Herr Reitbauer, wir fahren am besten zum Wirtshaus und reden mit den Wallfahrern. Die müssen etwas gesehen haben.«

Als Brandner seinen Audi startete, war er um einiges zuversichtlicher als bei seiner Ankunft am Tatort. *Endlich hat der Wilderer einen Fehler gemacht, aber er hat auch einen Menschen getötet. Ohne diesen Mord wäre die Spurensicherung nicht am Tatort gewesen. Hätte er nur das Reh erlegt, hätten wir den Abdruck nicht gefunden. Jetzt müssen wir die Spur nutzen. Der Druck wird steigen. Sollten wir keine Fortschritte machen, wird Böck mich der Presse zum Fraß vorwerfen. Daran darf ich nicht denken … Ich muss verhindern, dass noch jemand zu Schaden kommt. Das hat absoluten Vorrang.*

KAPITEL 24

Wien

Natalie und Hans saßen an Resis Esstisch. Die Gastgeberin servierte ihr berühmtes Rindsgulasch. Alles lief gut. Hans' Begleitung konnte nicht wissen, dass Resi während der Zubereitung des Essens eine halbe Flasche Wein getrunken hatte. Das wusste nur Hans. Er hatte noch genug Zeit gehabt, seine Schwester mithilfe des Fernrohres für einige Minuten zu beobachten, nachdem er von seinem Ausflug nach Maria Seesal zurückgekehrt war.

Resi wirkte nüchtern und konzentriert. Der Wein half ihr offenbar, die zittrigen Hände zu beruhigen.

Zum Gulasch gab es Kaisersemmeln. Die beiden Frauen tranken den Rest des Zweigelts. Für Hans hatte Resi extra zwei Flaschen Kaiserbier besorgt.

»Wieso hast du eigentlich etwas gegen Waffen?«, wollte Resi von Natalie wissen.

»Woher weißt du das?«

Natalie sah Hans an. Der hob entschuldigend beide Hände. »Resi wollte wissen, wie du so bist.«

»Und da hat er dir gleich erzählt, dass ich Pazifistin bin?«, fragte sie Resi, bevor sie sich mit einem Grinsen Hans zuwendete. »Was Besseres ist dir nicht eingefallen? Wie wäre es damit gewesen zu sagen, sie sieht unglaublich gut aus, sie ist witzig, bringt mich zum Lachen. Oder sie ist unheimlich klug?«

»Du bist eine Frau zum Pferdestehlen, hat er gesagt.«

Hans rutschte unruhig auf seinem Sessel hin und her. Er saß neben Natalie und nickte zögernd seiner Schwester zu, die ihm gegenübersaß.

»Und dass er dabei ist, sich in dich zu verlieben. Das hat er mir auch anvertraut«, sagte Resi, nachdem sie grünes Licht von Hans bekommen hatte.

Natalies Augen wurden größer. »Ist das wahr? Liebst du mich?«

»Ja, ich liebe dich.«

Ein leichtes Zittern war in seiner Stimme, die er kaum hörte, so fest schlug sein Herz. Hans konnte kaum glauben, dass ihm die Wörter über die Lippen gekommen waren. Aber sie fühlten sich richtig an.

Natalie hielt seine Hand, sie rückte näher, Hans spürte ihre Lippen auf seinen. Er hielt ihren Kopf mit beiden Händen, strich ihr durch die Haare. Seine Augen hatte er geschlossen, bis sich Natalie von ihm löste.

»Wie schön!«, sagte Resi gerührt und blinzelte eine Träne weg.

»Du findest sicher noch den Richtigen«, sagte Natalie.

Sie hat nicht ›Ich liebe dich auch‹ gesagt. Aber sie meint, ich sei der Richtige.

»Ich weiß nicht, es ist schon so lang her.«

»Wann warst du denn zum letzten Mal richtig verliebt?«, wollte Natalie von Resi wissen.

»Vor ungefähr zwei Jahren.«

»Was ist passiert?«

»Darüber will ich nicht reden«, antwortete Resi und Hans erinnerte sich daran, wie er Jakob Schuster nachts auf der Schusteralm erstochen hatte. In ihn hatte Resi sich verliebt, nachdem er mit Juliana geschlafen und Hans'

Beziehung zerstört hatte. Der notorische Schürzenjäger hätte ihr nur das Herz gebrochen.

»Hat er dich betrogen?«

»Nein.«

»Was war es dann?«

»Ich habe gesagt, dazu will ich nichts sagen.«

»Ist schon gut, du brauchst es mir nicht erzählen. Wir kennen uns ja noch nicht lange«, lenkte Natalie ein.

»Zurück zur Pazifistin. Wieso hast du etwas gegen Waffen?«, wollte Resi wissen.

Natalies Gesicht verdüsterte sich. »Darüber will *ich* heute nicht sprechen, bitte respektiere das.« Sie griff nach ihrem Weinglas und leerte es mit zwei großen Schlucken.

»Resi, erzähl uns doch von deinem Vorsprechen«, beeilte sich Hans zu sagen, bevor Resi nachhaken konnte.

Heute werde ich nicht erfahren, weswegen Natalie strikt gegen jegliche Art von Gewalt ist. Da muss wohl mehr dahinter stecken …

»Es ist nur eine kleine Musicalproduktion und eine Nebenrolle, für die ich vorsprechen werde, aber immerhin ein Fortschritt.«

»Hört sich toll an. Wie heißt das Musical?«, fragte Natalie sichtlich dankbar für den Themenwechsel.

Bitte sag jetzt nicht ›Flashdance‹, sonst drehe ich durch!

KAPITEL 25

Ybbsitz

»Da sind die Wallfahrer. Die Gruppe, die dort auf der Terrasse vor dem Eingang zum Wirtshaus beisammensitzt«, informierte Reitbauer den Kommissar.

Brandner zählte acht Personen, während das singende Geräusch von den Gattersägen, die sich ins Holz verbissen, in hohen Tönen an seine Ohren drang, sodass es ihn fast schmerzte. Obwohl es Samstagnachmittag war, fuhr ein Stapler mit einer Palette voller Holzbretter um die Ecke und verlud sie auf einen Laster, der mit offenen Planen vor den Gebäuden parkte. Das Sägewerk und das Gasthaus wurden von derselben Familie betrieben, hatte Reitbauer zuvor Brandner erklärt. Über dem Sägewerk auf einer Anhöhe, von Bäumen umrahmt, sah der Kommissar die kleine Wallfahrtskirche Maria Seesal.

Die Wallfahrer hockten auf robusten dunkel gestrichenen Holzbänken. Jeder der Männer hatte ein Glas mit dem Wappen des Kaiserbiers vor sich auf dem Tisch. Brandner blickte in gerötete Gesichter, die Ärmel der Flanellhemden waren aufgekrempelt. Es roch nach altem Schweiß, der vom angenehmen Duft des frisch gesägten Holzes nur unzureichend überdeckt wurde. Die Rucksäcke der Männer lagen seitlich neben der Eingangstür an der Hauswand aufgereiht. In den Blumentrögen davor blühten die Pflanzen in Rot und Orange.

Alle Augen richteten sich erwartungsvoll auf Reitbauer und Brandner. Der Postenkommandant stellte den Kommissar vor.

»Wir warten hier schon seit Stunden, haben einen ganzen Tag verloren«, beschwerte sich der Mann mit dem weißen Vollbart, der am Tischende den Vorsitz übernommen hatte und der Leithammel der Gruppe zu sein schien. Er hieß Leitner.

Die Gruppe stammte aus Linz und war bereits mehrere Tage zu Fuß unterwegs. Maria Seesal war für die Männer nur ein kleiner Zwischenstopp auf ihrer Wallfahrt. Wie Brandner es erwartet hatte, war ihr Ziel Mariazell.

»Darf ich Ihnen etwas zu trinken oder zum Essen anbieten?« Die junge Wirtin im Dirndl unterbrach die Befragung der Wallfahrer. Reitbauer und Brandner bestellten einen naturtrüben Apfelsaft, gespritzt mit Leitungswasser, und ein Wiener Schnitzel mit Petersilienerdäpfeln. Wenn sie schon hier waren, konnten die Polizisten das Mittagessen nachholen.

»Wann ist die Gruppe heute am Morgen aufgebrochen?«, wollte Brandner von der Gastgeberin wissen.

»Gegen halb zehn«, bestätigte diese die Angaben der Linzer. »Das war etwas spät, die meisten beginnen früher, daher weiß ich das ganz genau. Ich habe extra länger mit dem Abräumen des Frühstücks warten müssen«, merkte die Wirtin an, bevor sie in der Gaststube verschwand, um sich dort um die Getränke und das Essen zu kümmern.

»Wären wir früher aufgebrochen, hätten wir es verhindern können. Wir wären schon vor den Schüssen oben gewesen«, sagte Leitner.

»Geh, es hat nicht sollen sein. Gott hat es so und nicht anders gewollt!«, schaltete sich der Glatzkopf in das

Gespräch ein, der rechts neben Leitner an der Längsseite des Tisches saß.

»Sie haben also die Schüsse gehört?«, fragte Brandner rasch, um die Diskussion über Gott und die Welt im Keim zu ersticken, die sich anbahnte.

»Ja, dem Klang und der Lautstärke nach waren die aber weit weg, wir haben uns nichts dabei gedacht, stimmt's?«

Sieben Köpfe nickten im Einvernehmen mit dem Rädelsführer.

»Ich habe vermutet, dass der Jäger das Tier nicht tödlich getroffen hat, da ja erst ein oder vielleicht auch zwei Minuten später der zweite Schuss fiel. Ich hab geglaubt, dass das der Gnadenschuss gewesen ist.«

Leitner nahm nach seiner Erklärung einen großen Schluck von seinem Bier.

Der Förster ist nach dem ersten Schuss auf den Wilderer aufmerksam geworden und hat ihn gestellt. So war es. Das ist ihm zum Verhängnis geworden.

»Ich schätze, dass wir ungefähr 20 Minuten, nachdem wir die Schüsse gehört haben, beim Jeep und dem Toten eingetroffen sind. Auf die Uhr hab ich nicht geschaut, ihr vielleicht?«

Sieben Köpfe verneinten.

»Wir können Ihnen aber gerne zeigen, wo genau wir waren, als wir die Schüsse gehört haben. Den ersten und den zweiten. Wir sind ja weitermarschiert«, redete Leitner weiter. »Ja, und da war er dann, der Tote. Das war ein Schock, das können Sie mir glauben. Mitten im Wald. Erschossen. Wir haben sofort angerufen, wobei das gar nicht so einfach war. Nur der Armin hat mit seinem Handy überhaupt Empfang gehabt.«

»Ist Ihnen sonst etwas aufgefallen? War in Tatortnähe irgendetwas verdächtig?«, wollte Brandner wissen.

Die Männer verneinten.

»Ihr Apfelsaft, bitte. Die Schnitzel kommen bald«, unterbrach die Wirtin die Befragung und stellte die beiden Gläser auf den Nachbartisch in Brandners und Reitbauers Nähe. Die beiden Polizisten standen noch immer. Brandner nahm sein Glas und begann zu trinken. Der Geschmack war angenehm fruchtig, erfrischend, er konnte nicht aufhören, das Getränk in großen Schlucken in sich hineinzuschütten. Die Hitze hatte ihn ausgetrocknet. Als Brandner das Glas zurück auf den Tisch stellte, war es zu drei Vierteln geleert. Auch Reitbauer hatte offenbar großen Durst.

»Wir haben den Toten gesehen, haben nichts angefasst, sofort die Polizei gerufen, und danach gewartet. Das war das Schlimmste überhaupt. Das Warten und Hoffen, dass der Mörder weg ist«, sagte Leitner.

»Hat jemand von Ihnen die Schuhe gewechselt? Oder besser gefragt, haben Sie noch die Schuhe an, die Sie heute am Vormittag getragen haben?«, fragte Brandner.

Leitner lachte, die anderen schmunzelten. Der Glatzkopf streckte Brandner seine nackten Füße entgegen. »Es ist heiß, wir warten seit einer halben Ewigkeit. Unsere Wanderschuhe stehen hier unter dem Tisch, die hatten wir heute an, aber wir haben sie vor Stunden ausgezogen.«

Der Mann hob sein graublaues Paar hoch. Brandner trat automatisch einen Schritt zurück. Der strenge Geruch war nichts für seine Nase, aber er verstand den Mann. Auch ihm war viel zu heiß.

»Ja, wir sind schon einige Tage unterwegs.« Leitner lachte nochmals, der Glatzkopf und die anderen fielen in das Gelächter ein. Der letzte Rest Anspannung schien von den Männern abzufallen. Brandner bückte sich und lugte unter den Tisch. Jeder der Wallfahrer war barfuß. An vielen Füßen klebten Pflaster. Er sah ausschließlich Wanderschuhe, die ein zu grobes Profil hatten, um für den Abdruck infrage zu kommen, den die Kriminaltechnikerin im Wald gefunden hatte.

Brandner richtete sich auf. »Ist Ihnen sonst irgendetwas von Bedeutung aufgefallen? War jemand unterwegs? Ist Ihnen jemand begegnet, als sie am Morgen unterwegs gewesen sind?«

»Es gibt schon noch etwas zu berichten, aber vorher sollten wir klären, wer für die heutige Übernachtung bezahlt. Unsere Schuld ist es ja nicht, dass wir einen Tag länger hierbleiben müssen«, sagte Leitner.

Das darf doch nicht wahr sein!

Leitners Rudel nickte seinem Anführer aufmunternd zu.

»Genau, jetzt ist es zu spät zum Weiterwandern, wir müssen hierbleiben, und wer zahlt die Zeche?«, fragte der Glatzkopf herausfordernd.

Ich bin im falschen Film!

Brandner blickte Hilfe suchend zu Reitbauer. Der zuckte mit den Achseln.

Schlechte Publicity kann ich wahrlich nicht gebrauchen, ging es Brandner durch den Kopf. Davon hatte er im vorigen Jahr genug gehabt, und die hatte letztendlich dafür gesorgt, dass er im LKA Niederösterreich festsaß.

»Wir finden sicher eine Lösung wegen der Kostenübernahme«, stimmte er daher einen versöhnlichen Tonfall an. »Jetzt sagen Sie uns bitte, was Ihnen noch aufgefallen ist. Sie verstehen sicher, dass die Zeit drängt, und ich muss sie darauf hinweisen, dass sie sich strafbar machen, wenn Sie uns nicht alles sagen, was Sie wissen.«

»Sie bestätigen uns aber, dass Vater Staat die Kosten für die zusätzliche Übernachtung übernimmt?«, hakte Leitner nach.

Dich werde ich gleich in einer Zelle in Waidhofen unterbringen, wenn du mir nicht gleich sagst, was du weißt!

»Ja, wir werden dafür aufkommen.«

»Und für das Essen und die Getränke!«, mischte sich der Glatzkopf wieder in die Verhandlung ein.

Brandner sah Reitbauer an.

»Das übernehmen wir«, bestätigte der Postenkommandant nach kurzem Zögern.

»Gut, dann wäre das ja geklärt.«

Leitner informierte Brandner darüber, dass mehrere Autos mit Amstettener Kennzeichen die kleine Gruppe am Morgen überholt hatten. Einige Fahrzeuge waren ihnen entgegengekommen. Mit Unterstützung seiner Kollegen beschrieb er die Autos, samt Modell und Farbe, außerdem einigten sie sich, ob es sich jeweils um einen männlichen oder weiblichen Fahrer gehandelt hatte.

Wahrscheinlich lauter Einheimische von den umliegenden Bauernhöfen, die in Ybbsitz einkaufen waren, überlegte Brandner. *Wenn sie keine andere Information haben, kommen wir nicht weiter.*

»Und dann war da noch der Radfahrer«, sagte Leitner.

Der Glatzkopf neben ihm nickte aufgeregt.

»Welcher Radfahrer, von wem reden Sie?«

»Nach den beiden Schüssen ist uns ein Mountainbiker auf der Forststraße entgegengekommen«, sagte Leitner.

»Ich denke nicht, dass der geschossen hat«, warf der Glatzkopf ein.

»Ich auch nicht. Der müsste nach dem zweiten Schuss schon wie der Teufel höchstpersönlich die Schotterstraße hinuntergerast sein, sonst geht es sich zeitlich nicht aus«, stimmte Leitner zu.

»Genau, und wo hätte der die Waffe gelassen?«

»Der Reihe nach, meine Herren! Habe ich Sie richtig verstanden? Es ist Ihnen, nachdem Sie die Schüsse gehört haben, ein Radfahrer aus Richtung des Tatortes entgegengekommen?«

Alle acht Männer nickten übereinstimmend.

Brandner schaute entsetzt zu Reitbauer, der zuckte entschuldigend die Schultern. »Ist mir auch neu«, sagte er kleinlaut.

»Und das sagen Sie mir erst jetzt?« Brandner richtete seine Frage an Leitner.

»Der Mountainbiker kann es gar nicht gewesen sein«, wiegelte der Rädelsführer ab und trank von seinem Bier.

Brandner überlegte, ob er sich nicht auch einen Gerstensaft oder am besten gleich einen Schnaps bestellen sollte.

»Herauszufinden, ob dieser Radfahrer es gewesen sein kann, überlassen Sie bitte uns«, sagte er bemüht emotionslos.

»Er könnte die Waffe in einem Versteck deponiert haben. Ist Ihnen dieser Gedanke noch nicht gekommen?«, fragte Reitbauer Leitner.

»Genau, die Waffe kann überall sein. Wir müssen den Kriminaltechnikern Bescheid geben. Der Suchradius muss erweitert werden, und zwar entlang der Forststraße, bis zu dem Punkt, an dem der Radfahrer unseren Herren Wallfahrern begegnet ist. Herr Leitner begleitet uns sicher gerne und zeigt uns die Stelle.«

Brandners Blick sollte Leitner klarmachen, dass er keine Widerrede duldete.

»Sicher, kein Problem«, bestätigte Leitner sofort.

»Der Mountainbiker muss die Waffe aber gar nicht entsorgt haben«, meinte der Glatzkopf.

Was soll das jetzt wieder?

»Wo soll er sie denn gehabt haben, als er an uns vorbeigefahren ist?«, wollte Leitner von seinem Wanderkollegen wissen.

»Erinnerst du dich nicht?«

»Ich weiß nicht, worauf du hinauswillst.«

»Nun klären Sie uns endlich auf!« Brandners Stimme war deutlich lauter als zuvor. Langsam verlor er die Geduld mit den Gläubigen. Er sah den Glatzkopf an und zwang sich, ruhig zu bleiben. Das fiel ihm schwerer, als er mitansehen musste, wie der Glatzkopf seelenruhig sein Bierglas nahm und es austrank. Die Wirtin tauchte auf, bevor er es abstellen konnte.

»Noch eines, bitte. Unser Freund und Helfer übernimmt ja die Rechnung, da schmeckt es mir gleich besser«, sagte der Wallfahrer, während er der Wirtin das Glas übergab.

»Jetzt sagen Sie schon, was Sie wissen.«

Sonst verklage ich dich wegen Behinderung von polizeilichen Ermittlungen. Gefahr ist in Verzug, die Anklage ließe sich sicher ausweiten.

»Der Radler trug einen dunkelblauen Rucksack. Dass dir das nicht aufgefallen ist.« Die letzten Worte richtete der Glatzkopf an Leitner.

»Da bekommt man doch niemals ein Gewehr hinein.«

»Wir wissen nicht mit Sicherheit, mit welcher Art von Schusswaffe der Mann ermordet wurde.«

»Es war sicher ein Jagdgewehr. Immerhin wurde auch

ein Reh erlegt. Das wird wohl kaum mit einer Pistole funktioniert haben«, sagte Leitner und schaute in die Runde, als suche er Zustimmung.

»Es gibt auch Modelle, die man so zerlegen kann, dass man sie leicht in einem Rucksack unterbringt«, erklärte Brandner. Währenddessen öffnete er die Knöpfe an den Ärmeln seines Langarmhemdes und begann, den Stoff einzuschlagen, sodass seine Unterarme freilagen. Eva verbot ihm, Kurzarmhemden zu tragen. In einer ihrer Frauenzeitschriften hatte sie einmal gelesen, dass diese als spießig galten. Seither waren sie für Brandner tabu. Angenehme Kühle stellte sich durch das Hochkrempeln der Ärmel aber nicht ein.

»Wie sah der Radler aus, können Sie ihn uns beschreiben?«

Die Männer begannen durcheinanderzureden. Brandner schnappte nur einzelne Wortfetzen auf. »Jung«, »Dunkler Typ«, »Sonnengebräunt«, »Durchtrainiert«.

Er trank sein Glas Apfelsaft leer und sorgte für Ruhe, indem er Leitner ansprach. »Herr Leitner, Sie sind doch so etwas wie der Sprecher der Gruppe, können Sie für mich die Erkenntnisse zusammenfassen?«

»Der Bursche war zwischen 20 und 30 Jahre alt, sicher nicht viel älter als mein Enkelsohn, der ist 22. Er trug einen rot-blauen Helm. Braune Arme und Beine, er war überhaupt eher ein dunkler Typ. Heinz meint, er fährt ein 29-Zoll-Rad, was für ein Mountainbike bis vor Kurzem noch ungewöhnlich war. Es muss also ein relativ neues Bike gewesen sein.«

»Stimmt«, sagte der Mann, der dem Glatzkopf gegenübersaß und von den anwesenden Männern auf Brandner am fittesten wirkte.

»Ich fahre selbst Rennrad, aber ich erkenne die gröberen Unterschiede bei Mountainbikes. Die Marke habe ich allerdings nicht feststellen können, da habe ich nicht darauf geachtet. Es war mit Sicherheit ein Fully, vorne und hinten gefedert«, erklärte der Mann.

Brandner hatte seinen Notizblock zur Hand und begann zu notieren: ›Fully, 29 Zoll, dunkler Typ, rotblauer Helm, zwischen 20 und 30 Jahre alt.‹

»Der Biker trug ein dunkelblaues Trikot, und der Rucksack hatte dieselbe Farbe, daher fällt er nicht so auf«, sagte der Glatzkopf.

»Grüne Sportschuhe, das ist mir noch aufgefallen. Es sind keine typischen Radfahrschuhe mit Clips gewesen, sondern sie haben wie Laufschuhe ausgesehen.«

Laufschuhe, das würde zu den Abdrücken passen, die wir im Wald gefunden haben.

Brandner schrieb die Information auf.

»Und da war ein Schriftzug am Trikot, in Brusthöhe«, meldete sich Leitner wieder zu Wort. »Weiß noch jemand von euch, was da draufstand?«, fragte er seine Mitwanderer.

Die Wallfahrer verhielten sich still. Nur der Glatzkopf pflichtete Leitner bei: »Es stimmt, da stand etwas auf dem Shirt, es könnte der Name eines Sport- oder Radfahrerklubs gewesen sein.«

Brandner kritzelte auch diese Information rasch auf das Papier und sah in die Runde. »Bitte«, sagte der Kommissar, »es ist sehr wichtig, versuchen Sie, sich zu erinnern, was dort genau auf dem Trikot geschrieben stand.«

Die Wirtin trat ins Freie, in beiden Händen hielt sie jeweils einen Teller mit goldbraun gebackenem Schnitzel und den dazugehörigen Erdäpfeln. Sofort wurde der

Schweißgeruch von dem des Essens überlagert. Sie stellte die Teller auf den Nachbartisch neben den Wallfahrern ab.

»Darf es noch etwas zu trinken sein?«

Brandner reagierte nicht. Reitbauer bestellte ein weiteres Glas gespritzten Apfelsaft.

»Darf es noch etwas sein, Herr Kommissar?«

»Was stand auf dem Trikot, denken Sie bitte nach!«

»Ich weiß es nicht ... Es waren nur Buchstaben ... Die haben keinen Sinn ergeben«, antwortete der Glatzkopf.

»Buchstaben? Keine Wörter?«

»Genau!«

Leitner wirkte ganz aufgeregt. »Da stand absolut nichts, was für mich Sinn ergeben hat. Es war nur eine Aneinanderreihung von Buchstaben. Ich kann mich an den ersten erinnern. Es war ein A.«

Na immerhin etwas. Jetzt können wir die Radfahrvereine absuchen. Wenn der Mountainbiker in keinem Klub gemeldet ist, sondern der Schriftzug eine andere Bedeutung hat, hilft uns die Information nicht weiter.

Brandner bedankte sich bei den Männern für die Auskünfte. Leitner bat er, nochmals mit Reitbauer und ihm Richtung Tatort zu fahren, um ihnen genau zu zeigen, wo der Biker den Wallfahrern entgegengekommen war. Reitbauer bestellte seinen Apfelsaft ab und beglich die Rechnung.

KAPITEL 26

Brandner setzte Leitner beim Gasthaus neben dem Sägewerk ab. Noch immer saßen die anderen sieben Wanderer dort im Freien und tranken Bier. Die Schnitzel waren unangetastet abgeräumt worden. Da kein Pfarrer die Gruppe begleitete, hegte Brandner Zweifel, ob die Männer tatsächlich als Wallfahrer zu bezeichnen waren.

Ob die morgen recht viel weiter kommen als heute? Bei dem Alkoholkonsum? Wir zahlen jedenfalls keine weitere Übernachtung. Die Namen, Adressen und Telefonnummern haben wir, von mir aus können sie weiterziehen.

Leitner hatte Brandner die Stelle gezeigt, an welcher der Mountainbiker den Wallfahrern entgegengekommen war. Tatsächlich waren es von dort über zwei Kilometer bis zum Tatort. Da keiner der Wanderer eine genaue Zeitangabe zwischen den Schüssen und der Begegnung hatte abgeben können, kam der Radler als Täter in Frage. Ausgehend vom Tatort bis zur Stelle, die Leitner Brandner gezeigt hatte, würde die Spurensicherung den Wald nach der Tatwaffe durchkämmen.

Damit sind sie bis morgen ausgelastet. Vielleicht findet ja diese Auer noch mal eine heiße Spur.

»Eine erfolgreiche Wallfahrt nach Mariazell! Und falls noch jemandem etwas einfällt, zögern Sie bitte nicht, rufen Sie mich einfach an. Sie waren eine große Hilfe!«

Brandner sagte nicht, was er tatsächlich dachte. Aufgrund des Verhandelns wegen der Kostenübernahme waren die Wallfahrer bei ihm unten durch. Dafür brachte er kein Verständnis auf und er hatte sich nur darauf eingelassen, um schnell an die benötigten Informationen zu kommen. Zugestanden hätte ihnen nichts und mittlerweile bereute Brandner, dass er ihnen überhaupt entgegengekommen war. Die beiden Männer schüttelten sich zum Abschied die Hände, Leitner schlug nach einem »Auf Wiedersehen!« die Autotür zu.

Der Kommissar sah, wie die Wallfahrtskollegen ihren Leithammel begrüßten, bevor er Reitbauer folgte, der wieder selbst mit seinem Einsatzwagen vorausfuhr.

Das Tal öffnete sich, seitlich neben der Straße breiteten sich Wiesen aus. Löwenzahn und Sumpfdotterblumen mischten sich unter das saftige Gras. Die Straße verbreiterte sich und verlief weiterhin kurvig entlang des Flussbetts.

In Brandners Hosentasche vibrierte es. Automatisch ging er vom Gas und holte sein Handy hervor. Das war zwar verboten, Reitbauer würde aber wohl kaum den Kommissar deswegen belangen. Brandner tippte den vierstelligen Code mit dem Daumen ein, während die anderen vier Finger das Smartphone in seiner Handfläche fixierten.

Acht Anrufe in Abwesenheit. Zwei von Böck. Sechs von Eva! Hatte offenbar in dem Tal keinen Empfang.

Brandner richtete seinen Blick auf die Straße. Das Polizeiauto Reitbauers verschwand um die nächste Kurve.

Verdammt! Es ist schon fast 8 Uhr. Ich habe Eva nicht Bescheid gegeben, dass es später wird. Er schaute wieder auf das Smartphone: Sieben Nachrichten auf der Mobilbox. Das bedeutete nichts Gutes.

Brandner verzichtete darauf, die Nachrichten seiner Frau und die Böcks abzuhören. Schnellstmöglich musste er Eva zurückrufen, es blieb ihm nichts anderes übrig.

Er wurde nochmals langsamer, wählte die Nummer und machte das Smartphone klar für die Freisprecheinrichtung. Die Verbindung wurde aufgebaut. Er hörte Evas Stimme über den Lautsprecher: »Wieso hebst du nie ab?«

»Ich habe bis jetzt nicht mitbekommen, dass du angerufen hast«, rechtfertigte sich Brandner.

»Wo bist du?«

»Im Mostviertel, bei Waidhofen an der Ybbs.«

»Na super. Wann bist du daheim?«

»Das wird noch über zwei Stunden dauern.«

»Du bist aber mit Kinderdienst dran. Ich bin mit Monika verabredet. Frauenabend, das hatten wir doch ausgemacht!«

Ach du Scheiße, heute ist ja Samstag!

»Tut mir leid, Eva, hier war plötzlich die Hölle los. Ein Mord ist passiert, du weißt, wie das ist.«

»Ja, du bist bei der Mordkommission, da gibt's Tote, das ist mir klar. Wir hatten ausgemacht, dass du mir immer sofort Bescheid gibst, wenn es unsicher ist, ob du rechtzeitig heimkommst!«

»Ja, ich weiß, du hast ja recht.«

»Wieso hast du nicht angerufen?«, ließ Eva nicht locker. »Von Sankt Pölten bis nach Waidhofen sitzt du eine Stunde im Auto, da hättest du mir leicht eine Nachricht hinterlassen können, bevor du am Tatort eingetroffen bist.«

Weil … weil ich nicht mit dir reden wollte. Weil ich mir zuvor ein Haus in Sankt Pölten angesehen habe, von dem du und die Kleinen nichts wissen sollen.

»Ich habe alles mit der Kriminaltechnik organisieren müssen, mit der Einsatzleitung vor Ort, und ich muss mit einer anderen Gerichtsmedizinerin zusammenarbeiten als früher beim BKA … Alles ist neu.«

»Eine Gerichtsmedizinerin, sagst du. Sieht sie gut aus?«

Was soll das jetzt?

»Das weiß ich doch nicht, wir haben uns nur über den Fall unterhalten.«

»Du wirst doch wissen, wie sie aussieht. Was hatte sie an? Welche Haarfarbe? Ist sie jünger als ich?«

»Eva, es tut mir leid, dass ich zu spät nach Hause komme, und vor allem, dass ich nicht angerufen habe. Es kommt nicht wieder vor!«

Er hörte Eva am anderen Ende atmen.

»Also gut, ich bleibe daheim«, sagte sie schließlich.

»Babysitter habe ich keinen bekommen, daher musste ich Monika absagen. Weck uns nicht auf, wenn du heimkommst.«

Eva legte auf.

Brandner trommelte nervös mit den Fingern auf seinem Lenkrad herum. Endlich hatte er einen richtigen Fall und schon verkomplizierte sich sein Privatleben noch mehr als zuvor.

Das kommt mir irgendwie bekannt vor. Bald wird mein Vorgesetzter den Druck auf mich erhöhen. Der hat mich ohnehin angerufen. Auch die Presse wird sich dem Fall intensiver widmen. Alles schon dagewesen. Ob beim BKA oder beim LKA, das macht keinerlei Unterschied. Die Nachricht von Böck höre ich morgen ab, zurückrufen kann ich ihn dann immer noch.

Statt über Waidhofen und Amstetten in Richtung Autobahn zu fahren, bog Brandner rechts auf die Bundesstraße in Richtung Gresten ein, nachdem er das Werk von Welser Profile passiert hatte.

Am besten wäre es, ich würde gleich in Waidhofen übernachten, ich muss ja doch morgen wieder herkommen. Eva will mich ohnehin nicht sehen. Die ist richtig sauer. Berechtigterweise. Aber ich habe keine Kleidung zum Wechseln dabei, also muss ich zurück nach Wien.

Brandner drehte die Lautstärke seines CD-Players im Audi auf. Die Best-of-CD von ›Guns n' Roses‹ putschte ihn wieder auf.

Als Brandner endlich vor seinem Einfamilienhaus in Wien einparkte, war es nach 23 Uhr. Ein Stau, verursacht durch einen Autounfall, hatte ihn eine zusätzliche Stunde gekostet. Würde er in Sankt Pölten wohnen, wäre er zwei Stunden früher daheim gewesen.

Aus keinem der Fenster im Haus drang Licht. Seine drei weiblichen Familienmitglieder genossen schon ihren Schönheitsschlaf, die Türen zu den Schlafzimmern waren geschlossen.

Auf der Couch im Wohnzimmer lagen eine Bettdecke und ein bezogener Kopfpolster.

Unmissverständlicher Hinweis.

Brandner putzte sich die Zähne, danach drehte er das Licht ab und machte es sich auf der Couch bequem, so gut das möglich war. Nach fünf Minuten entledigte er sich seiner langen Hose und streckte sich aus. Entspannen konnte er sich nicht. Die Wohnzimmeruhr tickte vor sich hin. Ihm schien es, als würde sie mit jeder Minute um ein Dezibel lauter. Brandner setzte sich auf, stützte sich mit beiden Händen ab, erhob sich und ging zum Weinständer. Seine Augen hatten sich an die Dunkelheit so weit gewöhnt, dass er ohne Probleme den Cabernet auswählen konnte. Eine Minute später schmeckte er den samtigen Rotwein auf seiner Zunge und schluckte ihn hinunter.

Das Tablet seiner Tochter lag auf dem Tisch. Er nahm es mit zur Couch, stellte das Weinglas auf den Beistelltisch und aktivierte den Touchscreen. Isabella hatte Youtube-Videos angesehen, von den Social-Networks und von ihrem E-Mail-Account hatte sie sich abgemeldet, was Brandner einigermaßen beruhigte. Seine älteste Tochter befolgte offenbar die grundsätzlichen Sicherheitsvorkehrungen, die er ihr vorpredigte.

Er klickte auf das Google-Zeichen und schrieb ›Radfahrklubs Bezirk Amstetten‹ in die Suchmaske.

KAPITEL 27

Waidhofen

Gehen die beiden mit mir etwa in eine Lesbenbar? So hatte sich Jennifer ihren Junggesellinnenabschied, auch wenn er nur vorübergehend war, mit Sicherheit nicht vorgestellt. Aber zu ihren Studienfreundinnen hatte sie den Kontakt in den letzten Jahren schleifen lassen und in Hongkong verband sie mit keiner ihrer damaligen Schulkameradinnen eine so starke Freundschaft, dass sie nach Österreich zu Jennifers Hochzeit anreisen würde. Blieb nur ihre Schwägerin in spe – wie Valerie Schuster sich nannte – und deren Lebensgefährtin. Die beiden standen vor Jennifers Wohnungstür und wollten die zukünftige Braut ein letztes Mal in die Nacht entführen, bevor sie in den Hafen der Ehe einlief.

Wow, sehen die scharf aus, ging es Jennifer durch den Kopf, als sie die einige Jahre älteren Frauen taxierte.

»Mein Bruder hat mir gesteckt, dass du heute Abend noch nichts vorhast.«

Dem guten Eugen verdanke ich also die Überraschung.

»Kommt erst einmal herein.«

Als die beiden Frauen auf Jennifers Couch saßen, fragte sie: »Was genau wollt ihr eigentlich mit mir unternehmen?«

»Junggesellinnenabschied! Lass dich einfach überraschen«, lautete Valeries vage Antwort.

»So wie ihr ausseht, sollte ich mir was anderes anziehen und mich herausputzen.«

»Es darf ruhig etwas nuttig aussehen«, rief ihr die Schwester ihres zukünftigen Gemahls kichernd nach, als Jennifer aus dem Wohnzimmer in Richtung Bad ging.

Eine knappe Stunde später steckte sie in einem kurzen roten Kleid, das schon während ihrer Studienzeit seine Wirkung auf die Männerwelt nie verfehlt hatte. Die passenden Stöckelschuhe verstärkten ihre erotische Ausstrahlung, und die Perlenkette wertete ihr Outfit gerade so weit auf, dass die Trägerin nicht billig wirkte, man sich aber trotzdem traute, sie auf einen Drink einzuladen. Das war jedenfalls Jennifers Intention. Wenn sie schon mit den beiden lesbischen Frauen die Nacht unsicher machen musste, dann wollte sie wenigstens ihren Spaß haben. Und die Perlenkette würde dafür sorgen, dass sie keine unverzeihliche Dummheit beging und die Hochzeit gefährdete, da sie ein Geschenk von Eugen war. *Ich werde nicht schwach werden,* sagte sie sich in Gedanken. Männer würden ohnehin keine anwesend sein, außer solche, die nicht auf Heterofrauen wie Jennifer standen.

Valerie und Corinna fuhren mit ihr nach Linz. In der Landeshauptstadt Oberösterreichs sah sie von der Stadtautobahn die breiten Türme des Stahlwerks, deren Seitenflächen in verschiedenen Sprachen mit dem Schriftzug »Willkommen« versehen waren. Valerie verließ die Autobahn und Jennifer verlor im Straßengewirr die Orientierung.

»Nach dem Check-In trinken wir am besten erst einmal einen Cocktail an der Hotelbar«, sagte Valerie, nachdem sie in einer Seitengasse geparkt hatte.

»Bleiben wir etwa über Nacht?«

Valerie nickte.

»Keine Sorge«, sagte sie. »Wir haben Zahnpasta und Zahnbürste mit. Eugen hat uns für morgen frische Unterwäsche, Jeans und ein Top für dich eingepackt. Hast du wirklich nichts geahnt?«

Dieser Schuft! »Ich wusste absolut nichts!«, bestätigte Jennifer und sah die beiden Frauen zufrieden grinsen.

»Sehr gut, dann komm mit!«, ließ Valerie keine Widerrede zu. Ihre zukünftige Schwägerin nahm Jennifer an der Hand und zog sie entlang des Gehsteiges, während Corinna mit dem Koffer folgte. Am Ende der Gasse erkannte Jennifer ein Schild, das ein Hotel kennzeichnete.

Am nächsten Morgen erwachte Jennifer mit Kopfschmerzen. Genau hinter ihrer Stirn pochte es bei jeder Bewegung. Übel war ihr nicht, stellte sie fest und wertete das als gutes Zeichen. Sie schaute neben sich. Im großen Doppelbett lag sie zwar vollkommen nackt unter der Decke, nur die Perlenkette schmückte sie, aber immerhin war sie allein.

Gott sei Dank!

Erste Erinnerungen an die vergangene Nacht kämpften sich in ihr Bewusstsein. Sie war kurz davor gewesen, schwach zu werden. Der Alkohol hatte ihre Hemmschwelle um mehrere Stufen herabgesetzt, und hätte sie der Stripper direkt von der Bühne in seine Umkleidekabine geführt, wäre sie mit hoher Wahrscheinlichkeit mit ihm mitgegangen. So unverfroren war der muskulöse Frauenschwarm jedoch nicht gewesen. Berührt hatten seine Hände sie überall, nur der Stoff ihres Höschens war zwischen ihren intimsten Stellen und seinen Fingern gewesen. Sofort sehnte sie sich danach, von zärtlichen Männerhänden liebkost zu werden.

In was für ein unanständiges Lokal haben mich die beiden gestern Nacht entführt? Da waren nicht nur Lesben und Schwule. Trotz des Pochens in ihrem Hirn musste Jennifer schmunzeln. Eine aufregende Nacht lag hinter ihr. Besser hätten es ihre Schulfreundinnen in Hongkong keinesfalls hinbekommen. *Und wenn ich mich recht erinnere, ist nichts vorgefallen, was die Hochzeit gefährdet. Aber wie bin ich ins Hotel gekommen? Mir fehlen einige Minuten in meiner Erinnerung, oder sind es gar Stunden?*

Mit einem Mal war sich Jennifer nicht mehr sicher, ob sie nicht zu sehr über die Stränge geschlagen hatte.

Ich würde es wissen, ich würde mich erinnern, wenn irgendetwas von Bedeutung vorgefallen wäre, oder etwa nicht?

Sie kroch aus dem Bett, sah sich um. Ihr Kleid, die Strümpfe, BH und Höschen, die Schuhe – sämtliche Kleidungsstücke, die sie am Vorabend getragen hatte, lagen über das ganze Zimmer verstreut. Es schien, als wäre jede Ecke des Raums mit einem Stück bedacht worden. *Sehr komisch,* dachte sie und öffnete die Badezimmertür.

Eine Stunde später saß Jennifer mit den anderen beiden Frauen beim Frühstück und fragte sie, ob gegen Ende der Nacht etwas vorgefallen sei, was sie wissen sollte.

Valerie entgegnete kryptisch: »Ich habe dir doch gesagt, was beim Junggesellinnenabschied passiert, bleibt auf dem Junggesellinnenabschied. Von uns erfährt niemand, was gestern alles vorgefallen ist. Beruhige dich.«

Jennifer schaute zu Corinna. Valeries Geliebte nickte ihr zu. »Ehrlich, von uns sagt keine etwas.«

»Aber was ist denn vorgefallen? Ich weiß nicht einmal mehr, wie ich in mein Hotelzimmer gekommen bin.«

»Komm her, Schwester, alles in Ordnung.«

Valerie zog Jennifer an sich und drückte sie an ihre Schulter.

Was habe ich gestern getan? War ich tatsächlich so betrunken, dass ich mich an etwas Wichtiges nicht erinnern kann? Habe ich vielleicht mit einem Mann geschlafen, oder mit einer Frau? Nein, das kann nicht sein. Das darf nicht sein!

Jennifers Blick landete auf Valeries Smartphone, das auf dem Tisch neben deren Frühstücksteller lag.

Valerie hat gestern Fotos geschossen, in der Bar, da bin ich mir ganz sicher. Wenn etwas vorgefallen ist, hat sie das sicher fotografiert!

KAPITEL 28

Sankt Pölten

Brandner setzte sich an seinen Schreibtisch im LKA Sankt Pölten. Während der Kommissar darauf wartete, dass sein Computer hochfuhr, nahm er einen Schluck vom schwarzen Kaffee. Er genoss die Stille, kein telefonierender Kollege störte ihn an diesem Sonntagmorgen. Als das Gerät bereit war, öffnete er seine Mailbox.

Auch Reitbauer hatte offenbar keinen Schlaf gefunden in der vergangenen Nacht.

Brandner öffnete die E-Mail des Postenkommandanten. Im Anhang war eine lange Liste von Sportvereinen aus den Bezirken Amstetten und Scheibbs. Ganz oben standen die reinen Radfahrvereine. Auf den Mountainbike-Klub Amstetten war der Kommissar schon während seiner Google-Recherche mitten in der Nacht gestoßen. Beheimatet war der Klub direkt in der Bezirkshauptstadt, und das, überlegte Brandner, war zu weit entfernt vom Tatort. Sicherheitshalber rief er nochmals die Website des Fahrradklubs auf. Nein, er hatte sich nicht getäuscht: Die Amstettener trugen alle gelbe Trikots von ihrem Sponsor.

»Wie gehen wir weiter vor?«, fragte Brandner Reitbauer, als sie wenig später miteinander telefonierten.

»Ich bin auf dem Weg zum Tatort. Die Kollegen von der Kriminaltechnik werden bald eintreffen. Falls die

Unterstützung brauchen, will ich unbedingt vor Ort sein.«

Das kann ich mir vorstellen. Vor allem will er Frau Auer unterstützen. Die schaut nicht nur gut aus, sondern hat auch was auf dem Kasten.

»Ich komme in gut zwei Stunden, dann können wir uns abstimmen.«

»Richten Sie wieder Ihre Zentrale für die Ermittlungen bei mir in Waidhofen ein?«, wollte Reitbauer wissen.

Gute Frage.

»Das muss ich mit Direktor Böck klären. Ich weiß nicht, wie das im LKA normalerweise gehandhabt wird«, erwiderte Brandner.

Nachdem sich Brandner von Reitbauer verabschiedet hatte, studierte er weiter die Liste auf seinem Bildschirm. Außer dem ASKÖ begann keiner der Sportvereine mit einem A.

Und beim ASKÖ kann man davon ausgehen, dass sogar die Rentner aus Oberösterreich diese Kurzbezeichnung gekannt hätten. Beim ASKÖ ist der eine oder andere der Wallfahrer wahrscheinlich sogar selbst Mitglied.

Brandner schaute auf seine Armbanduhr. Der Stundenzeiger stand auf 9 Uhr. Der Kommissar nahm wieder den Telefonhörer und wählte die Handynummer seiner Frau.

»Guten Morgen, ich wollte mich melden. Heute am Morgen habt ihr noch geschlafen, als ich außer Haus bin.«

»Jetzt sitzen wir gerade beim Frühstück.«

»Ich halte dich auch überhaupt nicht lange auf. Im Moment bin ich im LKA in Sankt Pölten, ich fahre aber gleich nach Waidhofen und dann weiter zum Tatort in Ybbsitz. Dort habe ich keinen Empfang. Es kann später werden … das wollte ich dir nur sagen.«

»Siehst du! Das war doch gar nicht so schwierig«, sagte Eva. »Kein Problem, wenn du später kommst, mach dir keine Sorgen, ich kümmere mich um unsere Mädels.«

Sie verabschiedeten sich. Als Brandner den Hörer auflegte, fühlte er sich erleichtert.

Eva scheint mir verziehen zu haben. Gott sei Dank ist sie nicht nachtragend!

Die Liste mit den Sportvereinen druckte er sich aus und verstaute sie in seiner Aktentasche. Als Brandner das Büro verließ, sperrte er seine Tür ab. Kollege Huber war nirgends zu sehen. *So überlastet mit dringenden Fällen kann er nicht sein, wenn er am Sonntagvormittag nicht arbeitet.* In den anderen Büros herrschte mittlerweile Betrieb. Brandner schätzte, dass ein Drittel der Belegschaft anwesend war. *Ich Glücklicher komme hinaus an die frische Luft, während die Armen hier eingesperrt sitzen bleiben.*

Brandner trat ins Freie und merkte sofort, dass die Luft in Sankt Pölten schon wieder auf gefühlte 35 Grad aufgeheizt war. *Ein Tag fürs Freibad, aber Ermittlungen im Wald neben dem kühlen Gebirgsbach sind auch in Ordnung.*

Als Brandner auf der Autobahn auf 130 Stundenkilometer beschleunigte, fiel ihm ein, dass ihm an diesem Tag noch der Besuch bei der Familie des Toten bevorstand. *Da kann Direktor Böck noch so viel Druck machen oder die Presse mich durch den Kakao ziehen, nichts ist annähernd so schlimm, wie der Besuch bei den engsten Angehörigen eines Ermordeten.*

Trotzdem war es an der Zeit, Böck zurückzurufen.

KAPITEL 29

Ybbsitz

Die Zufahrt zur Forststraße war gesperrt. Als ermittelndem Kommissar hätte es Brandner zugestanden, das Absperrband zu lösen und direkt bis zum Tatort zu fahren. Er entschied sich aber, zu Fuß zu gehen.

Die Äste der Bäume schützten ihn vor den Sonnenstrahlen und das Wasser im Bachbett sorgte vom Boden her für eine angenehme Kühle. Nach 20 Minuten Fußmarsch traf Brandner auf Reitbauer und die Gruppe Kriminaltechniker, die das zweifelhafte Vergnügen hatte, sonntags zu arbeiten.

»Bisher keine Spur von einem Gewehr oder irgendeiner Art von Waffe«, informierte Reitbauer den Kommissar.

»Ist Frau Auer irgendwo in der Nähe?«, fragte Brandner und sah in die Männerrunde.

»Ihr Chef ist weiter oben am Tatort, er hat mich informiert, dass Frau Auer im LKA ist und den Abdruck des Schuhs analysiert. Wir sollten bald mehr Informationen darüber bekommen.«

Brandner erkannte an Reitbauers Gesichtsausdruck, dass er die junge Frau so bald wie möglich vor Ort in seinem Revier sehen wollte. *Ich hätte am Morgen bei ihr vorbeischauen können, als ich im LKA war. Aber wahrscheinlich wäre es zu früh für irgendwelche näheren Aussagen gewesen. Außer Vermutungen hätte ich nichts erfahren.*

»Okay, wenn es hier vorerst nichts Neues gibt, fahren wir beide jetzt zur Familie des Opfers. Sie wissen, wo er zu Hause war?«

»Ja«, bestätigte Reitbauer dem Kommissar und presste seine Lippen zu einem kleinen Strich aufeinander.

»Eine neue Zentrale für den Fall richten wir übrigens vorerst nicht in Waidhofen ein. Ich habe mit Direktor Böck telefoniert, er meint, dass ich von Sankt Pölten aus ermitteln soll. Und natürlich macht er Druck. Am liebsten wäre ihm, wir hätten den Täter schon«, informierte Brandner Reitbauer, als sie nebeneinander zu den Autos marschierten.

Die Lumetshofers wohnten im Zogelsgraben, einem Tal, das parallel zu dem verlief, in dem das Opfer erschossen worden war. Das Haus der Lumetshofers war in einem guten Zustand, das konnte Brandner anhand der neuen Dachziegel erkennen. Auch der hellblaue Putz wirkte frisch aufgetragen. Das hölzerne Balkongeländer war dunkelbraun gestrichen. Rote, orangene und rosa Pelargonien sorgten für Farbe. Das Wirtschaftsgebäude, das einige Meter vom Haupthaus entfernt stand, wirkte hingegen baufällig. Der ehemalige Bauernhof in Alleinlage wurde eindeutig nicht mehr genutzt. Die Wiesen in unmittelbarer Umgebung waren verpachtet, erfuhr Brandner, nachdem er der Witwe sein Beileid übermittelt hatte.

»Mein Mann war mit dem Wald verheiratet, an Ackerbau oder Viehzucht war er nicht interessiert.«

Frau Lumetshofer brachte den beiden Polizisten jeweils ein Glas Holundersaft. »Den habe ich selbst gemacht.«

Die Witwe war komplett in Schwarz gekleidet, sie hatte offenbar mit dem Besuch gerechnet. Sie wirkte gefasst, Brandner konnte nicht erkennen, wie schwer sie der Verlust traf. Ihr Blick war klar, und sie schien nicht übermüdet zu sein.

Die Nacht durchgeweint hat sie jedenfalls nicht.

»Wir sind ursprünglich aus Scheibbs«, fuhr sie fort. »Mein Mann hat das Haus hier gekauft, nachdem er eine feste Anstellung beim Stift als Förster bekommen hat.«

Brandner nahm einen Schluck. »Wirklich gut!«, sagte er und stellte das Glas ab. »Wie eng war der Kontakt ihres Mannes zu den Anwohnern?«

»Na ja, wie man es nimmt. Wir kennen selbstverständlich unsere Nachbarn. Die bewirtschaften ja unsere Wiesen. Natürlich kannte er auch alle Jäger in der Umgebung.«

»Wie war sein Verhältnis zu den anderen Waidmännern?«

Jetzt lachte sie erstmals. »Mal gut, mal schlecht, je nachdem, wer zuletzt dem anderen einen kapitalen Bock weggeschossen hat.«

»Ist vor Kurzem etwas in der Hinsicht vorgefallen? Können Sie sich vorstellen, wer ihren Mann hätte ermorden wollen?«

»Nein.« Sie hielt inne. »Ich habe ja automatisch an den Wilderer gedacht und geglaubt, mein Mann wäre ihm in die Quere gekommen.«

Brandner und Reitbauer nickten.

»Das ist auch unsere erste Vermutung«, sagte Reitbauer. »Noch sind aber nicht alle Spuren ausgewertet«, fügte er hinzu.

»Die Kriminaltechnik muss erst bestätigen, dass dieselbe Waffe wie bei den früheren Fällen von Wilderei verwendet worden ist. Wir ermitteln zu Beginn immer in alle Richtungen, um keine Spur zu übersehen, die zum Täter führen könnte«, erklärte Brandner der Witwe.

Die Frau setzte sich zu den beiden an den Tisch. »Auch wenn es nicht der Wilderer gewesen ist, denke ich trotzdem nicht, dass es einer der Jäger auf meinen Mann abgesehen hatte, da schon eher …« Sie brach ab und blieb stumm.

Brandner wartete, schließlich hielt er es nicht mehr aus. »Nun reden Sie schon weiter, wer würde ihn umbringen wollen?«, drängte er.

»Nein, das war nur so eine Idee.«

»Sagen Sie schon.«

»Ich will niemanden anschwärzen.«

»Ihr Mann ist tot, wir müssen jeder Spur nachgehen.«

»Trotzdem, es war nur ein Gedanke.«

»Jede Spur kann die richtige sein. Sagen Sie uns bitte, was Ihnen eingefallen ist.«

»Mein Mann hatte es immer auf die Mountainbiker abgesehen. Im Stiftswald dürfen die ja gar nicht fahren«, erklärte sie.

»Und was hat er dagegen gemacht?«, wollte Brandner wissen.

»Er hat sich immens aufgeregt, immer wenn doch einer auf seiner Forststraße unterwegs war.«

»Was hat er dagegen unternommen?«, fragte Brandner noch einmal.

»Mein Mann hätte niemandem etwas zuleide tun können«, sagte die Witwe. »Ja, die Radfahrer waren ein rotes Tuch für ihn, aber er hat nichts gegen sie unternommen.« Frau Lumetshofers Gesicht war gerötet, sie schaute auf die Tischplatte, wirkte beschämt. »Daher vergessen Sie am besten gleich wieder, was ich gesagt habe. Von den Radfahrern hatte keiner einen Grund, ihn zu ermorden. Es muss der Wilderer gewesen sein.«

KAPITEL 30

Waidhofen

»Und, wie war es?«, wollte Eugen nach dem Begrüßungskuss von Jennifer wissen.

»Ganz okay.«

»Okay? Wenn ich Valeries Ausführungen glauben soll, war es doch mehr als nur in Ordnung.«

Was hat sie ihm erzählt?

Sie befanden sich in Jennifers Wohnung. Jennifer drehte sich um und ging vom Vorraum ins Wohnzimmer. Eugen folgte ihr und sie setzten sich nebeneinander auf die Couch.

»Ja, stimmt, wir hatten jede Menge Spaß«, räumte Jennifer ein. »Ich bin nur müde und habe Kopfschmerzen. Den Alkohol vertrage ich offenbar nicht mehr so wie früher.«

Eugen lehnte sich zurück und taxierte sie.

»Dafür siehst du aber recht frisch aus.«

»Das Make-up hilft.« Nach einer Pause fuhr sie fort: »Du, Schatz, macht es dir etwas aus, wenn du mich für ein paar Stunden allein lässt? Ich weiß, wir wollten heute Zeit miteinander verbringen, aber da wusste ich noch nichts von der Junggesellinnenfeier. Ich bin todmüde und will einfach nur schlafen.«

Eugen beäugte sie kritisch, bevor sich ein Lächeln auf sein Gesicht legte.

»Ist klar. Nach allem, was ich von Valerie gehört habe, brauchst du jede Erholung, die du kriegen kannst.«

Er gab ihr einen Abschiedskuss, stand auf und verließ das Wohnzimmer. Sie hörte, wie die Eingangstür auf- und wieder zugemacht wurde.

Was hat ihm Valerie erzählt? Was ist heute Nacht wirklich passiert? So schlimm kann es nicht gewesen sein, sonst wäre Eugen nicht so liebevoll gewesen.

Jennifer wartete fünf Minuten, bis sie ihre Schuhe anzog und ihre Wohnung verließ.

Der Fußmarsch tat ihr gut, die Kopfschmerzen verschwanden. Als sie an Valeries Tür klingelte, fühlte sie sich deutlich besser, als am Morgen beim Frühstück.

Ihre Schwägerin in spe war überrascht, bat Jennifer aber ohne Umschweife herein.

Wenige Minuten später saßen sich die beiden Frauen bei einer Tasse Tee gegenüber. Valeries Geliebte war durch das Aktgemälde an der Wand allgegenwärtig, obwohl sie schon nach Wien abgereist war. Jennifer konnte ihren Blick kaum von dem abgebildeten Frauenkörper abwenden und musste sich zwingen, Valerie die Fragen zu stellen, wegen derer sie ihr diesen Besuch abstattete.

»Du willst wissen, was heute Nacht vorgefallen ist«, stellte Valerie fest.

»Vor allem interessiert mich, was du Eugen erzählt hast.«

»Nichts, das heißt, ich habe ihm gesagt, dass wir uns gut amüsiert haben, und dass wir spät ins Bett gekommen sind.«

»Nicht mehr?«

»Nein, kein Wort darüber, was sonst noch vorgefallen ist.«

»Wie ich heute am Morgen gesagt habe, mir fehlen einige Minuten von heute Nacht, oder vielleicht sogar Stunden«, erklärte Jennifer. »Ich kann mich nicht mehr erinnern, wann und wie ich nach Hause gekommen bin.«

Valerie trank von ihrem Tee. Für Jennifer schien es, als genoss ihre zukünftige Schwägerin es, sie im Ungewissen zu lassen.

»Jetzt sag schon, wann sind wir zurückgekommen? Und was ist passiert?«

Valerie stellte ihre Tasse auf die Tischplatte. Danach begann sie zu erzählen: »So gegen halb fünf sind wir ins Hotel gekommen. Es wundert mich ehrlich gesagt nicht, dass du davon nichts mehr weißt.«

»Ich habe zu viel getrunken.«

»Genau, am besten ich zeig dir einfach, was passiert ist.«

Valerie stand auf, ging in den Vorraum und kam mit ihrem Smartphone in der Hand zurück. Sie strich mit ihren Fingern mehrmals über den Touchscreen. Jennifer hörte Musik, die aus dem Apparat erklang, dazu ertönte Gelächter. Valerie schob Jennifer ihr Smartphone über den Tisch hinweg zu.

Die Aufnahme stammte eindeutig aus der Bar, in der die drei Frauen vergangene Nacht getanzt, getrunken und gefeiert hatten. Die Kamera war auf die Bühne gerichtet. Der vollkommen entblößte Stripper verließ unter lautem Gejohle die Szenerie. ›I love Rock n' Roll‹, ertönte aus den Boxen. Kurz danach traute Jennifer ihren eigenen Augen nicht mehr.

Was mache ich da auf der Bühne? Wieso schwinge ich mich um die Stange? Jetzt werfe ich meine Schuhe in die Menge, erst den einen, dann den anderen. Mein Gott! Wieso hält mich niemand auf?

Gerade als Jennifer im Video, offenbar völlig hemmungslos, den Reißverschluss ihres Kleides nach unten zog, stürzte Valerie Schuster auf die Bühne.

Jennifer hielt das Smartphone verkrampft in ihrer rechten Hand und sah darauf, wie ihre zukünftige Schwägerin wild gestikulierend auf sie einredete und sie von der Bühne wegzog. Laute Buhrufe und »Ausziehen«-Sprechchöre übertönten die Musik. Jennifer sah die Aufnahme von sich und Valerie auf dem Handydisplay immer größer werden. Kurz hörte sie Corinnas Stimme, die Geliebte gab ihrer Freundin das Smartphone zurück. Dann brach das Video ab.

»Danke«, sagte Jennifer. »Danke, dass du mich vor einer riesigen Dummheit bewahrt hast.«

»Keine Ursache.«

KAPITEL 31

Wien

Die Prozedur mit der Sicherheitskontrolle im Gefängnis hatten sie hinter sich gebracht.

»Freut mich, Sie kennenzulernen.« Natalie reichte Hans' Mutter ihre Hand.

Die beiden Frauen musterten sich gegenseitig.

Hans war nervös, aber er hatte das Treffen nicht länger hinauszögern können.

»Du schämst dich für mich«, hatte seine Mutter behauptet und ihn verletzt angesehen.

»Das tue ich nicht«, hatte er geantwortet und versichert, ihr seine »neue Freundin« vorzustellen.

Natalie beizubringen, dass seine Mutter im Gefängnis saß, und er ihr versprochen hatte, sie – Natalie – bei seinem nächsten Besuch mitzunehmen, war eine ganz spezielle Herausforderung gewesen. Natalie hatte große Augen gemacht, aber spontan, wie sie war, zugestimmt.

Beide Frauen trugen enge Jeans und weite bunte Blusen. Natalie hatte sich kaum geschminkt, Hans Mutter trug etwas mehr Make-up. Auch diesmal wirkte sie auf Hans attraktiver und zufriedener als in den Jahren zuvor, die sie in Freiheit verbracht hatte.

Natalie und Hans setzten sich gegenüber von Waltraud Mayer an einen der Tische. Außer ihnen war ein Aufseher im Raum, der einige Meter Abstand hielt.

»Du bist also die Frau, die meinem Hans den Kopf verdreht.«

»Mutter!«

»Keine Angst, ich sag ja gar nichts«, wiegelte Waltraud Mayer ab. »Danke, dass ihr mich besuchen kommt.«

»Das ist doch selbstverständlich«, sagte Natalie.

»Die Mutter des Freundes sitzt im Gefängnis. Das muss ein Schock für dich gewesen sein, oder nicht?«

Natalie rutschte unruhig auf ihrem Stuhl hin und her. »Nicht so sehr, *dass* sie im Gefängnis sitzt«, sagte Natalie schließlich, »sondern *wofür*!«

»Hast du ihr alles erzählt?«, richtete sich Waltraud an Hans.

»Ich habe ihr nur gesagt, dass du wegen Mordes sitzt«, antwortete Hans.

»Mehr weiß ich nicht«, bekräftigte Natalie.

Natürlich habe ich ihr nichts davon gesagt, dass du für mich ins Kittchen gegangen bist.

»Die Schusters waren für den Tod meines Christians verantwortlich, Hans' Vater. Daher mussten sie sterben.«

Natalie zuckte zusammen, Hans griff nach ihrer Hand, um sie zu beruhigen. Die Stimme seiner Mutter hatte emotionslos geklungen, aber Hans erkannte, dass das Thema sie aufwühlte.

»Vater«, erklärte er, »hat für die Schusters in der Schuhfabrik gestanzt. Wegen der Produktionsverlagerung haben sie ihm gekündigt. Er hat danach eine Stelle am Hochbau angenommen, obwohl er Höhenangst hatte. Dort ist er tödlich verunglückt.«

Natalie legte ihre zweite Hand auf die von Hans. Sie

sah ihm in die Augen. »Auch ich habe meinen Vater viel zu früh verloren«, sagte sie schließlich.

Drei Stunden später lag Hans keuchend neben Natalie im Bett. Das Kondom verknotete er und ließ es auf den Fußboden neben dem Bett fallen. Er drehte sich auf die Seite und sah Natalie an, die mit dem Rücken zu ihm lag. Mit dem Zeigefinger seiner linken Hand zeichnete er die Kontur ihres Körpers nach, streichelte von ihrer Schulter langsam hinunter bis zu ihrem Po.

Ausgerechnet an dem Tag, an dem er mit ihr seine Mutter besucht hatte, hatte Natalie zum ersten Mal mit ihm geschlafen. So sehr er es sich herbeigesehnt hatte, so wenig hatte er es kommen sehen. Jetzt waren sie endgültig verbunden.

Meine Geliebte. Lebensgefährtin. Vielleicht meine zukünftige Frau.

Schön war es gewesen. Sie hatte sich ihm vollkommen hingegeben, war leidenschaftlich gewesen und hatte den Sex mit ihm genossen. So wie er mit ihr. Nachdem er die anfängliche Unsicherheit überwunden und den Kopf ausgeschaltet hatte, war es geradezu animalisch gewesen.

»Mein Vater war Bankangestellter«, sagte Natalie in die Stille im Bett und wandte sich ihm zu. »Er wurde bei einem Überfall erschossen.« Ihre Augen schimmerten, als sie fortfuhr: »Der Täter war jung, er hatte einen Waffenschein, Geldsorgen, konnte einfach in die Bank marschieren und meinen Vater töten, mit seiner legal erworbenen Waffe.«

Hans zog sie an sich. Natalie schmiegte sich eng an seinen Körper.

»Das tut mir so leid.«

Er streichelte über ihren Hinterkopf und spürte ihre Tränen auf seiner Brust.

KAPITEL 32

Sankt Pölten

»Das Schuhprofil passt zu einem ›Schuster Trailrun 2014‹«, erklärte die Kriminaltechnikerin Brandner. Auer trug eine weiße Bluse zu einer grauen Hose.

»Sind Sie ganz sicher?«

»Wir haben eine Übereinstimmung des Sohlenabdrucks mit der Profilform. Der ›Trailrun 2014‹ von Schuster ist der einzige Schuh, bei dem die Sohle ident ist. Ich habe sämtliche gängigen Schuhtypen in meiner Datenbank«, versicherte sie ihm. »Ich würde also sagen, mit

99-prozentiger Sicherheit trug der Schütze diesen Laufschuh. Und zwar in Größe 42.«

Frau Auer zeigte auf ihren Bildschirm, die Website von Schuster Schuhe widmete dem Modell eine Unterrubrik samt Foto.

Der Schuh ist blau-gelb, die Firmenfarben der Schusters. Der Radfahrer trug giftgrüne Schuhe. Was hat das zu bedeuten? Ist der Mountainbiker unschuldig, oder haben wir sein Modell nicht in unserer Datenbank? Schusterschuhe werden hier sicher oft getragen. Die Größe ist auch nicht ungewöhnlich.

»Sie haben alle gängigen Typen in der Datenbank, kann es welche geben, die nicht so populär sind und die Sie nicht erfasst haben?«

»Das kann schon sein, aber wir haben die Übereinstimmung mit dem Schusterschuh. Der ist sehr verbreitet bei uns«, bestätigte Auer Brandners Gedanken.

»Wir suchen nach einem grünen Modell. Einem giftgrünen«, erklärte Brandner.

Die junge Kollegin konnte nicht wissen, weswegen ihm ihre Auswertung nicht weiterhalf. Aus den Augenwinkeln sah er, dass sich ein kleines Fenster rechts unten am Bildschirm ihres Computers für kurze Zeit öffnete. »Ergebnis Ballistik – Fall Lumetshofer«, stand im Betreff der E-Mail, daneben war die Aktennummer angeführt.

Auer registrierte die Nachricht nicht.

»Ich kann natürlich gezielt nach grünen Laufschuhen oder einer anderen Art von Sportschuhen suchen und die Ergebnisse abgleichen. Das dauert aber und wird mühsam.«

Sie seufzte.

»Frau Auer, Sie haben eine E-Mail bekommen. Der Ballistikbericht, öffnen Sie die Nachricht bitte«, wechselte Brandner das Thema.

Er konnte nicht darauf warten, bis er in seinem Büro war, um den Bericht zu lesen, den er sicher zeitgleich zugesandt bekommen hatte.

»Mit hoher Wahrscheinlichkeit von derselben Waffe abgefeuert wie im Wilderer-Fall«, erfasste Brandner die für ihn wichtige Information. Der Bericht war gespickt mit technischen Details und Fotos mit dazugehörigen Messungen, die in Tabellen miteinander verglichen wurden.

Mehr würde Brandner von den Kriminaltechnikern nicht bekommen. Auf ein »100 Prozent« ließen sie sich nie ein. Es könnte nämlich sein, dass ein zweites Gewehr existierte, dessen abgeschossene Patronen die exakt gleichen Merkmale aufwiesen. Vollkommen sicher sein konnten sie sich nur, wenn eine Patrone eindeutig nicht aus ein und demselben Gewehr abgeschossen worden war.

Brandner war sich sicher: Lumetshofer, die zwei Rehböcke, der Hirsch und das Reh waren von einem Täter mit demselben Gewehr erschossen worden. Das war Fakt.

»Der Wilderer hat also Lumetshofer erschossen«, stellte Auer fest und drehte sich in Richtung Brandner um, der knapp hinter ihr stand und den Bericht auf dem Bildschirm überflog.

»Soll ich ihn ausdrucken?«

Brandner bejahte und griff nach dem Telefonhörer am Schreibtisch.

»Mit der Autopsie von Herrn Lumetshofer bin ich gerade fertiggeworden«, informierte ihn Gerichtsmedizinerin Heiß mit ihrer angenehmen Stimme. »Keine Überraschungen. Die Kugel hat ihn ins Herz getroffen. Todesursache Herzversagen. 30, maximal 40 Sekunden nach dem Treffer war er tot«, erklärte sie weiter.

Brandner bedankte sich und legte auf.

Auer sah ihn fragend an. »Die grünen Schuhe, ich soll wirklich nach denen recherchieren?«

»Ja, leider kann ich Ihnen das nicht ersparen. Wir können die Angabe der Wallfahrer über den Mountainbiker und dessen Schuhe nicht ignorieren. Es wäre geradezu perfekt, wenn die Sohlen von einem grünen Schuh mit dem Abdruck im Wald übereinstimmen würden. Dann bräuchten wir nur mehr den Radfahrer zu finden und hätten einen Verdächtigen.«

»Gut, ich werde mich bemühen, aber wie gesagt, es kann dauern.«

Auer wechselte im Internet auf die Google-Website und begann, in die Suchmaske einzutippen.

So viel zu den unbeschränkten Möglichkeiten der Polizei … In manchen Fällen haben wir keine Vorteile gegenüber dem Normalbürger.

Als Brandner wieder in seinem Büro saß, gab er Reitbauer Bescheid, dass Lumetshofers Leichnam bald zur Beerdigung freigegeben werden würde. Reitbauer würde dessen Witwe darüber informieren.

»Wir müssen nach dem Radfahrer suchen. Selbst wenn der Fußabdruck nicht zur angeblich grünen Farbe seiner Schuhe passt«, sagte Brandner. »Am besten reden wir morgen mit den Funktionären der Radfahrklubs. Geschäfte, die Mountainbikes verkaufen, dürfen wir auch nicht außer Acht lassen.«

»Es gibt da eine Initiative zur Erweiterung der Radwege«, merkte Reitbauer an. »Vielleicht sollten wir auch mit den dort Verantwortlichen sprechen«, schlug der Postenkommandant vor.

»Wie heißt der Verein?«

»Im Moment läuft bei uns alles unter einem EU-Förderprojekt, da haben sie die Radwegerweiterung unter dem englischen Namen ›Ciderbike‹ hineingepackt.«

»Unseren Mann finden wir dort nicht. Die werden keine Leiberl mit einem Ausdruck ausgegeben haben, der mit A beginnt, oder?«

»Aber diese Leute kennen sicher die Radler in der Umgebung, die nicht in einem Verein trainieren«, argumentierte Reitbauer für seinen Vorschlag.

»Okay, Sie organisieren die Termine, ich bin spätestens gegen 10 Uhr am Morgen bei Ihnen.«

Wenn Böck keine Krisensitzung einberuft …

KAPITEL 33

Wien

»Ich habe einen Bieter für das Haus. Daher brauche ich Ihre Entscheidung noch heute!«

Brandner betrachtete mit dem Handy am Ohr seine Frau Eva. Sie saß ihm beim Frühstück gegenüber, trug schon ihr Businesskostüm und war vollständig geschminkt. Eine silberne Kette mit einem glitzernden Herz als Anhänger schmückte ihren Hals.

»Wer ist das?«, fragte sie ihren Mann.

»Einen Moment bitte.«

Brandner stand auf und verließ mit seinem Smartphone in der Hand das Wohnzimmer.

»Ich kann Ihnen keine Zusage geben«, sagte er zur Maklerin. »Aber wenn Sie noch ein anderes Objekt haben, sehe ich es mir gerne an.« Brandner schloss die Tür hinter sich und schaltete das Licht im Vorraum ein.

»In diesem Fall geht die Immobilie an den anderen Interessenten. Ich habe weitere Objekte, die für Sie passen könnten. Ich muss sie aber vorwarnen, keines von denen ist so perfekt wie dieses … aber wer bin ich, dass ich genau weiß, was Ihnen gefällt?«

»Mailen Sie mir doch erst einmal die Informationen über die anderen Häuser. Wenn mir ein Objekt zusagt, melde ich mich wegen einer Besichtigung.«

Nachdem die Maklerin zugestimmt hatte und sie sich

voneinander verabschiedet hatten, begab sich Brandner zurück ins Wohnzimmer. Eva trank von ihrem Tee und fragte: »Willst du mir nicht etwas sagen?«

Was weiß sie? Was hat sie gehört? Ich kann der Konfrontation nicht ewig aus dem Weg gehen.

Er atmete aus. »Ich habe dir doch gesagt, dass ich mit einer Maklerin in Verbindung getreten bin.«

»Das muss mir entgangen sein.« Sie zog die Augenbrauen nach oben und richtete sich auf.

»Ich dachte, ich hätte dir Bescheid gegeben.«

»Und ich war der Meinung, wir sind uns einig, in Wien zu bleiben.«

»Aber es ist schön auf dem Land. Viel ruhiger. Es täte uns gut. Was spricht dagegen, wenn wir uns das eine oder andere Haus ansehen?«

»Leo, Leo … ich verplempere ungern meine Zeit. Isabella stellt uns einen Baum auf, wenn wir von Wien wegziehen. Die macht uns das Leben glatt zur Hölle! Du hast sie selbst gehört.«

»Wenn wir erst einmal da sind …«

»Ich will auch nicht umziehen!«, unterbrach ihn Eva.

»Aber wir können doch …«

Brandners Telefon meldete sich wieder. Entschuldigend hob er seine Hände und sah aufs Display.

Böck, typisch. Jetzt ruft der mich schon in aller Früh an. Der hat wohl mit Direktor Kappl gesprochen und dabei gehört, dass das bei mir funktioniert, dachte Brandner zurück an seinen ehemaligen Vorgesetzten beim BKA.

»Nun geh schon ran«, sagte Eva, nachdem er einige Sekunden reglos dagestanden hatte. »Ich muss mich sowieso fertig machen und du musst aufbrechen. Wir unterhalten uns am Abend weiter.«

»Morgen«, sagte Isabella, die mit halb geschlossenen Augen ins Wohnzimmer kam.

»Morgen«, formte Brandner fast lautlos mit seinen Lippen, gleichzeitig wischte er über das Display seines Smartphones.

»Brandner, Sie kommen heute Morgen ins Büro. Lagebesprechung um 9 Uhr und dann Pressekonferenz. Ziehen Sie sich also etwas Passendes an«, befahl Direktor Böck.

Gute zwei Stunden später saß Brandner seinem Chef in dessen Büro gegenüber und machte ihn mit den Details und Neuigkeiten des Falls Lumetshofer bekannt.

»Okay, nichts von dem Radfahrer und vor allem nichts vom Schuhabdruck zur Presse. Das bleibt unser Trumpf.«

»Was ist mit dem Ergebnis der Ballistik?«

»Hier bestätigen Sie die Übereinstimmung mit den drei früheren Fällen von Wilderei in der Gegend.«

Brandner nickte. »Ich werde es als hohe Wahrscheinlichkeit titulieren. Eine 100-prozentige Übereinstimmung der verwendeten Waffen garantieren uns die Kriminaltechniker nicht.«

Böck schüttelte missbilligend den Kopf.

»Papperlapapp. Wir haben eine vollkommene Übereinstimmung. Es war derselbe Täter. Da brauchen wir nicht auf den genauen Formulierungen herumreiten.«

»Aber es gibt keine 100-prozentige Sicherheit«, beharrte Brandner.

»Sie denken doch, es war derselbe Täter, oder etwa nicht?«

»Ja.«

»Na also, dann sagen Sie das der Presse. Die erwarten nichts anderes von uns. Ohne diese Bestätigung lassen die Sie dort nicht raus.«

Mich können diese Aasgeier nicht festhalten.

»Wollen Sie nicht selbst die Pressekonferenz leiten?«

»Nein. Ihr Fall, Ihre Show!«

Böcks rasche Antwort duldete keine Widerrede.

Na super. Kappl hat damals immerhin so getan, als ob er mich aus der Schusslinie nimmt. Böck ist da offenbar anders …

»Vom Schuhabdruck und vom Radler soll ich wirklich nichts sagen?«

»Nein. Das halten Sie geheim, wie ich es Ihnen vorhin gesagt habe!«

Brandner nickte, viel war es nicht, was er den Journalisten mitteilen durfte. Hoffentlich kam niemand auf die Idee, den Fall rund um Peter Schwarz anzusprechen. Schwarz war der Frauenmörder, dessen Mordserie letztes Jahr Brandner den Job beim BKA gekostet hatte.

Nein, das wird nicht passieren. Die werden über die Parallelen mit dem Wilderer vom Annaberg reden. Das ist zwar auch schlimm, aber damit kann ich umgehen. Bei dem Fall war ich nicht dabei, da habe ich nichts falsch gemacht.

Alles war besser, als auf sein Versagen im Fall Schwarz angesprochen zu werden. Laut mehreren Journalisten hätte Brandner den Täter viel früher überführen müssen. Spätestens als mit Monika Steiner eine Angestellte der Schusters ermordet worden war, für die auch Schwarz gearbeitet hatte, hätte er auf dessen Aufenthalte in Portugal und Brasilien stoßen müssen, wo früher ähnliche Morde verübt worden waren. Schließlich war es Hans

Mayer gewesen, der seine Schwester vor Schwarz gerettet und den Serienmörder getötet hatte. Nicht die Polizei. Nicht Brandner.

»Wir arbeiten mit Hochdruck daran, ein Täterprofil zu erstellen. Das können Sie der Presse mitteilen«, merkte Böck an.

»Dabei greifen wir auf die Erkenntnisse von Annaberg zurück. Das darf ich doch sagen?«

»Ja«, bestätigte Böck.

Immerhin, so bringe ich von meiner Seite den Wilderer vom Annaberg ins Spiel. Darauf wird sich die Presse einschießen. Die Journalisten werden gar nicht mehr an Schwarz und meine Versetzung denken. Hoffentlich.

KAPITEL 34

Waidhofen

Jennifers Gedanken wanderten immer wieder zurück zu dem, was an ihrem Junggesellinnenabschied passiert war. Aber jetzt war nicht der richtige Augenblick, um sich darüber den Kopf zu zerbrechen. Sie befand sich in ihrem Büro und Lees Limousine, mit der er ihren Vater vom Flughafen abgeholt hatte, war vor wenigen Minuten auf den Firmenparkplatz der Schuster Schuhe GmbH eingebogen.

Ohne anzuklopfen, trat ihr Vater ein, dahinter folgte Lee. Chan trug seinen dunklen Anzug. Auf Jennifer wirkte ihr Vater älter, als sie ihn in Erinnerung hatte. Ein Dreitagebart verstärkte ihren Eindruck.

»Ist alles in Ordnung?«, fragte er seine Tochter nach der Begrüßung in ihrer Muttersprache.

»Ja, alles passt perfekt, auch das Wetter für den Rest der Woche. Es ist Sonnenschein vorausgesagt«, antwortete Jennifer.

»Gut, dann wird nichts schiefgehen. Muss ich wirklich mit der Kutsche mitfahren?«

»Ja, das gehört zur Tradition. Der Vater bringt die Braut zur Kirche. Braut und Bräutigam fahren erst nach der Trauung gemeinsam.«

Jennifers Vater drehte sich um und prüfte die Umgebung. Außer Bob Lee und Jennifer war niemand im Büro, aber die Tür war nur angelehnt. Hier bei den Schusters verstand ohnehin niemand ihre Sprache. Trotzdem schloss ihr Vater die Bürotür und wirkte mit einem Mal nervös.

»Ich verliere dich nur für kurze Zeit«, sagte er schließlich. »Das ist dir doch bewusst?«

Jennifer hob ihre Hand. »Sobald mir Firmenanteile zustehen und wir einen Vorwand fingiert haben, lasse ich mich scheiden. Davon will ich aber jetzt noch nichts wissen.« Jennifer spürte Unwillen in sich aufsteigen. Sie konnte es sich selbst nicht erklären.

»Solltest du aber.«

»Ich heirate am Wochenende.«

Ihr Vater nickte, ging auf Jennifer zu und legte seine beiden Arme auf ihre Schultern.

»Das war von Anfang an unser Plan.«

Jennifer schaute in seine Augen, die sie unnachgiebig fixierten.

»So ist es«, bestätigte sie, ohne den Blick zu senken oder auch nur zu blinzeln. »Und ich setze den Plan um«, fügte sie hinzu, es kam ihr vor, als müsse sie sich selbst davon überzeugen.

»Gut«, sagte er kalt.

Jennifer schüttelte die Arme ihres Vaters ab und trat zwei Schritte zurück, bevor sie erklärte: »Vater, ich heirate, das wird ein großer Tag für mich.«

»Was ihr Frauen immer mit dem Heiraten und dem ganzen Unfug rundherum habt. Diese Ehe ist ein rein wirtschaftliches Arrangement, sonst nichts. Eine Farce, um an die Firmenanteile deines *Verlobten* zu kommen.«

Jennifer zwang sich, langsam auszuatmen, sie schaute zu Boden, bevor sie wieder Blickkontakt mit ihrem Vater herstellte. Warum fiel es ihr plötzlich so schwer, den Plan zu akzeptieren? »Keine Angst«, sagte sie. »Ich verliere unser Ziel nicht aus den Augen, ein klein wenig Romantik bei der Zeremonie schadet nicht, so wirkt alles echt«, rang sie sich schließlich ab.

Jennifers Vater schüttelte den Kopf, das Lächeln war verschwunden.

»Lee hat also recht. Du bist drauf und dran, dich in diesen Eugen zu verlieben. Halte dich besser zurück, solche Gefühle kannst du nicht gebrauchen.«

Lee, dieses Schwein!

Sie beschloss, sich nicht zu verteidigen, stattdessen setzte sie sich hinter ihrem Schreibtisch auf den Sessel und wartete ab.

»Zwischen uns ist alles gesagt. Ich muss noch einiges in Ruhe mit Lee besprechen«, sagte ihr Vater nach einigen Sekunden der Stille.

»Dein Büro ist frei, auch wenn du nicht oft hier bist. Ihr könnt dort ungestört miteinander reden.«

Nachdem ihr Vater mit Lee das Büro verlassen hatte, merkte Jennifer, wie aufwühlend das Gespräch für sie gewesen war. Ihre Hände lagen vor ihr auf der Schreibtischfläche. Sie konnte nicht verhindern, dass ihre Finger unregelmäßig zuckten.

Was führen die beiden im Schilde?

KAPITEL 35

Hollenstein

Brandner hasste es. Die Hitze hatte sich verflüchtigt. Es hatte abgekühlt. Trotzdem war sein Hemd verschwitzt. Er roch nach kaltem Schweiß.

»Wie war die PK?«, fragte Reitbauer. Der Postenkommandant lümmelte neben Brandner im Beifahrersitz des Audi A6.

Die Pressekonferenz hatte ihre Spuren hinterlassen, die Journalisten hatten ihm zugesetzt. Ein Ersatzhemd war nicht zu finden gewesen, weder im Auto noch im Büro. Nicht einmal ein Deodorant verschaffte Abhilfe.

Brandner schaute kurz zu Reitbauer hinüber.

»Die Konferenz war wie erwartet. Wir haben ihnen nicht viel gesagt, und die wittern ein zweites Drama wie am Annaberg. Die sind einfach nur sensationsgeil.«

»Es war also nicht leicht.«

»Genau.«

Brandner passierte das Haus mit der Aufschrift »Loden Landl«. Über zwei Jahre nachdem er den jungen Polizisten Reitbauer an einem verschneiten Märztag kennengelernt hatte, führte Brandners Weg wie damals in den kleinen Ort Hollenstein. Diesmal bog er unter Anweisung seines Beifahrers rechts ins Ortszentrum ab. Er parkte neben dem Konditor, der mit seinen Torten in der Auslage warb.

»Sollte ich einmal heiraten, werden wir hier die Hochzeitstorte bestellen«, sagte Reitbauer, als sie auf die Eingangstür des Konditors zugingen.

»Haben Sie sie schon gefragt?«

»Wen?«

»Na, Ihre Auserwählte.«

»Nein … nein, es gibt im Moment niemanden.«

Brandner musste schmunzeln.

»Ist schon okay. Hauptsache Sie wissen, wo Sie die Torte herbekommen, jetzt müssen Sie nur mehr die Frau dazu finden.«

Der Kommissar öffnete die Eingangstür und trat in die Konditorei ein, die ein kleines Kaffeehaus beinhaltete. Sofort sah er sich einer Vielzahl von Mehlspeisen in einer Glasvitrine gegenüber.

Ein junger Mann, der rechts in einer Ecke an einem der kleinen Tische saß, winkte aufgeregt mit seiner rechten Hand.

»Hierher!«

Der Mann trug ein rotes T-Shirt und knielange dunkelblaue Shorts. Dazu Freizeitschuhe von Adidas.

»Tobias Zacharias«, stellte sich der sportliche Mann vor, als er Brandner die Hand schüttelte.

»Freut mich, dass Sie sich so schnell Zeit genommen haben, das wissen wir sehr zu schätzen«, sagte Brandner, als er sich setzte.

Auch Reitbauer nahm an dem kleinen Tisch Platz, nachdem er seinen Bekannten begrüßt hatte.

»Als mich Sepp angerufen hat, habe ich gleich zugesagt.«

»Möchten Sie etwas trinken?«, unterbrach die Kellnerin das Gespräch. Brandner bestellte ein stilles Mineralwasser, Reitbauer einen Verlängerten.

»Sie sind also der Obmann des Vereins ›Ciderbike‹«, stellte Brandner fest.

Zacharias nickte energisch.

»Wir sind eine Untergruppe des EU-Projektes zur Förderung des Mostviertels. In meiner Gruppe befassen wir uns mit dem Ausbau der Radwege. Genau dafür bin ich zuständig.«

»Ist das denn notwendig? Noch mehr Radwege?«

»Aber sicher, einerseits wollen wir die Radfahrer von den vielbefahrenen Straßen wegbringen, andererseits haben wir hier die schönsten Berge zum Mountainbiken. Wir könnten touristisch viel mehr herausholen, müssten nur die einzelnen Orte besser mit Radwegen verbinden und die meisten Forststraßen für die Mountainbiker freigeben.«

»Man darf normalerweise auf einer Forststraße nicht mit dem Rad fahren?«

»Genau. Nur wenn die Straße als offizielle Mountainbike-Strecke deklariert ist, dürfen wir dort fahren. Und das, obwohl viele davon mit unseren Steuergeldern finanziert wurden. Die Jäger und Forstarbeiter fahren natürlich mit ihren Autos und Traktoren bis zu den Hochständen und Holzschlägerungen. Wir Radler werden ausgesperrt und bedroht, wenn wir mit unserer eigenen Kraft den Berg bezwingen. Das ist wirklich lächerlich.«

Brandner merkte, wie wenig Zacharias tatsächlich zum Lachen zu Mute war. Der junge Mann hatte sich in Rage geredet.

»Sie wollen mehr Mountainbike-Strecken?«

»Wir wollen, dass sämtliche Forststraßen für uns freigegeben werden«, bestätigte Zacharias.

Das Wasser und der Kaffee wurden serviert.

»Darf es noch eine Torte sein oder vielleicht ein Cremering?«

»Herr Reitbauer würde sich gern wegen einer Hochzeitstorte beraten lassen.«

Reitbauer errötete. »Nein, nein, nicht jetzt«, wiegelte er ab.

Zacharias sah ihn überrascht an. »Weiß ich da etwas nicht?«

»Nein, nein, wir haben …«

»Ein blöder Scherz von mir«, unterbrach Brandner Reitbauer, den er ins Schwitzen gebracht hatte.

»Wir haben uns vorhin über Ihre Hochzeitstorten unterhalten, darüber, dass die weithin berühmt sind«, erklärte Brandner der Kellnerin.

»Aber im Moment brauche ich keine«, stellte Reitbauer fest.

»Genau, ein andermal«, bestätigte Brandner.

Die Frau begab sich zurück hinter ihre Vitrine, ohne weiter nachzufragen.

»Herr Zacharias, Sie kennen mit Sicherheit die Forststraße, auf der wir Herrn Lumetshofer gefunden haben.«

»Das war in der Nähe von Maria Seesal, wenn ich Sepp richtig verstanden habe.«

Brandner und Reitbauer nickten.

Zacharias fuhr fort: »Ich bin dort vor zwei Jahren einmal den Weg zu Fuß abgegangen.«

»Nie mit dem Mountainbike?«, wollte Brandner wissen.

»Nein, rund um Maria Seesal gibt es nur eine erlaubte Route, die Ida-Pfeifer-Strecke, die bin ich oft gefahren, ansonsten herrscht auf den Forststraßen dort überall Fahrverbot.«

»Wirklich?«, hakte Brandner nach.

»Du kannst es dem Kommissar ruhig sagen, wenn du auf nicht freigegebenen Strecken fährst. Er ist von der Mordkommission und wird dir daraus keinen Strick drehen, wenn du hin und wieder auf den Forststraßen unterwegs bist.«

»Ich bin doch nicht lebensmüde«, sagte Zacharias schließlich. »In Ybbsitz fahre ich nirgends, wo es nicht erlaubt ist. Den Jägern dort, denen ist alles zuzutrauen!«

»Was soll das heißen?«, wollte Brandner wissen.

»Ich habe schon zu viel gesagt.«

»Nun sprechen Sie endlich weiter. Wir haben einen Mord aufzuklären.« Brandner versuchte, seine Stimme eindringlich, aber gleichzeitig möglichst unaufgeregt klingen zu lassen.

Reitbauer stellte seine Kaffeetasse auf den Tisch, von der er genippt hatte. »Du hast den Kommissar gehört. Keine Geheimnisse!«

»Wenn man im Stiftswald mit dem Rad fährt, ist man seines Lebens nicht sicher. Einer meiner Freunde hat mir geschildert, dass ihm der Jäger dort richtiggehend aufgelauert hat. Der hat meinen Freund mit dem Gewehr bedroht. Falls er ihn noch einmal erwische, hat er gesagt, könne er für nichts garantieren. Der Jäger hat sein Gewehr gehoben und meinen Freund anvisiert. Der hat sich fast in die Hose gemacht.« Zacharias lehnte sich nach vorn, beide Augen waren auf Brandner gerichtet. »Also, ich fahre nicht in einem Wald, in dem ein Verrückter mit geladenem Gewehr durch die Gegend läuft und Leute bedroht.«

»Verstehe«, sagte Brandner. »Ihr Freund, können Sie mir seinen Namen bitte nennen.«

»Nein, das werde ich nicht tun.«

»Da ist doch nichts dabei«, versuchte Reitbauer Zacharias zu überreden.

»Dieser Mann zählt zu den Verdächtigen. Sie müssen uns sagen, wer er ist, andernfalls machen sie sich strafbar«, beharrte Brandner.

»Nein, muss ich nicht.«

»Ich kann Sie auch vorladen lassen.«

Zacharias überlegte, schaute für einige Sekunden auf die Tischplatte. Brandner wartete ab. Für den Bruchteil einer Sekunde erkannte er etwas wie den Ansatz eines Lächelns um Zacharias' Mund, der seine Augen auf Brandner richtete und ihn mit stechendem Blick ansah.

»Ich war es. Er hat mich bedroht. Einmal bin ich dort gewesen, wie ich vorhin gesagt habe, aber ich bin mit dem Bike gefahren und nicht zu Fuß gegangen.«

»Und da hat Sie Lumetshofer mit dem Gewehr bedroht?«

»Ja.«

»Wann war das genau?«

»Das ist zwei Jahre her.«

»War es nicht vor wenigen Wochen oder erst vor ein paar Tagen?«

»Nein!«

»Dann sind Sie zurückgekehrt und haben Lumetshofer erschossen. Den Jäger, der Sie bedroht hat!«

»Nein, ich war seit zwei Jahren nicht mehr dort!«

»Sie haben hoffentlich ein Alibi.«

»Von Freitag auf Samstag hatte ich Nachtschicht. Am Vormittag habe ich geschlafen.«

»Kann das jemand bezeugen?«

»Dass ich am Vormittag geschlafen habe? Nein.«

»Niemand?«

»Ich wohne allein, habe keine Freundin. Bin ich jetzt verhaftet?«, wollte Zacharias wissen.

»Besitzen Sie eine Waffe, ein Gewehr?«

»Nein, ich mag keine Jäger, wie Sie sich vorstellen können, und beim Schützenverein bin ich auch nicht.«

»Kennen Sie Radfahrer, die ein dunkelblaues Shirt mit einem Aufdruck auf der Brust tragen, der mit einem A beginnt?«

Zacharias lehnte sich zurück. Mit einem Mal wirkte er entspannt. Er wiegte leicht den Kopf, als er nachdachte.

»Spontan fällt mir nur die ›Austrian Knife and Blade Factory‹ zwischen Ybbsitz und Waidhofen ein. Deren Angestellte und Arbeiter starten immer mit Firmentrikots beim Prochenbergrennen.«

»Zahlen, bitte!«, rief Brandner der Kellnerin zu.

»Und, Herr Zacharias, beim nächsten Mal nennen Sie uns den Namen Ihres Freundes und belasten sich nicht selbst«, sagte er, nachdem er die Rechnung beglichen hatte und aufgestanden war. »Zu Ihrem Glück glaube ich Ihnen. Nur noch eine letzte Frage: Welche Schuhgröße haben Sie?«

»44.«

Brandner trat einen Schritt zurück, sodass er unter dem Tisch Zacharias' Sportschuhe besser sehen konnte.

Viel zu groß und kein Giftgrün.

KAPITEL 36

Wien

›Ich muss dir später etwas sagen und es wird dir nicht gefallen‹, stand vor Hans auf dem Bildschirm geschrieben.

Mehrmals las er Natalies E-Mail und wurde nicht schlau daraus.

Wieso ruft sie mich nicht an und sagt mir, was los ist?

Hans versuchte sich darauf zu konzentrieren, einen Auftrag im SAP zu verbuchen, schaffte es aber nicht. Seine Gedanken schweiften immer wieder ab. Die Buchungszeilen verschwammen vor seinen Augen. Er stand auf, zwang sich jedoch, nicht direkt zu Natalie ins Büro zu gehen, sondern sich stattdessen einen frischen Kaffee von der Espressomaschine zubereiten zu lassen. Schwarz, ohne Zucker und Milch. Zurück an seinem Schreibtisch nahm er den ersten Schluck des herrlich duftenden Getränks. Der Geschmack erfreute ihn nur kurz und vermochte nicht, ihn von den Gedanken an seine Geliebte abzulenken. Er ließ sich in seinem Sessel zurückfallen und verschränkte beide Arme hinter dem Kopf.

Um 17 Uhr saß Hans schließlich Natalie im Kaffeehaus gegenüber, das nur einen Katzensprung von ihrer Arbeitsstelle entfernt lag. Sie hatte vorgeschlagen, gleich dort einzukehren.

Diesmal trank Hans Pfefferminztee, Kaffee hatte er heute genug getrunken. Er brauchte dringend etwas, um seine Nerven und seinen Magen zu beruhigen.

Natalie biss in ihre Cremeschnitte, Hans hatte seine Freundin bisher kaum Süßes essen gesehen. Offenbar benötigte sie einen Zuckerschub, bevor sie ihm ihre Neuigkeit mitteilte. Sie schluckte, legte die Gabel beiseite und sah ihn an.

»Ich werde nach Brüssel gehen.«

Hans sagte nichts.

»Hast du mich verstanden?«

»Nach Belgien?«

»Genau.«

»Aber du hast doch gerade erst bei uns angefangen?«

»Gerhard Eder, der Abgeordnete, er stellt mich als seine persönliche Assistentin ein. Das ist eine einmalige Chance.«

»Wann hast du dich beworben?«

»Musste ich gar nicht. Ich kenne meine Vorgängerin. Die hat mich ihm empfohlen.«

»Verstehe.«

Hans trank von seinem Tee. Er verbrannte sich die Zunge und verzog das Gesicht. Das alles kam ihm falsch vor, ungerecht.

Vielleicht ist es gar nicht schlecht, wenn wir nicht in derselben Firma arbeiten, machte er sich Hoffnung. »Dann führen wir eben eine Wochenendbeziehung«, schlug er vor. »Damit komme ich klar. Es gibt Schlimmeres. Ich kann auch das eine oder andere Mal zu dir nach Brüssel reisen.«

Natalie schüttelte energisch den Kopf. »Ich werde mit Arbeit eingedeckt sein.«

»Nicht an den Wochenenden. Nicht rund um die Uhr.«

Er klammerte sich in Gedanken an jeden Strohhalm.

Natalie stimmte ihm zu, doch Hans sah das Bedauern in ihrem Blick.

»Ich werde natürlich nicht ständig arbeiten«, antwortete sie, »trotzdem halte ich nichts von Fernbeziehungen.« Sie ergriff seine Hand. »Hans, es war schön mit dir, aber es ist aus.« Hans fühlte sich, als hätte ihn ein Faustschlag ins Gesicht getroffen. Er sah Natalie noch immer vor sich sitzen, ihre Worte drangen jedoch nicht mehr zu ihm durch.

Später am Abend erzählte Hans seiner Schwester, wie Natalie ihn abserviert hatte. Noch immer kam es ihm unwirklich vor, als sei es nur ein Albtraum gewesen. Sicher, Natalie hatte es bedauert, aber sie hatte ihre Entscheidung gefällt und ihm keinerlei Möglichkeit gelassen, sie umzustimmen. Mit ihrer E-Mail hatte sie ihn vage darauf vorbereitet, doch nie und nimmer hätte er gedacht, dass sie mit ihm Schluss machen würde, als er sie gelesen hatte.

Ich hätte gute Lust, mich volllaufen zu lassen, ins Koma zu fallen, aufzuwachen und mich an nichts zu erinnern.

»Es tut mir so leid«, sagte Resi und schob ihm die alte Zeitung über den Tisch hinweg zu, die er ihr vor einiger Zeit mitgebracht hatte, um sie von ihren Problemen abzulenken.

»Wie laufen deine Proben?«, wollte Hans wissen.

»Morgen ist die erste.«

»Viel Glück. Ich werde mir ›A Chorus Line‹ sicher ansehen.«

»Danke.«

Ich wollte mit Natalie hin. Allein wird es mir das Herz brechen. Vielleicht komme ich auch gar nicht mehr dazu.

Hans blätterte die Zeitung rasch durch, bis er den Artikel gefunden hatte, der die Schusterhochzeit ankündigte.

Auf Natalie brauche ich keine Rücksicht zu nehmen. Mit ihr gibt es keine Zukunft. Sie wird schockiert sein, wenn ich gefasst werde, aber sie wird mich schnell vergessen, mich abhaken, dachte er sich und schlug das Magazin zu.

KAPITEL 37

Ybbsitz

»Habe Nachtschicht, muss also bald fahren«, sagte Siedelberger zur Begrüßung.

Brandner streckte dem Gastgeber seine rechte Hand entgegen. Wie beim ersten Aufeinandertreffen drückte

Siedelberger fest zu. Er trug ein dunkelblaues T-Shirt mit der Aufschrift ›AKBF – Austrian Knife and Blade Factory‹ und eine Jeans. Das Gesicht war glatt rasiert, den dunklen Dreitagebart musste Siedelberger vor wenigen Stunden entfernt haben.

Brandner war etwas außer Atem vom Aufstieg zur Eingangstür der Wohnung in der Ybbsitzer Sonnenhangsiedlung.

Er folgte Reitbauer hinein. Der Vorraum war aufgeräumt, zwei Paar Gästepantoffeln lagen ordentlich aufgereiht auf dem Boden neben einem großen hölzernen Schuhkasten.

Einmal da hineinschauen, mehr brauche ich gar nicht, ging es Brandner durch den Kopf, als er hinter Siedelberger den Wohnbereich betrat.

Für eine Junggesellenwohnung war sie sauber und gemütlich. Zwei rot-weiße Polster und eine Schaffelldecke schmückten die Couch. Ein Gummibaum reckte seine Blätter entlang der Wand in Richtung Fenster. Auf dem Parkettboden lagen zwei blau-weiße Fleckteppiche aus Stoff. Eine schwarze Katze kam Brandner entgegen, schmiegte sich an sein Bein und bettelte um Futter.

»Ignorieren Sie Pezi einfach, der hat genug zu fressen«, sagte Siedelberger und streichelte dem Kater kurz über das Fell, während er den Beamten Platz auf der Couch anbot. Selbst setzte er sich in den Couchsessel, der in Richtung des Flachbildschirms in der Wohnwand ausgerichtet war.

»Gibt's was Neues? Was wollen Sie wissen?«, fragte Siedelberger, ohne den beiden ein Glas Wasser anzubieten. Der Kater gab auf und verschwand durch die Tür in den Vorraum.

»Haben Sie ein Fahrrad?«, wollte Brandner wissen.

»Ja, wieso?«

»Ein Mountainbike?«

Siedelberger nickte. »Wenn man sich hier bei uns ein Rad zulegt, sollte es ein Mountainbike sein.«

»Und Sie haben sicher auch ein Trikot von Ihrer Firma, das Sie zum Biken tragen.«

»Worauf wollen Sie hinaus?«

»Beantworten Sie bitte meine Fragen.«

»Ja, habe sogar zwei Trikots mit dem AKBF-Aufdruck. Starte für die Firma immer beim Prochenbergrennen. Habe aber nie etwas gewonnen.«

»Schuhe, welche Schuhe tragen Sie, wenn Sie mit dem Mountainbike unterwegs sind?«

»Was soll diese Frage?«

»Sagen Sie mir einfach, welche Schuhe Sie beim Biken anziehen«, beharrte Brandner.

»Jetzt sag schon. Wir finden es sowieso heraus«, machte Reitbauer Druck.

Siedelberger stand auf, ging in den Vorraum und kam mit schwarz-weißen Adidas-Schuhen zurück. »Die hier trage ich, sind keine typischen Radfahrschuhe, verwende keine Clips, mir passen sie ganz gut.«

Sehen eher aus wie Freizeitschuhe, mit denen man in der Stadt unterwegs ist, dachte Brandner.

»Kann ich die bitte einmal kurz sehen.«

42. Die Schuhgröße würde passen. Das Profil und die Farbe natürlich nicht.

»Herr Siedelberger, haben Sie grüne Laufschuhe?«, wollte Brandner wissen, nachdem er Siedelberger das Adidas-Paar zurückgegeben hatte.

»Nein.«

Brandner registrierte ein kurzes Zögern in Siedelbergers Antwort.

»Sind Sie am vergangenen Samstag in der Nähe von Maria Seesal mit dem Mountainbike unterwegs gewesen?«

»Nein, sicher nicht!« Diesmal kam die Antwort wie aus der Pistole geschossen.

»Es wurde ein Radfahrer gesehen, auf den Ihre Beschreibung passt.«

»Und er hat ein Trikot von der AKBF getragen«, erklärte Reitbauer, um Siedelberger aus der Reserve zu locken.

»Daher also die Fragen, verstehe.«

»Sie sind ein vorbestrafter Wilderer, Sie haben ein Mountainbike und das passende Trikot. Was würden Sie an unserer Stelle denken?«, fragte Brandner.

»Weiß nur, dass ich es nicht war. Bin nicht einmal in der Nähe gewesen, war daheim.«

»Sind Sie sicher, dass Sie keine grünen Laufschuhe haben?«

»Absolut sicher.«

Siedelberger hielt Brandners Blick stand.

»Können Sie uns sagen, wer von Ihren Arbeitskollegen noch so ein Trikot hat?«

»Nein, das kann ich nicht.«

»Es würde dir helfen, wenn wir einen anderen verdächtigen«, argumentierte Reitbauer.

»Sicher nicht, verpetze doch keinen Kollegen.«

»Denken Sie zumindest darüber nach«, bat Brandner. »Wir suchen einen sportlichen jungen Mann, Mountainbiker, mit einem Trikot von der AKBF und grünen Laufschuhen.«

Siedelberger stand vom Couchsessel auf. »Habe noch einiges zu erledigen, bevor ich in die Schicht gehe.«

Fünf Minuten später standen die beiden Beamten vor Brandners Audi.

»Er blockt ab, wenn es um seine Kollegen geht. Warum?«, sinnierte Reitbauer.

»Ich weiß es nicht. Ich bin mir zwar nicht sicher, ob Siedelberger unser Mann ist, aber er wird sicher nicht umsonst so ein Geheimnis daraus machen«, bestätigte Brandner. »Er hat auf jeden Fall etwas mit dem Mountainbiker zu tun, den die Wallfahrer gesehen haben. Entweder er ist es selbst, oder er deckt ihn.«

»Was können wir tun?«

»Systematisch vorgehen. Die AKBF aufsuchen, mit den anderen Mountainbikern in der Firma reden, die Fahrradklubs in der Umgebung abklappern und wir sollten mit den Bewohnern rund um Maria Seesal sprechen. Die Wallfahrer haben gesagt, dass ihnen Autos entgegengekommen sind, als sie auf der asphaltierten Straße vor dem Wald unterwegs waren.«

Reitbauer nickte. »Darum kümmere ich mich. Die Einheimischen kenne ich, die besuche ich am besten zu Hause.«

KAPITEL 38

Sankt Pölten

140 Quadratmeter, zehn Jahre alt, schöner Garten, erschwinglicher Preis. Nur zehn Minuten vom LKA entfernt.

Brandner klickte das PDF weg, das ihm die Maklerin geschickt hatte.

»Kommst du mit dem Fall voran?«, wollte Huber wissen, der ihm im Büro des LKA Niederösterreich gegenübersaß.

»Wir haben mit allen Radfahrklubs gesprochen und die Mountainbiker von der AKBF vernommen, aber nichts erfahren, was uns weiterbringt.«

Huber gähnte. Alles an ihm wirkte, als hätte er die Nacht durchgefeiert.

Gott sei Dank habe ich Eva und die Mädchen.

»Wann ist die nächste Pressekonferenz angesetzt?«

»Das regelt Böck«, antwortete Brandner.

»Aber er lässt sicher wieder dich auftreten. Solange kein Durchbruch erzielt wird, bist du sein Mann für die Kameras.«

Brandner zuckte mit den Achseln. »Was soll ich machen? Das gehört eben dazu.«

Sie werden mich zwar grillen wie beim letzten Mal, aber das ist der Job der Journalisten.

»Es ist unfair«, sagte Huber. »Böck kassiert die große Kohle, und uns lässt er die Drecksarbeit machen. Und wenn er uns den Rücken stärken soll, verzieht er sich.«

Immerhin sieht er über deine nächtlichen Eskapaden hinweg, wollte Brandner sagen, doch das Klingeln seines Telefons rettete ihn davor, mit seinem Arbeitskollegen auf Konfrontation zu gehen.

»Ich habe heute Vormittag die Bauernhäuser rund um Maria Seesal abgeklappert, wie wir es vereinbart hatten«, sagte Reitbauer nach der Begrüßung.

»Was haben Sie herausgefunden?« Brandner malte mit seinem Kugelschreiber die einzelnen Linien seines karierten Blocks nach.

»Eine junge Frau, die am Vormittag in Ybbsitz einkaufen gewesen ist, hat sich eindeutig daran erinnert, Siedelberger mit dem Rad gesehen zu haben, als sie nach Hause gefahren ist. Und zwar unweit von Maria Seesal.«

»Ist sie sich ganz sicher?«

»Ja, und mittlerweile habe ich eine zweite Bestätigung. Einer der Bauern hat das Heu gekreiselt, als er Siedelberger vorbeifahren gesehen hat. Der ist sich auch sicher. Er sagt, er kennt Siedelberger von den Frühschoppen am Sonntag, Irrtum ausgeschlossen.«

Brandner drückte den Kugelschreiber fester auf das Papier und zog ihn langsam entlang einer der Linien.

»Sind die beiden bereit, eine Aussage zu machen?«

»Ich habe sie für morgen zu mir auf die Polizeidienststelle geladen. Wenn Sie nach Waidhofen kommen, können Sie die beiden selbst befragen.«

Nachdem Brandner aufgelegt hatte, zeichnete er noch einige Sekunden mit dem Kugelschreiber gedankenverloren auf seinem Block herum.

»Sieht nach einem Durchbruch aus, so wie du grinst«, stellte Huber fest.

Könnte sein. Ist es wirklich möglich?

Brandner legte den Kugelschreiber neben den Block, wählte Böcks Nummer und erklärte ihm die Situation.

»Ich informiere den Staatsanwalt. Zuerst brauchen wir die Bestätigung von den beiden Zeugen. Danach bekommen wir sicher vollen Handlungsspielraum«, sagte Böck.

»Morgen rede ich selbst mit den beiden und prüfe, wie verlässlich die Zeugen tatsächlich sind.«

»Gut, dann haben wir für die nächste Pressekonferenz Neuigkeiten. Ein paar Tage kann ich dafür noch verstreichen lassen, dann brauchen wir einen wirklichen Fortschritt, wenn nicht sogar den Durchbruch!«

Sonst schickst du mich wieder allein vor die Meute, dachte Brandner, als er sich verabschiedete.

KAPITEL 39

Das ist es, jetzt haben wir dich! Brandner studierte Rechnungen eines Onlineshops, die er durch die Überprüfung von Siedelbergers Internetanschluss und seiner E-Mails erhalten hatte. Richter und Staatsanwalt hatten diese durch die jüngsten Zeugenaussagen genehmigt. Alle Papiere waren auf Siedelbergers Namen ausgestellt, alle Bestellungen an die Adresse in Ybbsitz zugestellt worden. Verschiedene CDs und DVDs, ein Buch über Fitnessübungen, und im März hatte er sich Laufschuhe vom Typ ›Trailwalk‹ von Rapido liefern lassen, einer spanischen Marke von der Brandner noch nie etwas gehört hatte. Der Preis sprach für den spanischen Hersteller, wo sonst bekam man Laufschuhe um 40 Euro?

Jede Wette, dass die grün sind!

Brandner rief den Onlineshop auf, wählte die Untergruppe Bekleidung, gab Marke und Typ des Schuhs ein, startete die Suche mit der Entertaste und wartete. Obwohl die Verbindung gerade noch gut funktioniert hatte, lief die Sanduhr eine gefühlte Ewigkeit, ohne dass sich etwas am Bildschirm tat.

Endlich – die Bestätigung!

Der Hersteller bezeichnete die Farbe des Schuhs nicht als giftgrün, sondern umschrieb sie mit der Farbe eines Fußballrasens. Das Foto des Schuhs leuchtete Brandner in einem hellen Grün vom Bildschirm entgegen. Sofort griff der Kommissar zum Telefonhörer und informierte Böck. Der leitete die nächsten Schritte ein.

Drei Stunden später stand Brandner vor Siedelbergers Wohnungstür. Neben ihm hielt Reitbauer den Durchsuchungsbefehl in der Hand. Zwei weitere Polizisten in Uniform und das Team der Kriminaltechniker waren hinter Brandner die unzähligen Stufen bis zu Siedelbergers Wohnung hochgestiegen. Erneut rang Brandner nach Atem. Die Anwesenheit des Einsatzteams hatte ihn dazu veranlasst, die Stufen so schnell wie möglich hochzusteigen. Dass Frau Auer mit von der Partie war, hatte Reitbauer offenbar zusätzlich angespornt, und Brandner hatte gegenüber der jungen Frau ebenso keine Schwäche zeigen wollen. Die Hitze, die das Mostviertel schon Anfang Juni im Griff hielt, tat das Übrige. Brandner sog die flimmernde Luft durch Mund und Nase ein, sein Hemd klebte am Rücken, als er mit dem Zeigefinger die Klingel drückte.

Siedelberger öffnete in Shorts und gelbem T-Shirt. Bart und Haare wirkten ungepflegt, er war barfuß und trug keine Pantoffeln oder dergleichen. Der Geruch von altem Schweiß begleitete ihn.

»Was … was soll das?«

»Das kommt davon, wenn man uns belügt«, stellte Brandner fest.

Reitbauer drückte Siedelberger den Durchsuchungsbefehl in die Hand. »Alles rechtens, ich kann nichts machen, bin nur ausführendes Organ.«

Der Postenkommandant nahm Siedelberger das Papier ab. Der blieb unter dem Türrahmen stehen und machte keine Anstalten, die Beamten in seine Wohnung zu lassen.

Langsam wich sein verstörter Gesichtsausdruck. Brandner gab ihm eine Sekunde, bevor er ihn aufforderte: »Herr Siedelberger, machen Sie uns bitte keine Schwierigkeiten. Lassen Sie uns einfach unsere Arbeit tun.«

Der Verdächtige nickte und trat zurück.

»Kommen Sie ruhig herein. Habe nichts zu verbergen.«

Wahrscheinlich hat er Schuhe und Waffe entsorgt oder woanders versteckt. Aber auch am Trikot oder dem Rad können wir vielleicht feststellen, ob in deren Nähe ein Schuss abgefeuert worden ist. Davon ahnt er nichts.

»Ziehen Sie sich bitte erst einmal etwas Passendes an. Die Kollegen werden Ihre Wohnung Schritt für Schritt durchsuchen und Sie kommen mit mir ins LKA Niederösterreich«, forderte Brandner ihn auf. »Sie müssen uns nämlich einiges erklären.«

Weitere vier Stunden später saßen sich Brandner und Siedelberger im Vernehmungsraum des LKA gegenüber. Der junge Mann wirkte nicht mehr souverän, wie bei ihrem ersten Aufeinandertreffen. Außer die Laufschuhe von Rapido bestellt zu haben, hatte Siedelberger bisher nichts zugegeben.

»Die haben mir doch nicht gepasst, hab Blasen bekommen, habe sie daher vor ein paar Wochen weggeworfen.«

»Wir haben Zeugen, die Sie in der Nähe von Maria Seesal an dem Vormittag gesehen haben, an dem Herr Lumetshofer erschossen wurde.«

»*Herr* Lumetshofer, wenn ich das schon höre!« Siedelberger betonte das »Herr« und verzog angewidert sein Gesicht.

»Hat er Sie bedroht?«

»Wer, wen? Lumetshofer mich? Nein, habe ihn kaum gekannt.«

»Wir wissen, dass Lumetshofer Mountainbikern aufgelauert hat. War es bei Ihnen auch so?«

»Nein, war nicht dort.«

»Hat er das Gewehr auf Sie gerichtet und Ihnen gedroht? Sind Sie ihm zuvorgekommen? Ich könnte Sie verstehen, ich hätte auch Angst bekommen.«

»Nein, bin nicht dort gewesen!«

»Wenn es so war, könnten Sie mildernde Umstände geltend machen. Jeder Richter würde das akzeptieren.«

Die beiden sahen einander für ein paar Sekunden in die Augen. Jeder wartete darauf, dass der andere etwas sagte. Schließlich war es Brandner, der fortfuhr: »Ich habe zwei Zeugen, soll ich auch noch die Wallfahrer für eine Gegenüberstellung organisieren? Ersparen Sie uns das bitte.«

Siedelberger fuhr sich mit der rechten Hand durch die Haare und seufzte. »Also gut. Es stimmt, er hat mir gedroht, hat mir aufgelauert, habe ihn aber nicht erschossen! Das müssen Sie mir glauben.«

Erleichtert atmete Brandner aus. Der Durchbruch war geschafft, der erste schwere Schritt war getan, Siedelbergers endgültiges Geständnis schien nur eine Frage der Zeit zu sein. Brandner griff nach seinem Wasserglas. Während er trank, dachte er daran, dass die kommende Pressekonferenz viel besser verlaufen würde als die zuvor.

KAPITEL 40

Wien

»Was ziehst du heute an?«, wollte Eva von Brandner wissen. Seine Frau trug eines ihrer eleganten Businesskostüme und würde bei jedem öffentlichen Auftritt eine gute Figur machen.

Ich sollte Eva für mich hinschicken. Das wäre ihr Metier, dachte Brandner. *Der Maskenbildner hätte keinerlei Arbeit, perfekt geschminkt, die Frisur hochgesteckt. Das schon in aller Früh. Wie macht sie das nur?*

Brandner selbst saß im Jogginganzug beim Frühstück, immerhin geduscht, rasiert und mit geputzten Zähnen. Kurz schaute er zu Selina und beobachtete, wie die Augen seiner kleinsten Tochter voller Vorfreude strahlten, bevor sie in ihr Nutellabrot biss, das er ihr geschmiert hatte.

»Den dunkelblauen Anzug, dazu ein weißes Hemd und die rote Krawatte als Farbtupfer, habe ich mir überlegt«, sagte er und richtete seinen Blick wieder auf seine Frau.

»Der passt dir gut«, stimmte Eva zu. »Und mit der Krawatte signalisierst du Stärke und Selbstsicherheit. Die Zuschauer werden erkennen, dass du der Richtige bist, um diesen Fall zu lösen.«

Hoffentlich sehen die Journalisten das auch so.

»Genau das ist meine Absicht«, bestätigte Brandner.

»Alles Gute, Papa!«

In Selinas Mund tanzten die vom Nutella braunen Brotstücke. Trotzdem konnte er nicht anders und beugte sich zu seiner Tochter, sodass ihm diese den feuchten Kuss auf die Wange geben konnte, den sie danach auch von ihm einforderte und zurückbekam.

»Morgen.«

Isabella kam in die Küche, als ihm Eva mit der Serviette die Wange abwischte. Die Haare seiner ältesten Tochter waren noch feucht, sie trug ihre engen Jeans und das weiße Shirt mit dem Aufdruck eines Bandnamens, den Brandner noch nie gehört hatte.

»Ich hoffe, die übertragen das Interview nur in Niederösterreich und nicht bundesweit.«

»Sag nicht so was«, rügte Eva ihre Tochter. »Du solltest stolz auf deinen Vater sein, wenn er in ganz Österreich in den Nachrichten zu sehen ist.«

»Beim letzten Mal hast du richtig abgestunken.« Isabella sah Brandner anklagend an.

Der hob entschuldigend die Arme. »Ich weiß nicht, wie es heute laufen wird. Aber es wird sicher besser als letztes Mal, diesmal können wir einen Verdächtigen vorweisen.«

Ohne ihren Vater weiter zu beachten oder einen zusätzlichen Kommentar abzugeben, ging Isabella zum Kühlschrank und nahm eine Packung Biovollmilch heraus, die sie in den bereitstehenden Topf schüttete. Danach stellte sie das Gefäß auf das Ceranfeld des Herds, stellte den Drehknopf auf die höchste Stufe und löffelte Kakao in eine rote Tasse, die mit einer Minnie Maus verziert war.

Ein kleines liebes Mädchen steckt in ihr, auch wenn sie es meist gut verbirgt. Sie liebt ihre Minnie-Maus-Tasse.

Brandner begann, Butter auf sein Vollkornbrot zu streichen, während Selina ihres Bissen für Bissen verspeiste. Er griff nicht zur Nutella, sondern versüßte sich die Scheibe mit Marillenmarmelade.

Als sich Isabella an den Tisch setzte, in den Händen ihre Tasse, die nach Kakao und warmer Milch duftete, meinte sie: »Von mir aus kannst du deine Verbrecher jagen und dich im Fernsehen blamieren, solange wir nur in Wien bleiben.«

Brandner dachte an die neue E-Mail der Maklerin, die er vorgestern erhalten hatte.

Mit passenden Immobilien rund um Sankt Pölten.

»Isabella, lass deinen Vater in Ruhe, er muss sich auf die Pressekonferenz konzentrieren«, kam ihm Eva zu Hilfe.

»Aber wir ziehen sicher nicht um.«

»Bleiben in Wien.« Die drei Wörter Selinas waren kaum zu verstehen. Sie kaute eifrig weiter, nachdem sie ihre Schwester unterstützt hatte.

In Brandners Mund breitete sich der süßliche Geschmack der Marmelade aus, fast war es, als beiße er in eine frisch gepflückte Marille. Rasch zwang er sich hinunterzuschlucken und stand auf. »Ich muss mich beeilen. Es ist schon spät.«

Demonstrativ schaute er auf seine Armbanduhr und verließ so schnell wie möglich die Küche, bevor das Frühstück im Streit enden konnte.

Vier Stunden später verfolgte Brandner, wie Direktor Böck die Fragen der Journalisten beantwortete. Brandner selbst stand rechts außen in zweiter Reihe. Bisher hatte weder jemand etwas von ihm wissen wollen noch hatte Böck ihn zu Wort kommen lassen.

»Der Verdächtige befindet sich in Untersuchungshaft. Es besteht Vertuschungsgefahr. Er ist vorbestraft und zur

Tatzeit unweit des Tatortes gesehen worden. Wir haben mehrere Zeugen, die das bestätigen.«

»Gerüchten zufolge war der Verdächtige mit einem Mountainbike unterwegs. Können Sie das bestätigen?«, wollte ein Reporter wissen.

»Ja, das stimmt«, bestätigte Böck. »Ich bitte Sie aber um Verständnis, dass wir aus ermittlungstechnischen Gründen derzeit noch keine weiteren Angaben zur Person des Verdächtigen geben.«

»Wird Anklage erhoben?«, fragte ein weiterer Journalist.

»Ich gehe davon aus.«

»Wann wird das geschehen?«

»Wir sichten gerade die Beweise.«

»Wird es sich um Tage oder Wochen handeln?«, ließ der Journalist nicht locker.

»Ich gehe von einem, maximal zwei Tagen aus.«

Der lässt sich aber weit hinaus.

Brandner registrierte, wie die Schreiberlinge mit den Köpfen nickten und sich eifrig Notizen machten. Was den Kommissar überraschte, war, dass der Name Siedelbergers bisher nicht nach außen gedrungen war. Das hatte er bei seinen früheren Ermittlungen rund um Waidhofen ganz anders erlebt.

Wenn die Zeugen das im Fernsehen sehen oder davon in der Zeitung lesen, werden sie reden. Auch einer der Polizisten könnte zur Presse gehen. Lange bleibt das nicht geheim. Auf das Vorstrafenregister Siedelbergers stößt man bei einer einigermaßen gründlichen Recherche im Handumdrehen.

Böck fasste das Gesagte zusammen und bedankte sich bei den anwesenden Journalisten für deren Erscheinen und die objektive Berichterstattung im Fall Lumetshofer.

Der hat leicht reden. Ab jetzt kann Böck die Suppe selbst auslöffeln, sollte es nicht laufen wie gedacht. Die rote Krawatte hätte ich mir sparen können.

Er lockerte den Knoten, der ihn seit den frühen Morgenstunden einengte. Als Böck auf ihn zukam, sah er, dass sein Chef dieselbe Krawattenfarbe gewählt hatte. Böcks Rot war um eine Spur dunkler.

»Gratuliere, gut gelaufen«, sagte Brandner und reichte Böck die Hand.

»Danke, Brandner, und jetzt überführen Sie diesen Siedelberger endgültig. Er muss gestehen, so rasch wie möglich«, entgegnete Brandners Vorgesetzter.

In ein oder zwei Tagen wird Anklage erhoben, ich habe zugehört. Mal sehen, ob ich dein Versprechen einhalten kann. Ich bin mir nicht einmal sicher, ob Siedelberger überhaupt unser Täter ist.

KAPITEL 41

Sankt Pölten

»Was für ein Arschloch, hat Isabella gesagt.« Brandner konnte sich ein Grinsen nicht verkneifen. Es war nicht seine Art, aber in diesem Fall konnte er nicht anders, und es fühlte sich gut an, sich mit seinem Kollegen auszutauschen und über den Chef herzuziehen. Ausnahmsweise wirkte Huber topfit und sah frisch geduscht aus, er hatte weniger Parfum aufgelegt als sonst.

»Deine Tochter hat es auf den Punkt gebracht. Böck ist ein Arsch. Das wissen hier alle, und deine Kleine hat es herausgefunden, ohne ihn jemals getroffen zu haben. Alle Achtung. Auf Isabella!« Huber hob seine Kaffeetasse, Brandner tat es ihm gleich.

Langsam machte sich doch ein ungutes Gefühl in ihm breit. So über seinen Chef zu sprechen, gehörte sich nicht. Der Kaffee vertrieb das aufkommende Frösteln aber sofort. Ganz warm wurde ihm stattdessen ums Herz bei dem Gedanken an seine ältere Tochter. Sie hätte ihn doch gerne in den Nachrichten gesehen und war stolz auf ihren Vater. Allein für diese Erkenntnis war Brandner jederzeit bereit, seinen Chef die Lorbeeren für seine Arbeit einheimsen zu lassen.

»Wie geht die Haussuche voran?«

Huber hatte ein Talent, mit der richtigen Frage die Stimmung nach unten zu drücken.

»Darüber will ich nicht reden.«

»Du kannst gerne bei mir übernachten, wenn es einmal zu spät für dich wird, um nach Wien zurückzufahren.«

»Ich will nicht stören.«

»Das würdest du nicht. Wir könnten gemeinsam nach der Arbeit etwas trinken gehen. Es gibt da ein paar gute Bars bei mir um die Ecke, in denen man Frauen kennenlernen kann.« Huber zwinkerte ihm zu.

»Ich bin verheiratet.«

»Von mir erfährt niemand etwas«, flachste der Kollege schelmisch.

Brandner schüttelte den Kopf. »So verlockend es auch ist.«

»Überleg es dir. Das Angebot steht.«

Als Brandner zu einer Erwiderung ansetzte, wurde er vom Läuten des Telefons davon abgehalten.

»Sie kommen am besten selbst zu mir ins Büro«, sagte Kriminaltechnikerin Auer nach der Begrüßung. »Ich habe Neuigkeiten zum Fußabdruck.«

»Bin schon unterwegs«, antwortete er.

»Viel Spaß bei Frau Auer«, hörte er Huber ihm nachrufen. Irgendwie lag ein Unterton in der Stimme seines Kollegen, der etwas Unanständiges implizierte.

Tatsächlich freute sich Brandner darauf, die junge Frau wiederzusehen. Das wurde ihm bewusst, während er zielstrebig in Richtung Kriminaltechnik schritt.

Nichts Besonderes, eine kleine Schwärmerei für eine attraktive Kollegin. Das kommt vor.

Er klopfte an die Tür und trat ein, ohne eine Antwort abzuwarten.

Sie war allein.

Diesmal trug sie einen knielangen Rock, ihre Beine zierten feinmaschige Strümpfe und schwarze Stöckelschuhe. Die Haare glänzten wie geschliffene Diamanten, ein leichter Rosafarbton hellte ihre Wangen auf. Wache Augen empfingen ihn.

»Herr Brandner, das ging ja schnell!«

»Wenn mich eine kompetente Kollegin ruft, lasse ich sie nicht warten«, schmeichelte er ihr.

Und tatsächlich formte sich der Mund der jungen Frau zu einem Lächeln. Ihre weißen Zähne blitzen kurz auf.

»Nachdem wir Siedelbergers Laufschuhe nicht mehr sicherstellen konnten, habe ich mir zwei Paare in Größe 42 bestellt.«

Eines der Paare befand sich auf dem Schreibtisch der Kriminaltechnikerin. Das andere hatte Frau Auer offenbar in seine Einzelteile zerlegt. Diese lagen auf einem Beistelltisch gleich neben den Messinstrumenten, die den Raum dominierten. Auer ging zu einem der Bildschirme und bewegte die Maus, sodass sich der Bildschirmschoner verflüchtigte. Brandner trat näher heran. Ein angenehm süßlicher Duft kitzelte seine Nase. Er sah über ihre Schulter.

»Hier sehen wir den Abdruck, den ich im Wald in Tatortnähe sichergestellt habe.« Sie klickte auf eine zweite Grafik und zog sie über das bestehende Bild des Schuhabdrucks. Sofort erkannte Brandner das Problem. Für jeden Laien wäre es deutlich sichtbar. Die Länge der Schuhsohlen war zwar ident, aber Form, Breite und die einzelnen Profilsegmente der Sohlenabdrücke waren vollkommen unterschiedlich.

»Eigentlich habe ich es schon erkannt, als die Schuhe bei mir eingetroffen sind, und hätte die Daten gar nicht übertragen müssen. Aber sicher ist sicher, und Sie brauchen den Vergleich wahrscheinlich für Ihre Akten, Herr Kommissar, oder nicht?«, fragte Auer, als sie sich zu ihm umdrehte.

Ihre großen Augen schauten zu ihm auf. Sie war ganz nah, automatisch trat Brandner einen Schritt zurück, noch immer hatte er ihren Duft in der Nase.

»Ja, danke, sehr gute Arbeit … auch wenn ich auf eine Übereinstimmung gehofft hatte.«

»Tut mir leid.«

»Braucht es nicht, ist ja nicht Ihre Schuld. Ich hätte nur zu gerne diesen Beweis gegen Siedelberger in der Hand gehabt.«

»Vielleicht war er es überhaupt nicht«, meinte Auer.

Jedenfalls ist es nicht Siedelberger gewesen, der dort seine Spuren hinterlassen hat, und das entlastet ihn.

»Ich muss mich mit Böck beratschlagen. Der wird nicht begeistert sein.«

Jetzt lächelte sie wieder. »Der tut mir wiederum nicht leid«, sagte sie. »Ich habe die Pressekonferenz gesehen. Das war nicht in Ordnung von Böck, sich selbst in den Mittelpunkt zu stellen. Sie kamen gar nicht ins Bild, geschweige denn zu Wort.«

Brandner hätte sie küssen können, so gut taten ihm ihre Worte. Aus irgendeinem Grund war es ihm wichtig, sie von der jungen Frau zu hören. Betont lässig zuckte er mit den Achseln.

»Er ist der Boss, er darf das«, sagte er, als würde es ihn selbst nicht stören, dass ihn sein Chef in den Hintergrund gedrängt hatte.

Nach Auers Erkenntnis war es nicht schlecht, dass Böck die Pressekonferenz als One-Man-Show durchgezogen hat. Jetzt muss nämlich er damit klarkommen, wenn wir keine Anklage gegen Siedelberger zustande bringen.

KAPITEL 42

Irgendwo zwischen Wien und Ybbsitz

Hans beschloss, schon bei der Anfahrt den Fluchtweg zu prüfen. Nur so konnte er einigermaßen sicher sein, dass ihn keine bösen Überraschungen erwarteten. Komplizierte Umleitungen aufgrund einer Baustelle oder einer Veranstaltung wären katastrophal für seinen Plan. Straßensperren der Polizei ebenso.

Hans hatte noch mehrmals mit Natalie telefoniert, nachdem sie mit ihm Schluss gemacht hatte, vergeblich, sie hatte sich nicht umstimmen lassen. Nicht einmal einem Treffen hatte sie zugestimmt. Es war, als hätte sie ihn von heute auf morgen aus ihrem Leben eliminiert.

»Gib nicht auf«, hatte seine Schwester ihn angespornt.

Hans war jedoch zum Entschluss gekommen, dass es keinen Sinn hatte, ihr weiter hinterherzulaufen. Sie wollte ihn nicht sehen, und das musste er respektieren. Hans hatte ohnehin eine andere Aufgabe, auf die er sich nun voll und ganz konzentrieren konnte. Natalie verbannte er aus seinen Gedanken.

Er verließ die Autobahn bei der Abfahrt Wieselburg, fuhr weiter über Gaming und Lunz am See. In Göstling las er auf seiner Außentemperaturanzeige 26 Grad. Da es erst 10.30 Uhr war, rechnete Hans mit einem heißen Tag. Die Luft würde flimmern.

Hans klappte die Sonnenblende seines Opels nach oben, sodass er freie Sicht hatte, als er die Große und danach die Kleine Kripp überquerte. Beide Bergpässe lagen im Schatten. Anschließend schlängelte sich die Straße durch das leicht abfallende Tal der Prolling. In größeren Abständen zueinander folgten mehrere Bauernhöfe. An den meisten prangte das Schild für faire Milch an den Stallmauern, mit dem die Bauern vernünftige Preise für ihr Produkt von den Molkereien forderten.

Fair … war es fair, wie die Schusters meine Familie behandelt haben? Oder Chan? Fast hätte er Resi auf dem Gewissen! Nachdem er Juliana zum Schweigen gebracht hat.

Er betätigte den Blinker und bog rechts ab. Die Straße wurde enger. Er fuhr über eine Brücke. Nach mehreren Kurven tauchte ein Reitstall vor ihm auf. Die Wiesen waren eingezäunt, auf der Koppel tummelten sich edle Pferde. Als Hans an dem Bauernhof vorbeifuhr, sah er, dass davor eine offene Kutsche stand. Zwei Frauen brachten seitlich vom Kutschbock Sonnenblumen an.

Er lenkte seinen Opel Corsa im Schritttempo an der Kutsche vorbei, bemüht, nicht mit den beiden Frauen in Blickkontakt zu treten. Sie sollten sich später nicht an ihn erinnern. Als er das Gespann passiert hatte, beschleunigte er und fuhr den Hang hinauf. Die Straße war geschottert, lediglich die beiden Fahrrinnen waren asphaltiert. Durch den folgenden Wald verlief nur noch eine vom Regen ausgeschwemmte und zerfurchte Schotterstraße. Hans umkurvte vorsichtig die Schlaglöcher und prägte sich die Engstellen ein. Nachher musste er denselben Weg in entgegengesetzter Richtung deutlich schneller zurücklegen. Jede Sekunde würde zählen und über seine Zukunft entscheiden.

Der Wald endete, gleichzeitig erreichte der Opel geteerten Untergrund, was die Fahrt ruhiger werden ließ. Links erkannte Hans einen Bauernhof, nach dem er rechts abbog und einem maroden Forstweg folgte, der leicht ansteigend den Berg hinauf verlief. Er kam an ein riesiges Bauernhaus, dessen Fassade offenbar vor Kurzem gelb gestrichen worden war, so stark leuchtete die Farbe in der Sonne. Zwei Ziegen weideten davor auf der Wiese, sonst war niemand zu sehen. Hans fuhr weiter die Forststraße bergauf, bis ihn ein Schranken stoppte. Von hier aus musste er zu Fuß weiter. Er schaute auf die Uhr:

11 Uhr. Kein Problem. Die Messe beginnt in einer Stunde.

Hans wendete den Opel, sodass sein Fahrzeug in Fluchtrichtung bereitstand.

Aus dem Kofferraum holte er eine kurze schwarze Jogginghose und ein dunkelblaues atmungsaktives Shirt. Er zog sich Laufschuhe an und verstaute seine Wechselkleidung im Auto. Ein letztes Mal griff er in den Kofferraum. Das Steyr Elite steckte in einer Segeltasche, die er sich über die Schulter warf. Danach schloss er den Kofferraumdeckel und sperrte die Türen ab. Sein Smartphone und den Autoschlüssel steckte er in die Hosentasche und zog den Reißverschluss zu, sodass sie nicht verloren gingen.

Er wusste genau, wo er die Forststraße verlassen musste. Zügig schritt er zwischen den Bäumen voran. Bald erreichte er den Waldweg, der ihn in Richtung Wallfahrtskirche Maria Seesal führte. Noch einmal blickte er auf seine Uhr.

Perfekt. Eine halbe Stunde vor Beginn der Messe bin ich an der ausgewählten Stelle.

KAPITEL 43

Ybbsitz

Im Kino oder vor dem Fernseher bekommt man nichts vom Gestank der Pferde mit, wenn man sich einen der Hollywoodstreifen reinzieht. Jennifer rümpfte die Nase. Ein Blick nach rechts verriet ihr, dass auch ihr Vater sein Gesicht zu einer Grimasse verzog.

»Du wolltest ja unbedingt mit der Kutsche vorfahren«, sagte er missmutig in ihrer Muttersprache.

»Genau, jetzt hilf mir bitte.«

Chan und der Kutscher stützten Jennifer an ihren Ellenbogen und Schultern, sodass sie die offene Kutsche besteigen konnte, ohne ihr weißes Kleid zu beschmutzen. Etwas wackelig auf den Beinen setzte sie sich. Die Kutsche und die Pferde waren mit Sonnenblumen geschmückt. Jennifers Vater bestieg das Gefährt von der anderen Seite, in seiner Hand hielt er einen weißen Schirm, der verhinderte, dass die Braut direkt der Sonne ausgesetzt war. Ein funkelndes Diadem verzierte ihre Hochsteckfrisur. Handschuhe, die Perlenkette von Eugen und passende Ohrringe rundeten das Bild ab. Ein blaues altes Strumpfband, das ihr Valerie geschenkt hatte, trug sie für die anderen unsichtbar unter dem Kleid. Dessen weißer Stoff war mit Edelsteinen besetzt, die im Sonnenlicht funkelten. Sie war die perfekte Braut – auch ohne Schleier, auf den sie bewusst verzichtete.

Eugen wird Augen machen!, dachte Jennifer, als der Kutscher das Gespann vom Reiterhof lenkte.

»Zehn Minuten, länger wird es nicht dauern«, meldete der Kutscher. »Dann sind wir in Maria Seesal.«

Zu Beginn stieg die Straße an, rechts befand sich dichter Wald, links die Koppel des Hofs. Sechs braune Pferde trabten neben der Kutsche her und schienen sich für Jennifer zu freuen.

Das Gespann tauchte vollkommen in den Wald ein und über Jennifer wurde es dunkel. Die Fahrbahn verlief nun abwärts. Furchen in der geschotterten Straße schüttelten die Kutsche durch.

Jennifer drehte den Kopf und schaute ihrem Vater ins Gesicht, der den Sonnenschirm abspannte. »Schau nicht so griesgrämig«, sagte sie.

»Ich lächle doch.«

»Nicht dieses aufgesetzte Lächeln. Freu dich für mich!«

Das Gesicht ihres Vaters verfinsterte sich.

»Heute ist mein Hochzeitstag.«

Er schwieg.

Die Hufen der beiden Pferde klapperten laut, als sie aus dem Wald auf eine asphaltierte Straße traten. Links ließen sie ein Bauernhaus hinter sich. Das Tal öffnete sich, auf beiden Seiten der Straße blühten Löwenzahn und Gänseblümchen auf den Wiesen um die Wette. Jennifer seufzte vor Freude.

»Du hast mir gar nicht gesagt, dass ich eine schöne Braut bin«, sagte sie zu ihrem Vater, während der Kutscher die beiden Pferde den steilen Anstieg zur Kirche hinauflenkte.

»Ich bin stolz auf dich. Das weißt du doch«, sagte Chan schließlich. »Du setzt um, was wir uns vorgenommen haben. Mehr kann ein Vater von seiner Tochter nicht erwarten.«

Jennifer biss sich auf die Lippen. Das geplante Ende ihrer Ehe, auf das ihr Vater anspielte, versetzte ihr einen Schlag in die Magengrube. Bislang hatte sie versucht, alles zu verdrängen und den Tag zu genießen.

Ja, das war unser Plan. Ich konnte nicht ahnen, wie sich alles entwickelt.

Jennifer würde sich mit ihrem Vater aussprechen müssen. Ihm von ihrem Wunsch erzählen, ihn überreden, den Plan zu ändern. Es musste eine Lösung geben, in der ihre Liebe zu Eugen eine Zukunft hatte.

Ich brauche nur genügend Zeit, um es ihm zu erklären.

Links an der Fahrbahn reihte sich ein geparktes Auto an das nächste. Die Kutsche fand gerade genug Platz, um dem Straßenverlauf folgen zu können. Die ersten Hochzeitsgäste tauchten in Jennifers Blickfeld auf. Sie winkte ihnen zu. Rechts erkannte sie den Pfad, der sich durch die Wiese bis zum Waldrand hinaufschlängelte, wo ein Holzgeländer den Waldweg markierte. Eine Reflexion des Sonnenlichts blitzte am Waldrand. Jennifer beugte sich leicht nach vorn, um besser sehen zu können, was dort oben ihre Aufmerksamkeit erregt hatte.

»Da steht ja schon die ganze Sippe«, sagte ihr Vater. »Auch dein Bräutigam.«

»Wo?«

Jennifer wandte die Augen vom Waldweg ab. Zuerst sah sie das Schild des Fastenzentrums, dann erblickte sie Eugen – er stand zwischen seiner Mutter und seiner Schwester.

Ihr Eugen. So gut hatte er noch nie ausgesehen. Die Sonne strahlte ihn an. Sein Gesicht und seine Augen leuchteten, als sein Blick mit ihrem verschmolz.

KAPITEL 44

Wenn leichter Wind durch den Wald strich, blinzelte vereinzelt die Sonne durch die dichten Äste und Blätter der Bäume, aber die meiste Zeit schützte der Schatten Hans vor neugierigen Blicken. Auf der Waldwiese tummelten sich Bienen und Hummeln. Er hielt sein Steyr Elite mit beiden Händen, seine Knie waren abgewinkelt, den Lauf des Gewehrs stützte der Querbalken des Holzgeländers. Unter ihm hatten sich viele Hochzeitsgäste auf dem Platz vor der Kirche eingefunden. Mit bloßem Auge konnte er sie nicht unterscheiden, erst durch das am Gewehr angebrachte Zielfernrohr mit Swarovski-Optik erkannte er die Gesichter. Valerie Schuster trug ein hellgelbes knielanges Kleid, die Haare waren hochgesteckt. Neben ihr stand eine Frau, die Hans zuerst nicht einordnen konnte, schnell wurde ihm klar, dass es sich bei der Dame im dunkelblauen Kleid um Valeries Geliebte handeln musste.

Eugen Schusters Mutter richtete dem Bräutigam die Krawatte und den Hemdkragen zum Sakko. Samuel Schuster trug Tracht und hielt sich abseits der Menschenansammlung. Hans zielte auf ihn. Der Kopf des alten Schusters lag genau im Fadenkreuz. Hans bräuchte nur abzudrücken, und der letzte der alten Schusters wäre Vergangenheit.

Um die Schusters geht es mir heute nicht, dachte Hans, als er das Gewehr neben sich abstellte und gesichert gegen das Geländer lehnte. *Heute geht es um Chan. Und den*

Handlanger, der für ihn die Drecksarbeit macht. Die beiden sind für Julianas Tod verantwortlich. Die beiden wollten Resi umbringen.

Nur einen Asiaten hatte Hans bisher unter den Hochzeitsgästen ausgemacht. Es erleichterte ihm seine Tat, dass Chan und die Braut offenbar keine Verwandten oder Freunde aus China eingeladen hatten.

Das ist mit Sicherheit Chans Killer!

Auf den Brautvater musste Hans warten. Er prüfte ohne Zielfernrohr den Platz vor der Kirche. Eine Allee aus Kastanienbäumen säumte an beiden Seiten die Straße am Ende der Zufahrt. Im Vordergrund befanden sich die Gebäude des Fastenzentrums, am Ende der Straße die kleine Wallfahrtskirche. Dazwischen standen die Gäste und warteten geduldig auf die Hauptattraktion des Tages – die Braut. Viele Gesichter waren gerötet gewesen, als er sie durch das Vergrößerungsglas gemustert hatte. Einige der Männer hatten Schweißperlen auf der Stirn gehabt. Der Schatten der Kastanien sorgte offenbar nicht ausreichend für Abkühlung. Der Parkplatz glich einem Glutofen. Die Luft flimmerte. Trotzdem zog keiner sein Sakko aus oder lockerte sich den Krawattenknoten. Dafür war es zu früh.

Endlich kam Bewegung in die Reihen. Hans verfolgte, wie ein Spalier gebildet wurde. An dessen Ende, direkt vor der Kirchentür, stand Eugen Schuster zwischen seiner Mutter und Schwester. Der Pfarrer gesellte sich neben den Bräutigam. Das Klappern von Pferdehufen auf Asphalt war zu hören. Hans erkannte die Kutsche, die an den Autos vorbeifuhr. Die Braut sah er nicht, da sie mit einem großen Schirm vor der prallen Sonne geschützt wurde.

Rasch griff Hans nach dem Gewehr. Um seinen Kopf herum brummte eine fette Fliege. Er verscheuchte sie mit einer Hand. Als sie nicht von ihm abließ, versuchte er, sie zu ignorieren, und brachte die Waffe in Anschlag. Seine Hände zitterten. Er dachte daran, wieder leicht in die Knie zu gehen und den Gewehrlauf auf dem Holzbalken des Geländers abzustützen. Das half. Eugen Schuster hatte er als Ersten im Fadenkreuz. Der Bräutigam strahlte, seine Augen leuchteten regelrecht. Fasziniert hielt Hans inne. Offenbar war der Bräutigam vom Aussehen seiner Braut bezaubert.

Hans schwenkte das Gewehr, entsetzt stellte er fest, dass er wertvolle Zeit vergeudet hatte. Die Kutsche war leer. Keine Fahrgäste saßen darauf. Noch immer umschwirrte die Fliege seinen Kopf.

Unruhig suchte Hans die Menge ab. Immer wieder huschte ihm das Weiß des Brautkleides ins Blickfeld. Ganz kurz erkannte er das funkelnde Diadem in Jennifer Chans Haar. Dann war sie verdeckt, geschützt von einem der Gäste, die das Spalier viel zu schnell aufgelöst hatten und dafür sorgten, dass Hans von seinem leicht erhöhten Standort kein freies Schussfeld auf ihren Vater hatte.

Bräutigam, Brautvater und Braut verschwanden in der Kirche. Danach folgten die restlichen Gäste der Hochzeitsgesellschaft.

Jennifer und Chan sollten doch bis zum Schluss warten! Die beiden müssen die Letzten sein, die die Kirche betreten. Wieso halten sie sich nicht daran?

Die letzten Mitglieder der Hochzeitsgesellschaft betraten die Kirche und verschwanden aus Hans' Blickfeld. Die Tür fiel zu.

Nach der Trauung wird es nicht einfacher, ging es Hans durch den Kopf. *Braut und Bräutigam werden Hand in Hand die Kirche verlassen, Chan wird in der Menge untergehen. Und wo ist der Handlanger?*

Hans blickte nach oben.

Gott, bitte lass mich stark sein. Lass es mich tun.

Nass klebte ihm sein Funktionsshirt am Rücken. Den Schweiß abzutransportieren, schaffte es nicht. Obwohl er im Schatten stand, fühlte er sich, als wäre er in einer finnischen Sauna.

Gott kann dir nicht helfen. Wer weiß, ob er überhaupt existiert? Entspann dich, sei konzentriert, lass dich nicht aus der Ruhe bringen. Noch eine Stunde.

KAPITEL 45

Sankt Pölten

Die Untersuchungshaft wirkte sich nicht negativ auf Siedelbergers Erscheinungsbild aus. Brandner saß an diesem Samstag ein frisch geduschter, gepflegt wirkender junger Mann gegenüber. Er sah in jedem Fall besser aus als bei seiner Festnahme.

»Wann lassen Sie mich frei?«, fragte er den Kommissar.

»Wie kommen Sie darauf, dass Sie hier rauskommen?«

»In meiner Wohnung war nichts. Sie konnten keine Beweise finden.«

»Weil Sie alles schon entsorgt hatten.«

»Bin es nicht gewesen! So einfach ist das.«

»Aber Sie waren in Tatortnähe, geben Sie das doch zu. Wir haben verlässliche Zeugen.«

Siedelberger schien darüber nachzudenken.

»Sie haben nichts zu verlieren. Wir haben keinerlei Spuren an Ihrer Kleidung, in der Wohnung oder am Rad gefunden. Ohne die Tatwaffe können wir keine Anklage erheben«, gab Brandner seinen Ermittlungsstand preis.

»Nehmen wir an, ich war in der Nähe, was nicht stimmt, aber nehmen wir es einmal an: Was bringt es Ihnen, wenn ich das bestätige, aber nicht der Täter bin?«

Brandner richtete sich auf.

Lässt er sich doch breitschlagen?

Das hatte er nicht erwartet, aber bevor er Siedelberger freiließ, musste Brandner diesen letzten Anlauf unternehmen.

»Sie könnten uns wichtige Hinweise liefern. Eventuell waren Sie der Letzte, der Herrn Lumetshofer lebend gesehen hat. Vielleicht ist Ihnen etwas Verdächtiges aufgefallen. Irgendetwas, irgendjemand?«

»Lumetshofer weine ich keine Träne nach.«

»Das erwarte ich auch gar nicht, helfen Sie mir einfach, den Fall zu lösen.«

»Weiß nicht, ob ich das kann.«

»Sagen Sie mir, was passiert ist. Mehr will ich nicht.«

»Sollte mich mit einem Anwalt abstimmen.«

»Herr Siedelberger, wenn Sie es nicht gewesen sind und uns helfen, dann garantiere ich Ihnen, dass Sie noch heute als freier Mann nach Hause gehen.«

»Glaube ich nicht.«

»Das gebe ich Ihnen schriftlich, wenn Sie wollen. Aber helfen Sie mir, geben Sie zu, dass Sie dort waren, und sagen Sie mir, was vorgefallen ist.«

Siedelberger rutschte unruhig auf seinem Stuhl hin und her, griff sich mit der rechten Hand an die Stirn. Seine Lippen wurden schmal.

»Also gut«, sagte er schließlich. »Ich war dort. Lumetshofer hat mir aufgelauert. Bin die Forststraße hinaufgeradelt und plötzlich tauchte der Jeep vor mir auf. Er muss ihn im Leerlauf gelenkt haben, kein Motorengeräusch.«

»Was ist passiert, nachdem er Sie überrascht hat?«

»Bin sofort abgestiegen.«

Siedelbergers Blick ging ins Leere. Brandner konnte förmlich sehen, wie sein Gegenüber die Minuten nochmals durchlebte.

»›Dir mach ich Beine! Was fällt dir ein, hier zu fahren? Das ist verboten, hast du das Schild nicht gesehen?‹, hat er geschrien. Dieser Förster, Jäger, oder was weiß ich, was der war.«

»Es handelte sich also um Herrn Lumetshofer, der Ihnen mit dem Jeep entgegenkam. Und Sie befanden sich auf der Forststraße?«

»Ja, hatte dort nichts zu suchen. Ist die ideale Strecke, aber nicht zum Biken freigegeben.«

»Was ist dann passiert?«

»›Bin doch ganz leise, störe niemanden‹, hab ich ihm erklärt.« Siedelbergers Stimme wurde tiefer. »Er wollte meinen Namen wissen.«

»Haben Sie ihm den genannt?«

»›Wieso?‹, hab ich gefragt. Dann hat er mich angeschrien und das Gewehr in die Hand genommen. Hatte Todesangst, dachte, es ist aus.« Siedelberger machte eine Pause, sein Gesicht war mittlerweile ganz blass. »Hab ihm meinen Namen genannt.«

»Wie war seine Reaktion?«

»Es sei verboten, dort zu fahren, hat er gebrüllt, ›Waun i di nu amoi do dawisch, daun! Und jetzt schleich di!‹ Weiß ich noch genau. Die Worte in Mundart und das Gewehr. Er hat auf mich gezielt. Bin aufs Rad und talwärts gefahren. So schnell wie möglich.«

Siedelberger hielt inne. Brandner wartete.

»Der Knall hat mich fast vom Sattel geholt. Hab geschaut, ob er mich getroffen hat. War aber nicht so. Bin geradelt wie der Teufel. Beim zweiten Schuss war ich weit weg.«

»Sie haben den Täter nicht gesehen?«

»Nein, bin abgehauen, hab gedacht, der schießt in die

Luft, um mir Angst zu machen. Was funktioniert hat. Hab dann die Wanderer gesehen, war erleichtert. Lumetshofer konnte mir nichts mehr tun.«

»Sie sind also den Wallfahrern begegnet?«

»Ja, wie gesagt, ich war sehr erleichtert, hab sie kurz mit einem ›Hallo‹ gegrüßt, und schon war ich an denen vorbei.«

»Ist Ihnen etwas Ungewöhnliches aufgefallen?«

Siedelberger dachte nach und schüttelte bedauernd den Kopf. »Nein.«

»Zuvor, als Sie von Ybbsitz nach Maria Seesal geradelt sind, hat Sie da jemand überholt?«

»Nur ein paar Autos aus dem Bezirk Amstetten. Lauter Einheimische … warten Sie … da war doch was Ungewöhnliches. Sehe es noch genau vor mir. Kurz vor Maria Seesal ist einige Zeit ein Auto hinter mir hergefahren, hat mich nicht gleich überholt. Als er vorbei ist, hab ich gesehen, dass es ein schwarzer Opel Corsa mit Wiener Kennzeichen war. Dachte mir, was macht der hier? Vielleicht jemand, der aus der Umgebung kommt und jetzt in Wien wohnt? Hat wahrscheinlich nichts zu bedeuten.«

Wahrscheinlich nicht, aber jede Kleinigkeit ist wichtig.

Brandner schrieb eine kurze Notiz auf seinen Block.

»Sie wissen nicht zufällig die Nummer des Kennzeichens?«

»Nein, leider.«

»Fällt Ihnen sonst noch etwas ein, was uns weiterhelfen könnte? Wo, glauben Sie, könnten wir den Wilderer finden, der zum Mörder geworden ist?«

»Nun, hab ja in den letzten Tagen genug Zeit zum Nachdenken gehabt …« Siedelberger stockte, als wolle er nicht weitersprechen.

»Wenn wir den Täter finden, entlastet Sie das endgültig. Das ist Ihnen hoffentlich klar.«

»Schon, ja.« Siedelberger atmete aus. »Also, wenn ich den Wilderer suchen müsste, würde ich mir den Obstbauern Sallinger vornehmen. Sage nicht, dass er es selbst war. Reden Sie mit ihm.«

»Was meinen Sie damit genau?«

Siedelberger lehnte sich zurück und verschränkte seine Arme vor der Brust. »Mehr will ich dazu nicht sagen. Sallinger hat mich immer unterstützt. Habe nur Vermutungen. Der Obstbauer kennt viele Leute, die regelmäßig am Schießstand üben. Nicht alle sind beim Verein, nicht alle gemeldet.«

KAPITEL 46

Ybbsitz

Jennifer Chan stand neben ihrem Vater hinter der letzten Reihe der hölzernen Sitzbänke in der Kirche Maria Seesal. Sie schwankte leicht, ihre Knie zitterten, ihr Vater stützte sie. In der Kirche war es angenehm kühl. Die Hitzewallung und der erhöhte Puls klangen langsam ab, während die Hochzeitsgäste sich ihre Plätze links und rechts vom Gang suchten.

Ihr zukünftiger Gemahl hatte Jennifers Schwächeanfall als Erster bemerkt und vorgeschlagen, dass sie nicht in der prallen Sonne warten solle, sondern im Innern der Kirche, gleich neben dem Weihwasserbecken und dem Aufgang zur Orgel. Wenn die Musik einsetzte, würde sie von ihrem Vater nach vorn zum Altar geführt werden.

»Geht's wieder?«, fragte ihr Vater.

»Ja.«

»Das ist nur die kirchliche Trauung«, flüsterte er. »Sie bedeutet nichts.«

Jennifer hörte die Orgel über ihr laut erklingen. Die Hochzeitsgäste erhoben sich. Der Pfarrer kam mit sechs Ministranten aus der Sakristei. Mit einem Nicken gab der Geistliche das vereinbarte Zeichen.

»In drei Stunden seid ihr standesamtlich verheiratet«, raunte ihr Vater. »Dann sind wir fast am Ziel.«

Vater und Tochter setzten sich in Bewegung. Jede Sitzbank war zur Gangseite hin mit einer Sonnenblume geschmückt. Ganz vorne in der Mitte, direkt vor den Stufen zum Altar, standen zwei Stühle bereit. Stehend erwartete Eugen dort seine Braut. Alle Blicke waren auf Jennifer gerichtet. Der Schwächeanfall war vergessen. Die Musik der Orgel schien sie mit der notwendigen Energie zu versorgen, um beschwingt neben ihrem Vater nach vorne zu schreiten. Unbekannte Gesichter blickten ihr entgegen, bewunderten die Braut. Sie erkannte einige Arbeitskollegen und Geschäftspartner. Ein Gesicht starrte ihr ernst entgegen. Auf die Anwesenheit von Bob Lee hätte Jennifer gern verzichtet. Der Handlanger ihres Vaters trug einen dunklen Anzug, ein weißes Hemd und dazu eine blutrote Krawatte. Er verzog das Gesicht zu einem Lächeln, wissend.

Was haben sie vor?

Mit einem Mal wurde ihr schwindlig. Sterne tanzten vor ihren Augen. Dann erkannte sie Valerie. Sie stand ganz vorn, ihre Schwägerin in spe formte mit den Lippen deutlich »Willkommen«.

Bestärkt tat sie die letzten Schritte. Als sie Eugen in die Augen schaute, fühlte sie sich voller Zuversicht. Jennifers Vater zog sich zurück. Das Brautpaar nahm sich gegenseitig an der Hand. Auf das Zeichen des Pfarrers setzten sie sich.

Im vergangenen Jahr hatte Jennifer viel über den römisch-katholischen Glauben ihres Bräutigams gelernt. Es war eine schöne Botschaft, die von den Christen verbreitet wurde. Trotzdem war ihr das ganze Rundherum zuwider. Vor allem die Huldigung des Kreuzes, eines Mordinstruments, konnte und wollte sie nicht verstehen. Auch dass es ausschließlich männliche Geistliche gab, fand sie schlichtweg falsch. Heiraten durften die Pfarrer nicht. Was konnten diese Männer von den Nöten und Problemen der Menschen verstehen? Um die Ehe echt aussehen zu lassen, war Jennifer konvertiert. Um den Schein einer Liebesheirat aufrechtzuerhalten, hatte sie vorgehabt, die Zeremonie über sich ergehen zu lassen. Doch sie hatte sich in Eugen verliebt und das Eheversprechen, der Austausch der Ringe, und der abschließende Kuss waren ihr wichtig.

Vater muss eine andere Lösung finden, ich liebe Eugen, er ist der Richtige. Ich kann mich nicht von ihm trennen.

Orgelmusik. Aufstehen. Hinsetzen. Wieder aufstehen. Die Fürbitten wurden von Valerie verlesen. Alles verlief wie im Traum: Eugen schwor ihr ewige Liebe. Treue auch in schlechten Tagen, und er wünschte sie sich als Mutter ihrer gemeinsamen Kinder. Kerzen wurden angezündet. Mit zittrigen Fingern die rotgoldenen Ringe getauscht.

»Hiermit erkläre ich Sie zu Mann und Frau«, verkündete der Pfarrer.

Bis in den Tod miteinander verbunden, dachte Jennifer. Plötzlich schauderte sie. Dann kam ihr Eugens Kopf entgegen. Als sich ihre Lippen berührten, wurde ihr warm. Der erste Kuss als verheiratete Frau schmeckte süßer als jemals zuvor.

Die Orgel spielte. Die Hochzeitsgäste standen auf und verließen die Kirche. Der Teil mit dem Glauben, vor dem sie sich letztes Jahr gefürchtet hatte, war erledigt und nicht schlimm gewesen. Teilweise sogar schön, stellte sie fest, als sich die Kirche leerte.

»Sollen wir?«, fragte Eugen.

Jennifer nickte. »Gehen wir, *mein Gemahl.*«

Sie sah ihn lächeln.

»Du hast mich zum glücklichsten Mann auf diesem Planeten gemacht.«

Seine Lippen fanden noch einmal ihre.

Sollen sie auf uns warten. Ich könnte ihn ewig küssen.

Nach einem seligen Moment löste sich Eugens Mund von ihrem und sie schritt bei Eugen eingehakt in Richtung Ausgang.

Eugen stoppte beim Weihwasser und bekreuzigte sich. Jennifer tat es ihm gleich. Das Wasser fühlte sich angenehm kalt an auf ihrer Stirn. Die beiden erreichten die offen stehende Kirchentür. Auf dem Platz davor bildeten die Gäste ein Spalier. Einzelne »Hoch«-Rufe waren zu hören. Ganz vorne sah Jennifer ihren Vater und die engsten Familienmitglieder der Schusters. Neben Eugen trat sie ins Freie und wurde erschlagen von der Hitze. Die Sonne strahlte ihr direkt ins Gesicht, trocknete ihre Stirn vom Weihwasser und blendete sie. Reflexartig hob Jennifer die Hand mit dem Brautstrauß und schirmte ihre Augen damit ab. Eugen und sie gingen einige Schritte weiter zwischen den Hochzeitsgästen hindurch.

»Der Sonnenschirm«, hörte sie ihren Vater rufen.

Er kam im Laufschritt auf sie zu. Jennifer senkte ihre Hand. Auf der gegenüberliegenden Anhöhe blitzte etwas oberhalb der Wiese.

Irgendetwas reflektiert die Sonnenstrahlen, dachte sie und hielt ihre Arme diesmal über die Stirn gegen das gleißende Sonnenlicht. Vor ihr spannte ihr Vater den Schirm auf.

KAPITEL 47

Hans stand vollkommen ruhig. Nicht das geringste Zucken erlaubte er sich. Dann schlug er zu. Mit der rechten Hand zermalmte er die Fliege auf seinem Hals. Das laute Surren hallte in seinen Ohren nach und verstummte erst Sekunden, nachdem er die Quelle des Geräuschs getötet hatte. Drei Anläufe hatte er gebraucht, bis ihm sein erster Mord an diesem Tag gelungen war.

So viele Versuche habe ich bei Chan nicht! Alle Schüsse müssen sitzen.

Er nahm sein Gewehr vom Holzgeländer und setzte sich auf den Waldboden. Das Steyr Elite war gesichert. Unter ihm rührte sich nichts. Leise drangen die Orgeltöne aus der Wallfahrtskirche zu ihm nach oben. Dem Zeitungsartikel zufolge hatten die Schusters einen Chor organisiert, der die Trauung untermalen sollte. Gesangsstimmen hörte er jedoch keine.

Außer den beiden Pferden, die vor die Brautkutsche gespannt waren, registrierte Hans keine Lebewesen auf dem Platz vor der Kirche. Die Vierbeiner waren festgebunden. Offenbar wollte sich der Kutscher die Hochzeit des Jahres im Mostviertel nicht entgehen lassen. Seine Armbanduhr verriet Hans, dass 20 Minuten vergangen waren, seit die Kirchentür geschlossen worden war.

In Gedanken ging er nochmals seinen Plan durch. Wenn möglich würde er beide Asiaten eliminieren. Zuerst den Brautvater. Danach den Handlanger. Nach der Tat würde er den Fußweg zurück zu seinem Auto laufen und davonrasen. Bis die Hochzeitsgesellschaft überhaupt wusste, was geschehen war, wäre er über alle Berge.

Ich mache mir etwas vor. Das Risiko, gefasst zu werden, ist groß. Aber was habe ich zu verlieren?

Hans griff nach seinem Gewehr. Er schaute durch die Swarovski-Optik, schwenkte den Lauf hin und her, um ein besseres Gefühl für die Umgebung und den Platz vor der Kirche zu bekommen. Seine Hoffnung schwand – beide Ziele zu erledigen, schien ihm unmöglich, wenn er realistisch war.

Unschuldige dürfen nicht zu Schaden kommen. Unter keinen Umständen.

In seiner Hosentasche vibrierte sein Smartphone. Es war auf lautlos gestellt. Vor der Kirche rührte sich nichts. Die beiden Pferde versuchten, mit ihren Schwänzen Fliegen zu verscheuchen.

Da ergeht es ihnen wie mir, dachte Hans, als er den Reißverschluss seiner Hosentasche hinunterzog und das Smartphone hervorholte. Mit dem Zeigefinger strich er über das Display.

Eine Nachricht auf der Mobilbox. Die Nummer kenne ich. Natalie.

Noch einmal schaute er zur Kirchentür. Nichts regte sich. Er wählte die Mobilbox aus. Die Sprecherin kündigte die Nachricht an, die soeben eingegangen war, und wiederholte Natalies Nummer. Dann hörte Hans Natalies Stimme: »Hans, du fehlst mir«, sagte sie. »Ich habe es mir anders überlegt und würde es gerne mit einer Fernbeziehung versuchen. Ich … ich liebe dich. Ruf mich bitte an. Vielleicht können wir uns noch treffen, bevor ich abfliege.«

Hans sah das Display fassungslos an. Er fühlte einen Betonklotz in seinem Magen und wusste nicht, wie lange er so dagesessen hatte, ohne irgendetwas zu tun oder zu registrieren. Mit einem Mal drangen Stimmen an seine Ohren, sie waren weit entfernt.

Der Platz vor der Kirche war mit Menschen gefüllt.

Wo ist Chan?

Hastig stand er auf. Eine Sekunde später hatte er sein Steyr Elite im Anschlag. Der Lauf wurde vom Holzgeländer gestützt. Die Gäste bildeten ein Spalier. Schließlich sah er ihn. Direkt hinter dem Brautpaar. Sofort hatte er Chans Stirn im Fadenkreuz. Teilnahmslos blickte er auf die Frischvermählten, keine Spur von Freude oder Stolz eines Brautvaters.

Er könnte abdrücken. Es war geradezu perfekt. Er hatte freie Sicht. Niemand war in Gefahr, außer Chan.

Am unteren Rand des Fadenkreuzes sah er, dass Jennifer ihren Kopf leicht anhob. Sie schien verwundert. Es hatte den Anschein, als blickte sie in seine Richtung.

Er zögerte, konnte nicht abdrücken. Wollte nicht abdrücken.

Natalie.

Ich habe keine Chance zu entkommen. Die sperren beide Täler, durch die ich verschwinden könnte. Innerhalb weniger Minuten bin ich geliefert.

Hans senkte den Lauf des Gewehrs. Er verstaute es in seiner Tragetasche, schulterte diese und ging mit gesenktem Haupt den Weg zurück, den er gekommen war, ohne zurück zur Kirche zu schauen.

KAPITEL 48

»Komm mit!« Valerie ließ keine Widerrede zu. Ihre Schwägerin zog Jennifer von der Hochzeitstafel weg. Ihr Bräutigam war nirgends zu sehen.

Eine Minute später traten die beiden Frauen ins Freie vor das Veranstaltungszentrum des Schlosshotels, in dem die Hochzeitsfeier ausklingen sollte. Der Bau war modern, mit viel Glas, an Werktagen fanden dort Seminare statt, das Wochenende wurde für Hochzeiten und im Winter für Bälle genutzt.

Corinna folgte durch die Tür. »So, jetzt schnell über den Steg«, drängte sie. In ihrer Hand hielt Valeries Geliebte den Brautstrauß. Jennifer ergab sich kampflos und überquerte mit ihren beiden österreichischen Freundinnen die Ybbs. Vom Flussbett unter ihr spürte sie für einige Sekunden eine kühle Brise, die eine willkommene Unterbrechung der Schwüle des späten Nachmittags darstellte. Auf der gegenüberliegenden Flussseite thronte das jahrhundertealte Schloss. In dessen Innenhof waren mehrere Tische gedeckt. Als sich die drei Frauen an den Tisch in der Mitte setzten, tauchte ein Kellner aus dem angrenzenden Restaurant auf.

»Wir trinken am besten gleich ein Achterl Weißwein«, stellte Valerie fest. Als Corinna nickte, stimmte Jennifer zu.

»Beim Brautstehlen«, erklärte Valerie, »animieren viele Trinksprüche zum Auf-Ex-Trinken. Die einzige Möglichkeit, einigermaßen heil da herauszukommen, ist, Wein zu trinken. Auf keinen Fall Hochprozentiges!«

Die Gläser klirrten, als sie anstießen.

Corinna lächelte verschmitzt. »Wir wollen doch nicht, dass die Braut zu strippen beginnt!«

Jennifer verschluckte sich beinah.

Valerie prustete vor Lachen. »Und dabei haben wir dich damals nicht einmal abgefüllt!«

Auch Corinna lachte. »Du hast von selbst diese Unmengen an Alkohol in dich hineingeschüttet. Kein Wunder, dass du dich nicht mehr an alles erinnerst.«

»Beim Brautstehlen sollten wir dich ja eigentlich zum Trinken animieren, aber nach dem legendären Junggesellinnenabschied halten wir uns besser zurück.«

»Danke!«

»Nur eines ist da noch«, sagte Valerie.

»Was?«, wollte Jennifer wissen.

»Nicht!« Corinnas Stimme war lauter als zuvor. Leiser fuhr sie zu ihrer Geliebten gewandt fort: »Valerie, wir wollten es nach der Hochzeit löschen und nie wieder davon sprechen. Sie hat das Jawort gegeben und deinen Bruder nicht vor dem Altar stehen lassen!«

»Was löschen?«

»Ach, es war blöd von mir, es überhaupt zu erwähnen«, wiegelte Valerie ab.

»Genau. Lösch es einfach und lass es gut sein.«

»Jetzt redet schon!«, beharrte die Braut.

Valerie trank von ihrem Wein und sah über das Glas hinweg zu Corinna.

Diese zuckte mit den Achseln. »Deine Entscheidung.«

Valerie stellte ihr Glas ab. »Also gut«, sagte sie und nahm ihre Handtasche. Kurz danach hielt sie ihr Smartphone in der Hand. »Ich war nicht ganz ehrlich zu dir, an dem Nachmittag, als du nach dem Junggesellinnenabschied zu mir in die Wohnung gekommen bist.«

»Was … was soll das heißen?«

»Es gibt noch ein kurzes Video.«

»Von?«

»Vom Hotelzimmer.«

Valerie hielt ihr Smartphone verdeckt. Ihre Schwägerin vergewisserte sich, dass außer Jennifer und Corinna niemand in ihrer Nähe war. Mehrmals strich Valerie über das Display, bis Musik aus dem Gerät zu hören war.

»Du hast den Fernseher eingeschaltet und durch die verschiedenen Radiosender gezappt.«

›You can leave your hat on‹, ertönte im Hintergrund. Eindeutig handelte es sich um Joe Cockers Stimme.

Jennifer nahm Valerie am Handgelenk und zog sie näher zu sich heran. Am Handydisplay sah sich Jennifer selbst.

Das bin ich. Eindeutig. Vor dem Bett. Ich erinnere mich nicht. Bewege mich zur Musik. Langsam. Noch langsamer. Was mache ich jetzt? Nein! O Gott!

Ihr Kleid landete auf dem Fußboden. Lasziv fuhr sich Jennifer mit den Händen über ihren Körper. Sie streichelte sich selbst und ließ ihre Hüften kreisen. Dazu sang sie mit Joe Cocker den Refrain »You can leave your hat on.« Hin und wieder schwankte sie. Sie wirkte nicht so betrunken, wie sie es gewesen sein musste, da sie keine Erinnerung an die Szene hatte. Noch immer trug sie BH und Höschen, beides in Rot – passend zum Kleid am Boden. Ihre Hände verschwanden hinter ihrem Rücken. Schon stand sie barbusig vor dem Bett und liebkoste ihre Brüste. Die Kamera zoomte näher heran, zeigte ihre Nippel in Großaufnahme. Eindeutig hatten sie sich aufgerichtet. Kokett formte sie mit ihren Lippen einen Kussmund und flirtete mit der Kamera, die herauszoomte.

Die Braut hielt erschrocken beide Hände vor den Mund, als sie verfolgte, wie sie sich im Video mit dem Rücken zur Kamera ihres Höschens entledigte.

»Knackiger Arsch«, stellte Corinna fest.

Valerie nickte anerkennend. »Da können wir beide nicht mithalten.«

Im Video drehte sich die nackte Jennifer um.

Immerhin bedecke ich meine Scham, dachte die Braut, bevor eine Sekunde später das kleine ausrasierte dunkle Dreieck zwischen ihren Beinen hervorblitzte. Das Video endete.

Das darf nicht wahr sein! Es ist ein Albtraum!

»Was wirst du damit machen?«, fragte Jennifer. Ihr Hals fühlte sich ausgetrocknet an. Ihr war schwindlig.

»Nichts. Löschen. Außer du willst es haben?«

»Nein.« Jennifer schüttelte den Kopf. »Bitte lösch es sofort!«

»Hier hast du mein Handy.« Valerie drückte Jennifer ihr Smartphone in die Hand. »Du kannst es gleich hier und jetzt löschen. Corinna und ich haben schon vergessen, dass es jemals geschehen ist. Stimmt's Liebling?«

Corinna nickte.

Jennifer drückte längere Zeit auf das Videosymbol. Sie biss sich auf die Unterlippe. Mehrere Optionen erschienen auf dem Display. Sie wählte »Löschen« und bestätigte danach, dass sie die kompromittierende Datei endgültig vernichten wollte. Danach rang sie sich ein zaghaftes Lächeln ab. »Das ist mir so peinlich.« Schamesröte verfärbte ihre Wangen.

»Mach dir nichts draus«, sagte Valerie. Sie drückte Jennifers Hand und nahm danach ihr Smartphone wieder an sich.

»Woraus nichts machen?«

Jennifer zuckte zusammen und drehte sich um. Samuel Schuster führte Eugens Mutter und Jennifers Vater in den Innenhof, eine ganze Schar Hochzeitsgäste folgte ihnen.

»Jennifer war gerade unsicher, ob Eugen sie finden und auslösen wird«, antwortete Valerie.

»Aber sicher wird er das. Wir haben euch ja auch gefunden, und Eugen ist sicher nicht der erste Bräutigam, der seine Frau beim nächstgelegenen Wirt sucht und findet.«

Jennifer atmete aus. Ihre Hand zitterte leicht, als sie ihr Weinglas an den Mund führte. Sie trank einen großen Schluck. Langsam begann sich die Spannung zu lösen.

Es konnte nichts passieren. Vor dem Standesamt hatten sie sich ewige Treue geschworen. Die Unterschriften waren auf dem Dokument. Sie waren vor dem Gesetz Mann und Frau. Und das Video war gelöscht.

Ihr Vater redete auf Samuel Schuster ein. »Wollen Sie nicht doch mit uns nach Äthiopien kommen? Die gesamte Familie wird dort bei der Eröffnung der neuen Schuhfabrik dabei sein.«

Samuel Schuster schüttelte seinen Kopf.

Die Ankunft ihres Bräutigams lenkte Jennifer von dem Gespräch der beiden älteren Männer ab. Jennifer lächelte Eugen zu und stand auf, doch ihr Bräutigam durfte nicht sofort zu ihr.

KAPITEL 49

Sankt Pölten

Das Scheinwerferlicht röstete Brandner. Seit einer halben Stunde klebte ihm sein Hemd nasskalt am Rücken. Sein Herz klopfte wie wild und sein Magen verkrampfte sich.

»Keine weiteren Fragen, danke für Ihr Kommen. Auf Wiedersehen.«

Er stand auf, ohne einen Blick auf die Journalistenmeute zu werfen. Der Geräuschpegel stieg mit einem Mal an, mehrere der Reporter riefen ihm Fragen nach.

Zielstrebig ging Brandner zum Seitenausgang neben dem Podium. Seine Gedanken drehten sich um seine älteste Tochter Isabella: Sie würde seinen Auftritt im Hauptabendprogramm sehen. Auch wenn nur wenige Sekunden gezeigt würden, wäre er der Blamierte. Und damit auch Isabella unter ihren Mitschülern. *Vielleicht will sie dann die Schule wechseln, weg aus Wien … und das alles hat einen Sinn. Nein, so will ich sie nicht dazu bringen, dem Umzug zuzustimmen. Sie soll stolz auf mich sein.*

Er konnte nichts dafür. Natürlich hätte er Böck sagen können, er solle die Suppe selbst auslöffeln … hatte er aber nicht. Stattdessen war er dagestanden, allein, ohne Unterstützung, und hatte eingestehen müssen, dass sie praktisch wieder am Anfang der Ermittlungen standen. Siedelberger war frei. Es gab keinen Hauptverdächtigen mehr.

Brandner marschierte so schnell wie möglich zurück in sein Büro, dabei mied er jeglichen Blickkontakt mit Kollegen, die ihm entgegenkamen. Er öffnete seine Bürotür und trat ein. Böck saß in Brandners Schreibtischsessel. Huber drehte sich halb zu Brandner um.

»Und, wie ist es gelaufen?«, wollte Böck wissen.

Brandner blieb vor seinem Tisch stehen.

»Ich habe die Journalisten informiert, dass wir den Verdächtigen laufen lassen mussten.«

»Und weiter?«

»Nichts weiter. Auf ihre Fragen hatte ich keine Antworten.«

Böck nickte und stand auf.

»War sicher nicht leicht. Wir müssen den Fall lösen. Die Leute haben Angst.«

»Wir arbeiten dran.«

»Offenbar nicht genug.«

»Was soll das heißen?«

»Huber, ab sofort unterstützen Sie Herrn Brandner zu 100 Prozent.«

»Ich bin aber mit anderen Fällen eingedeckt.«

»Die sind nicht so wichtig.«

»Heißt das, ich soll meine aktuellen Ermittlungen ruhen lassen?«, wollte Huber wissen.

»Habe ich mich etwa unklar ausgedrückt?«

»Nein.«

»Na also, ab morgen arbeiten Sie mit Brandner an dem Wildererfall.«

»In Ordnung.«

»Meine Herren!« Böck blickte den beiden Kommissaren noch einmal in die Augen und verließ das Büro.

Huber hob entschuldigend die Arme.

»Ist schon gut. Das musste so kommen. Es ist mir lieber, ich arbeite mit dir zusammen als mit jemandem, den ich gar nicht kenne.«

»Okay, aber es war nicht meine Idee. Merk dir das bitte.«

»Ich weiß«, antwortete Brandner. »Eine Bedingung habe ich trotzdem, bevor ich dich in mein Ermittlerteam aufnehme.«

Huber lächelte erstmals, seit Brandner zurückgekommen war.

»Jetzt bin ich aber neugierig.«

Brandner setzte sich in seinen Schreibtischsessel. »Die nächste Pressekonferenz übernimmst du.«

»Bist du sicher?«, wollte Huber wissen. »Vielleicht haben wir dann den Täter, und ich heimse die Lobeshymnen von den Reportern ein.«

Brandner schüttelte den Kopf. »Das wird nicht passieren. Wenn wir den Täter festgenommen haben, stellt sich Böck selbst in den Mittelpunkt und lässt sich feiern.«

Hubers Miene hellte sich weiter auf. »Kein Problem, wenn wir keinen raschen Erfolg haben, springe ich beim nächsten Mal gerne für dich ein. Was glaubst du, wie mir das helfen wird, Frauen kennenzulernen! Ich bin dann Fernsehstar und harter Bulle in einer Person. Die Weiber werden auf mich fliegen!«

Brandner musste schmunzeln. »Hört sich fast so an, als schuldest du mir etwas, wenn ich dich auftreten lasse.«

Huber nickte. »Genau, und heute Abend tue ich dir dafür einen Gefallen. Sozusagen als Gegenleistung. Wir sollten unsere Zusammenarbeit nämlich bei ein oder zwei Bierchen nach Feierabend besiegeln. Nach der bescheidenen Pressekonferenz brauchst du das. Du kannst bei mir in Sankt Pölten übernachten.«

So schlecht ist Hubers Vorschlag gar nicht.

Seit sich der Fall um Lumetshofer zugespitzt hatte, befand sich eine Tasche mit Wechselwäsche in seinem Auto. Daran würde es nicht scheitern.

Wie lange ist es her, dass ich mit einem Freund oder Kollegen um die Häuser gezogen bin?

Brandner wusste keine Antwort darauf.

KAPITEL 50

Addis Abeba, Äthiopien

Jennifer war müde und gleichzeitig aufgeregt. Sie verfolgte, wie eine Gruppe junger Männer am Straßenrand entlanglief. Jeder der Burschen trug multifunktionale Trainingskleidung. Es war kurz nach 8 Uhr früh und jeder Einwohner Addis Abebas schien auf den Beinen zu sein. Entweder um zur Arbeit oder in die Schule zu kommen – oder um für einen Marathon zu trainieren.

In Äthiopien war es überraschend kühl, was Jennifer im Gegensatz zur Gluthitze in Österreich bevorzugte. Obwohl die Asiatin sich nicht bewegte, spürte sie fast Atemnot, denn die äthiopische Hauptstadt befand sich über 2.000 Meter über dem Meeresspiegel.

Es konnte auch einen anderen Grund dafür geben, dachte Jennifer bei sich und griff nach Eugens Hand. Ihr Gemahl hatte neben ihr im Kleinbus Platz genommen, der sie vom Flughafen ins Hotel brachte. Eugen wirkte ausgelaugt, wie seine Frau hatte er kaum geschlafen. Sie waren von Wien um 23 Uhr abgeflogen und am Morgen in Addis Abeba gelandet. Jeder der Reisenden wirkte, als hätte er die Nacht durchgemacht.

Der Fahrer mit der kaffeebraunen Haut und der blauen Kappe auf dem Kopf schimpfte etwas in der Landessprache. Der Verkehr stockte, kam fast zum Stillstand. Die Läufer waren eindeutig schneller unterwegs als der Kleinbus. Trotz der Eukalyptusbäume, die zuhauf die Stadt begrünten, rümpfte Jennifer die Nase. Den Gestank einer solchen Großstadt war sie nach ihrem langen Aufenthalt in der österreichischen Provinz nicht gewohnt. Viele der Lastwagen und Autos hatten mit Sicherheit keinen Katalysator, und die Kanalisation war vermutlich nicht für diese Menschenmassen geeignet.

Nach einer knappen Stunde tauchte das Schild ihres First-Class-Hotels vor ihnen auf. Jennifer konnte es kaum erwarten, endlich allein mit Eugen im Hotelzimmer zu sein. Sie brannte regelrecht vor Neugier. Zum Glück hatte sie am Flughafen in Wien noch die Möglichkeit gefunden, einen Abstecher in den Drogeriemarkt zu machen, ohne dass ihre Mitreisenden es mitbekommen hatten.

An der Rezeption brauchte sie ihren Reisepass. Die Dame sprach gutes Englisch, war aber alles andere als schnell. Jennifer bekam einen Zettel, den sie mit ihrem Namen, Wohnadresse, Telefonnummer, E-Mail und An- und Abreisedatum versehen musste.

Jennifer gab sich nach außen hin gelassen, obwohl sie sich über das Schneckentempo ärgerte. Als die Dame Jennifers Kreditkarte haben wollte, reagierte auch Eugen gereizt.

»Sie haben schon meine! Wir beziehen das Zimmer zusammen. Bitte denken Sie doch mit!«, schimpfte er in englischer Sprache. So angriffig kannte Jennifer Eugen überhaupt nicht. Normalerweise war er die Freundlichkeit in Person.

»Ist schon gut«, versuchte Jennifer ihn zu beruhigen und gab der Dame ihre Visa. Sie bekam die Karte umgehend zurück, ohne dass sie kopiert worden wäre, da natürlich die Kreditkarte ihres Mannes ausreichte.

»Wir sehen uns am Nachmittag!«, verabschiedete sich Jennifer erleichtert von den mitgereisten Schusters, die mit den Check-in-Formalitäten beschäftigt waren. Zusammen mit Eugen stieg sie in den Aufzug und drückte die Taste für den fünften Stock. Langsam fuhr der Aufzug nach oben, blieb stehen, die Tür öffnete sich. Eugen zog die Koffer, sie schritten zu ihrem Zimmer, er schloss auf und ließ ihr den Vortritt.

»Endlich allein«, sagte er.

»Ich muss schnell auf die Toilette«, entschuldigte Jennifer sich. Sie registrierte, dass der Fußboden mit einem alten Teppich ausgelegt war. Die dunkelbraunen Vorhänge hielten das Licht von außen ab und das Zimmer roch verstaubt. Sie verschloss die Tür hinter sich, zog ihre Hosen bis zu den Knöcheln hinunter und setzte sich auf die Toilette. Als sie den Reißverschluss ihrer Handtasche öffnete, spürte sie Nervosität in sich aufsteigen.

Wenige Minuten später hätte sie vor Freude in die Luft springen können. Gern hätte sie einen weiteren Test gemacht. Zur Sicherheit. Aber sie hatte nur den einen gekauft und dessen Ergebnis musste reichen. Eindeutig stand auf der Anzeige »Schwanger 2+«. Jennifer las auch den Hinweis, dass das Ergebnis nicht hundertprozentig war, und die Schwangerschaft unbedingt von einem Arzt bestätigt werden musste. Trotzdem – sie selbst war sicher.

Ich bin schwanger! Ich trage Eugens Kind in mir. Deswegen die Schwindelgefühle bei der Hochzeit.

Als ihre Periode nicht wie gewohnt eingesetzt hatte, war sie auf den Gedanken gekommen, schwanger zu sein. Sie war zu sehr mit den Hochzeitsvorbereitungen und danach mit der Hochzeit selbst beschäftigt gewesen, als dass es ihr vorher in den Sinn gekommen wäre. Während der Autofahrt zum Flughafen hatte sie erstmals einige ruhige Minuten verbracht und den Test besorgt.

Jetzt hatte sie Gewissheit. Und sie war glücklich. Sie spürte die Freudentränen. Aus beiden Augen rannen sie über ihre Wangen. Gegenüber ihrem Vater hatte sie nun ein gutes Argument, den Plan mit der Scheidung über Bord zu werfen. Instinktiv wollte sie die Tür öffnen, um Eugen das Ergebnis zu zeigen, doch dann besann sie sich.

Noch ist nicht der richtige Zeitpunkt, sagte sie sich und verstaute den Test in ihrer Handtasche, nachdem sie ihn mit zwei Taschentüchern umwickelt hatte.

KAPITEL 51

Sankt Pölten

Der Ton kam Brandner irgendwie bekannt vor. Er zwang sich, die Augen zu öffnen. Das Sonnenlicht blendete ihn, und Schmerz stach in seinem Hinterkopf. Panisch schloss er die Lider, um sie vorsichtig wieder aufzumachen.

Diesmal hielten sich die Kopfschmerzen in Grenzen. Brandner entledigte sich der Decke, sie fiel auf den Parkettboden. Schwerfällig richtete er sich auf, sodass er auf Hubers Couch zum Sitzen kam, die ihm als Nachtlager gedient hatte.

Das Smartphone verlangte noch immer lautstark nach Aufmerksamkeit. Es lag neben der Wasserflasche auf dem Beistelltisch. Langsam beugte er sich nach vorn und streckte seinen Arm aus. Da verstummte der Klingelton. Erleichtert atmete Brandner aus. Sein Mund und Gaumen waren ausgetrocknet, statt nach dem Smartphone griff er nach der halbleeren Flasche und trank gierig das Wasser. Als sie leer war, stellte er sie auf die Tischplatte. Noch immer war er durstig, stand aber nicht sofort auf, sondern strich vorsichtig mit der rechten Hand über seinen Hinterkopf.

Wenn er sich nicht zu rasch bewegte, hielt er das Hämmern in seinem Hirn aus. Sein Nacken war steif, im Lendenwirbelbereich spürte er ein Ziehen.

»Guten Morgen!«

Huber kam ins Wohnzimmer. Er trug ein hellblaues Hemd und dunkle Hosen. Offenbar fühlte sich Brandners Kollege deutlich besser als er.

»Gut geschlafen?«, wollte Huber wissen.

Brandner murmelte etwas, das als »Geht so« verstanden werden sollte.

Bier und Wein vertrage ich, aber den Whisky hätten wir weglassen sollen.

»Ich habe schon geduscht, du kannst ins Bad.«

Huber wirkte fitter, als an den meisten vorangegangenen Tagen, hatte sich sogar rasiert.

Brandner schaute auf seine Armbanduhr. 9 Uhr!

»Nach deiner Pressekonferenz gestern darfst du heute ruhig später anfangen«, erklärte Huber.

Er hat mich einfach schlafen lassen, obwohl wir kurz nach acht ins LKA fahren wollten. »Stimmt«, sagte Brandner, nahm sein Smartphone, entsperrte es und wählte die Mobilbox. Reitbauer bat um dringenden Rückruf.

Vorher dusche ich. Bevor wir ins LKA fahren, brauche ich unbedingt etwas zum Beißen. Und Aspirin gegen die Kopfschmerzen.

Eine halbe Stunde später fühlte sich Brandner deutlich wohler. Das Honigbrot half, das flaue Gefühl im Magen zu beseitigen, der Kaffee nach der erfrischenden Dusche sorgte für die nötige Energie, das Aspirin, das er von Huber vor dem Duschen bekommen hatte, ließ ihn klarer denken. Die Kopfschmerzen hatten sich nicht ganz verflüchtigt, sie lauerten im Moment im Hintergrund, jederzeit bereit, wieder zuzuschlagen.

Er biss nochmals ins Honigbrot, mit der anderen Hand wählte er Reitbauers Namen in seinem Smartphone aus und tippte auf »Anrufen«. Huber räumte den Frühstückstisch ab. Brandner schluckte den zerkauten Bissen hinunter, als er Reitbauers Stimme hörte.

»Samuel Schuster ist tot. Ich bin auf der Schusteralm. Sie müssen sofort kommen. Die Kriminaltechniker habe ich bereits angefordert. Das volle Programm.«

Zehn Minuten später saß Brandner in seinem Audi, neben ihm gurtete sich Huber an.

»Der Fall wird richtig interessant«, stellte sein neuer Partner fest.

Brandner lenkte seinen Dienstwagen aus dem Wohngebiet in Richtung Autobahnauffahrt.

»Die Schusteralm, das ist doch dort, wo vor zwei Jahren die Morde verübt worden sind«, fügte Huber hinzu.

»Ja, und der Wilderer hat schon einen Rehbock auf der Schusteralm geschossen.«

»Und jetzt der nächste Mord.«

»Ist eine schöne Gegend, wirst sehen.«

»Komisch, dass dort wieder jemand ermordet wird. Ob das irgendwie zusammenhängt? Die Morde von damals und heute?«

»Die Mörderin sitzt im Gefängnis.« Brandner drückte das Gaspedal durch. Mit 160 Stundenkilometern bretterte er dahin.

KAPITEL 52

Addis Abeba, Äthiopien

Wo ist die nächste Toilette? Jennifer Chan hielt sich die Hand vor den Mund und drehte sich um. Hinter den Klebemaschinen an der Wand sah sie eine Tür. Allerdings war darauf keine Anschrift angebracht, die erklärte, was dahinter verborgen lag. Jennifer schluckte ihren Anfall von Übelkeit hinunter und folgte der kleinen Gruppe, die ihr Vater anführte.

Der Gestank nach Klebstoff und Gummi verflüchtigte sich gleichzeitig mit ihrem Brechreiz, als Jennifer zu den Stanzmaschinen gelangte. »Klick-klack« war in regelmäßigem Abstand zu hören. Jeweils ein Äthiopier bediente eine der 20 Schwenkarmstanzen, die in zwei Reihen nebeneinander angeordnet waren.

»Die Regierung fördert Projekte zur Schuhherstellung«, erklärte Jennifers Vater Corinna. »Die Ausfuhr von Leder ist reglementiert, sodass genug Rohstoff im Land bleibt. Daher habe ich Äthiopien als Standort gewählt und kein anderes afrikanisches Land. Ich habe auch gute Kontakte in Nigeria.«

Corinna nickte. »Die Arbeitsbekleidung stellt die Fabrik zur Verfügung?«

»Genau«, bestätigte ihr Vater. »Die Äthiopier lieben die gelben T-Shirts und blauen Hosen.«

Jennifer dachte an die perfekten PR-Fotos und hörte

gleichzeitig, wie sich Eugen zu Wort meldete: »Die Farben von Schuster-Schuhe hier in der Fabrik in Afrika zu sehen, damit erfüllt sich ein wunderbarer Traum für mich!«

Auch Valerie schien begeistert zu sein. Jennifer war sowieso beeindruckt. Der Boden war blitzblank, die Fabrikhalle erst vor Kurzem fertiggestellt, die Hälfte der Maschinen installiert und in Betrieb. Ihr Vater hatte ganze Arbeit geleistet. Jennifer blickte nach links. Dort war jede Menge freier Platz. Wenn sich alles entwickelte, wie sich ihr Vater das vorstellte, würden dort bald zusätzliche Produktionslinien montiert sein, auf denen ausschließlich Schuster-Schuhe mit dem Fair-Deal-Gütesiegel hergestellt würden. Bei diesen Aussichten würde ihr Vater sie nicht zur Scheidung zwingen, hoffte sie.

Aber so weit war es noch nicht. Alles hing von Corinna und ihrem Team ab.

»Die Qualität haben wir mittlerweile unter Kontrolle«, erklärte Jennifers Vater. »Zu Beginn hatten wir große Probleme, jede Menge Ausschuss wurde produziert. Ich habe daraufhin den Anteil chinesischer Vorarbeiter erhöht und nur die besten aus meinen Fabriken hierhergeschickt.« Er machte eine ausschweifende Handbewegung. »Mittlerweile erzielen wir hier ähnliche Ergebnisse wie in Vietnam. Allerdings verkaufe ich die Schuhe, die hier produziert werden, bisher nur als markenloses Produkt in China. Dabei bleibt natürlich kaum ein Gewinn übrig.«

»Wie läuft der Zertifizierungsprozess?«, wollte Eugen wissen.

»Dazu haben wir anschließend eine Besprechung mit Herrn Chan«, stellte Corinna fest. »Mehr will ich jetzt noch nicht dazu sagen«, fügte sie hinzu.

Jennifer wusste, dass sich seit über einer Woche zwei von Corinnas Mitarbeitern in der Fabrik aufhielten und die Überprüfung weit fortgeschritten war. Ihr Vater hatte Erfahrung damit, für seine Produktionen in Vietnam und China hatte er seit zwei Jahren die Fair-Deal-Zertifikate in der Tasche, entsprechend war auch in Äthiopien alles dafür vorbereitet, die Bescheinigung möglichst rasch zu erhalten. Mit dem Fair-Deal-Gütesiegel könnte die Schuster-Schuhe GmbH den üblichen hohen Preis in Europa und den USA verlangen und die Marge wäre höher als bisher. Bei einem Monatseinkommen von nur 30 Euro für eine Näherin könnte ihr Vater um 50 Prozent mehr zahlen, als die Frauen in einer der anderen Fabriken in Äthiopien bekamen, und die Herstellungskosten hier in Afrika wären dennoch deutlich günstiger als in Vietnam oder in China.

Natürlich würde er ihnen trotzdem keinen Cent mehr zahlen, als unbedingt notwendig war, um die Kriterien für das Zertifikat zu erfüllen, war sich Jennifer sicher.

»Ich will nicht vorgreifen«, sagte ihr Vater, »aber ich denke, Ihre Mitarbeiter sind mit dem, was wir hier machen, ähnlich zufrieden wie unsere Arbeiter an den Maschinen.«

Tatsächlich sah man in der Fabrik meist lachende Gesichter. Jeder schien sich zu freuen, hier für ›Chan Enterprises‹ arbeiten zu dürfen.

Der Rundgang führte die Gruppe zurück zum Rohmateriallager. Jennifer schluckte ihre nochmals aufkeimende Übelkeit erneut. Ihr Vater ließ sich kurz zu ihr zurückfallen, während die anderen den Umfang und die Qualität der Materialien bewunderten.

»Morgen organisieren wir die Tour zu den Sehenswürdigkeiten.«

»Ich weiß, die Sightseeing-Tour«, bestätigte Jennifer ihrem Vater.

»Wenn diese Corinna heute das Zertifikat unterschreibt, dann stellst du dich morgen krank.«

»Wieso?«

Ihr Vater flüsterte: »Du musst unbedingt sicherstellen, dass alle Schusters mitkommen. Alle außer dir. Wir müssen uns unter vier Augen unterhalten. Es geht um den Plan, es muss sichergestellt sein, dass uns niemand aus deiner *neuen Familie* beobachtet. Hast du mich verstanden?« Er sah sie fragend an.

Schwindel packte sie. Sie wollte möglichst schnell ins Besprechungszimmer, um sich zu setzen und wiederholte gefügig: »Ich soll im Hotel bleiben, alle anderen gehen auf den Ausflug.«

Eugen sah besorgt in ihre Richtung.

»Versprich es mir«, beharrte ihr Vater.

Eugen kam näher. »Alles in Ordnung?«, fragte er.

»Versprochen«, sagte Jennifer in ihrer Muttersprache. »Mir ist nur etwas schwindlig«, erklärte sie auf Englisch, sodass sie von Eugen und ihrem Vater verstanden wurde. »Ich muss mich kurz hinsetzen. In einem der Büros.«

Ihr Vater zwinkerte ihr anerkennend zu. Er dachte offenbar, dass sie ihrem Mann etwas vorspielte, sodass ihre Absage für den Ausflug am nächsten Tag nicht zu überraschend käme.

Was Vater wohl von mir will. Es ist die Gelegenheit, reinen Tisch zu machen.

KAPITEL 53

Hollenstein

Brandner quälte seinen Audi über die steile Schotterstraße nach oben.

»Hier sind die alten Schusters – die Firmengründer – verunglückt«, erklärte er Huber.

Sie passierten das Kreuz am Straßenrand. Dahinter fiel das Gelände fast senkrecht ab.

»Wenn die hier abgestürzt sind, hatten sie keine Chance zu überleben. Egal mit welchem Auto sie gefahren sind.«

Huber saß auf dem Beifahrersitz und blickte durch das Seitenfenster. Brandner registrierte, dass sich sein Kollege krampfhaft am Türgriff festhielt.

»Waltraud Mayer, die Haushälterin, hat die Bremsen manipuliert. Sie gibt dem alten Schuster die Schuld dafür, dass ihr Mann vor Jahren tödlich verunglückt ist. Die Schusters hatten ihm gekündigt, Mayer hat danach am Hochbau arbeiten müssen und ist dort in den Tod gestürzt. Arbeitsunfall.«

An beiden Seiten säumten nun wieder Bäume die Straße.

»Schwer zu glauben, dass die Morde von damals mit dem neuen Fall nicht im Zusammenhang stehen.«

»Ich glaube auch nicht an Zufälle, aber die Täterin von damals sitzt hinter Gittern.«

»Das sollten wir trotzdem prüfen.«

Wieso versteift er sich darauf? Ich will nichts mehr mit diesem Fall zu tun haben.

»Wie gesagt, die Täterin ist weggesperrt.«

»Was ist mit dem Serienmörder? Der hat doch auch für die Schusters gearbeitet.«

»Ja, aber Peter Schwarz ist tot. Der kann nun wirklich nichts damit zu tun haben.«

»Gab es in dem Fall lose Enden? Ist irgendetwas nicht vollkommen geklärt worden?«

Ich hätte einen der Morde verhindern können, wenn ich besser ermittelt hätte. Deswegen bin ich nicht mehr beim BKA. Brandners damaliger Vorgesetzter hatte ihm nahegelegt, einer Versetzung ins LKA zuzustimmen, da er von der Presse als Sündenbock hingestellt worden war. Brandner hatte sich gefügt.

»Peter Schwarz war eindeutig unser Psychopath. Er hat die Frauen ermordet.«

»Und er wurde bei der Festnahme getötet?«

»Nein, er war schon tot. Peter Schwarz hatte sich mit Theresia Mayer das falsche Opfer ausgesucht. Ihr Bruder, der Sohn der Mörderin, Hans Mayer, hat seine Schwester in letzter Sekunde gerettet und dabei Peter Schwarz erschossen.«

Aus den Augenwinkeln heraus registrierte Brandner Hubers Nicken.

Natürlich weiß er das alles, er wollte es nur von mir hören, aber wieso?

»Wir sollten diesen Hans Mayer überprüfen. Er ist der Sohn der Mörderin. Der war doch damals auch auf der Schusteralm, oder?«

»Ja, aber die Fälle sind gelöst.«

Vor Brandner tauchte die Schusteralm auf. Mehrere

Einsatzfahrzeuge standen auf dem Parkplatz davor. Sepp Reitbauer wartete allein auf die beiden Kommissare.

»Es ist ein Stück zu Fuß«, informierte er die beiden Männer nach der Begrüßung.

20 Minuten folgten Brandner und Huber dem Postenkommandanten durch den Wald. Brandners Hals trocknete aus, er versuchte, bewusst durch die Nase zu atmen und bekämpfte mit einem Spearmint-Kaugummi den faulen Geschmack in seinem Mund, der vom Magen hochstieg. Der Pfad, den Reitbauer sie entlangführte, war ausgetreten.

»Kriminaltechnik und Gerichtsmedizin sind vor Ort«, bestätigte Reitbauer Brandners Gedanken, der dies anhand der Fahrzeuge schon erkannt hatte. Die Bewegung tat ihm gut, und mithilfe des Kaugummis breitete sich ein Gefühl von Frische in seinem Körper aus. Mit jedem Atemzug der kühlen Waldluft ging es ihm besser. *Nur der Promillegehalt ist eventuell zu hoch. Aber im Dienst hält mich keiner der Kollegen für eine Alkoholkontrolle auf.* Er sah über die Schulter zurück zu Huber. Der wirkte energiegeladen, obwohl er am Vorabend deutlich mehr Alkohol getrunken hatte als Brandner.

Brandner erkannte am Rand der Absperrung Frau Auer. Sie kam den drei Männern entgegen. *Der erste Lichtblick an diesem Tag!*

»Er muss hier schon länger liegen. Wir haben jedenfalls keine Spuren sicherstellen können.«

»Wer hat ihn gefunden?«

»Einer, der Schwammerl gesucht hat«, erklärte Reitbauer. »Der Mann ist aus Hollenstein. Ich habe die Daten aufgenommen. Wir können ihn jederzeit bei ihm zu Hause befragen. Er musste unbedingt zurück.«

»Das war schon in Ordnung.«

Auer fuhr fort: »Der Schwammerlsucher hat uns vorher noch genau gezeigt, welchen Weg er durch den Wald genommen hat. Außer ihm war heute sicher niemand in Tatortnähe, bevor wir hier eingetroffen sind.«

Klare Aussagen. Das liebe ich an ihr. Und ihre großen Augen, in denen man sich verlieren kann.

Ich bin verheiratet, darf so etwas nicht einmal denken.

»Sehr gute Arbeit!« Reitbauer lobte die Kriminaltechnikerin anstelle der Kommissare und erntete ein dankbares Lächeln von Auer.

»Genau, gute Arbeit«, bestätigte Brandner.

Er hob das Absperrband hoch und schlüpfte darunter durch.

Samuel Schusters Leichnam lag auf einer Lichtung, wenige Meter entfernt vom Waldrand. Doktor Heiß richtete sich auf, nahm ihren Koffer in die Hand und kam zielstrebig auf Brandner und Huber zu.

»Er ist in jedem Fall mindestens zwei Tage tot«, stellte sie fest. »Mit hoher Wahrscheinlichkeit war der Schuss tödlich. Mehr kann ich erst nach der Autopsie sagen.«

Der Wind drehte sich. Brandner hielt sich reflexartig die Hand vor das Gesicht. »Die Verwesung hat eingesetzt.« Er schluckte zweimal, bevor er einen genaueren Blick auf den toten Körper warf.

»Und auch die Aasfresser waren nicht untätig«, bestätigte Heiß Brandners Eindruck.

»Die Kugel«, sagte Brandner zu Heiß. »Vor allem müssen wir das Projektil so schnell wie möglich untersuchen und mit dem vom Fall Lumetshofer abgleichen.«

»Selbstverständlich.«

»Finden Sie es nicht komisch, dass hier auf der Schusteralm schon wieder ein Mord passiert ist?«, fragte Huber die Gerichtsmedizinerin, als sie den Tatort verließen.

»Scheint ungewöhnlich zu sein. Damals war ich aber nicht hier, der Fall vor zwei Jahren wurde vom BKA behandelt.«

»Genau, und die Mörderin wurde gefasst und ist weggesperrt«, sagte Brandner. Er hielt für Heiß das Absperrband hoch, sodass sie ohne Probleme darunter durch konnte.

»Dann ist es wohl Zufall«, meinte Heiß.

»Daran kann ich einfach nicht glauben. Was ist mit dem Sohn der Mörderin?«, fragte Huber.

»Was soll mit ihm sein? Der lebt und arbeitet in Wien«, entgegnete Brandner.

»Vielleicht führt er ja das Vermächtnis seiner Mutter fort.«

»Das ist doch sehr weit hergeholt.«

Still gingen sie einige Schritte nebeneinander durch den Wald.

»Wir warten ab, was die Ballistik ergibt. Es war wahrscheinlich der Wilderer, der auch schon Lumetshofer zum Verhängnis geworden ist. Offenbar hat er es jetzt auf die Jäger abgesehen«, spekulierte Brandner schließlich.

»Wie du meinst, du leitest die Ermittlungen.«

»So ist es, und es gibt keinen Grund, hier künstlich einen Zusammenhang herzustellen zu früheren Morden rund um die Familie Schuster.«

Damit betrachtete Brandner das Thema als erledigt. Vorerst, denn wenn er nicht bald Fortschritte erzielte, würden Huber und Böck über die alten Fälle sprechen und Verbindungen suchen, wo keine waren, da brauchte er sich nichts vorzumachen.

KAPITEL 54

Addis Abeba, Äthiopien

Kein geräucherter Lachs, keine weichen Eier, kein Frischkäse. Jennifer stand vor dem Frühstücksbuffet in Addis Abebas Luxushotel und rekapitulierte, was sie alles als schwangere Frau nicht essen durfte. Am Vorabend hatte sie mithilfe ihres Smartphones im Internet recherchiert. Die hohe Anzahl an Lebensmitteln, die eine Infektion hervorrufen oder sonst auf irgendeine Art ihre Schwangerschaft negativ beeinflussen konnten, war für sie schockierend. Sie entschied sich für ein Weißbrot, dazu beförderte sie jeweils eine verpackte Butter und Konfitüre aus Marillen auf ihren Teller.

Die Lust auf Kaffee am Morgen war ihr mittlerweile vergangen, obwohl eine Tasse am Tag angeblich nicht schaden würde. Ihr Tee stand auf dem Tisch, als sie sich zu den anderen setzte. Valerie und Corinna saßen ihr gegenüber. Eugen aß sein Frühstück rechts neben ihr. Seine Mutter hatte am Kopfende Platz genommen. Jennifers Vater und Lee waren in der Schuhfabrik – hatten sie den anderen ausrichten lassen.

»Um 11 Uhr beginnt die Sightseeing-Tour«, stellte Valerie fest. »Darauf freue ich mich schon riesig!«

»Genau, nach der Fabrikbesichtigung, den Besprechungen und der Eröffnungsfeier am Abend kommt mir der Ausflug heute auch sehr gelegen«, stimmte Corinna zu. »Dank deinem Vater bitte in unserem Namen nochmals dafür, dass er den Ausflug organisiert hat.«

»Werde ich«, bestätigte Jennifer. »Ihr müsst aber leider ohne mich fahren«, fügte sie hinzu. Währenddessen schnitt sie ihr Brot in der Mitte auseinander und begann, die Butter aufzustreichen. »Ich fühle mich nicht wohl. Die Feier gestern war zu viel für mich.«

»Aber du hast doch gar nichts getrunken«, stellte Valerie fest.

»Wahrscheinlich ist die Höhenlage schuld daran«, erklärte Jennifer rasch.

Valerie musterte sie kritisch. Die Augen ihrer Schwägerin vergrößerten sich. Möglichst unscheinbar legte Jennifer ihren Zeigefinger an die Lippen. Valerie nickte und zwinkerte ihr gleichzeitig zu. Ein Lächeln stahl sich auf ihr Gesicht.

»Soll ich bei dir bleiben?«, fragte Eugen.

»Nein«, antwortete Jennifer. »Ist schon gut, fahr ruhig mit. Ich werde ein paar Stunden schlafen.«

»Bist du sicher?«

Jennifer strich die Konfitüre auf das Brot.

Sie nickte. »Ja, fahr ruhig mit. Ich komme allein zurecht.«

Jennifer nahm einen Bissen vom Brot. Der Marillengeschmack breitete sich in ihrem Mund aus. Nachdem sie hinuntergeschluckt hatte, trank sie von ihrem Tee.

Wenn ich nur wüsste, was Vater nachher so Geheimes besprechen will.

Je länger Jennifer darüber nachdachte, desto mehr verging ihr die Lust am Essen. Immer unsicherer wurde sie. Mehrmals griff sie nach Eugens Hand, vergewisserte sich, dass er wohlauf war. Sie merkte, wie er sie deshalb verwundert ansah. Valerie schien zu wissen, was in Jennifer vor sich ging. Als sie nach dem Frühstück nebeneinander in Richtung der Aufzüge gingen, fragte ihre Schwägerin: »Wann sagst du es Eugen?«

»Bald, sehr bald.« Jennifer freute sich sehr darauf, Eugen zu sagen, dass er Vater werden würde. Endlich könnte sie ihr Glück teilen. »Gib mir nur noch etwas Zeit«, beschwor sie Valerie mit leiser Stimme.

»Keine Angst, ich sage nichts. Das ist deine großartige Neuigkeit.« Valerie drückte verstohlen Jennifers Hand. »Ich freue mich so für euch«, flüsterte sie und die beiden stiegen zu den anderen in den Aufzug.

An der Hotelzimmertür ließ Eugen Jennifer den Vortritt. Sofort kitzelte ihre Nase. Obwohl sie das Fenster geöffnet hatten, bevor sie zum Frühstück gegangen waren, war die Luft noch immer muffig und verstaubt. Jennifer setzte sich auf das ungemachte Doppelbett und ließ sich auf den Rücken fallen. In 15 Minuten war die Abfahrt geplant. Dann wäre sie allein.

»Ist es wirklich okay, wenn ich mit den anderen mitfahre? Ich bleibe auch gerne bei dir, wenn du das willst.«

Eugen ist wirklich ein Schatz.

Corinna hat gestern das Zertifikat unterschrieben. Irgendetwas heckt Vater aus.

Bei diesem Gedanken setzte ihr Herz einen Schlag aus. Jennifer richtete sich auf. Eugen durchsuchte den Kasten nach bequemerer Kleidung.

»Fahr nicht, bleib bitte hier«, bat sie Eugen aus einer Intuition heraus. Sie wollte vor dem Treffen mit ihrem Vater nicht allein sein.

Eugen drehte sich um und sah sie fragend an.

KAPITEL 55

»Wir dürfen keine Spuren hinterlassen«, flüsterte Brandner.

»Ihre Frau wird sowieso nie hierherkommen«, antwortete Auer. Ungewöhnlich nah stand sie vor ihm. Ihre großen Augen sahen ihn an, er verlor sich darin. »Keine Sorge, Spuren sind mein Spezialgebiet. Ich verstehe mich nicht nur darauf, sie sicherzustellen, ich kann sie auch verschwinden lassen.«

Brandner spürte das Geländer an seinem Rücken. Die Kriminaltechnikerin drückte ihn dagegen. Er konnte sie nicht abwehren, wollte es auch nicht. Er schaffte es, seinen Blick von ihren Augen zu lösen und über ihre Schulter zu schauen. Das Haus, er erkannte es von der Führung der Maklerin. Warum war er hier?

Auer nahm seinen Kopf in ihre Hände und küsste ihn. Brandner spürte, dass es gleich zu spät sein würde. In wenigen Sekunden würde er die Kontrolle verlieren, dann musste er sie endgültig haben, es würde kein Zurück geben.

Die Eingangstür wurde aufgestoßen.

Eva stürmte herein.

Ihre Augen funkelten zornig.

»Was macht ihr hier!«, schrie sie.

Brandners Herz raste. Er schlug seine Augen auf. Um ihn war es dunkel. Er sog die kühle Luft des Schlafzimmers gierig in seine Lungen. Neben ihm im Bett hörte er

Evas regelmäßigen Atem. Langsam beruhigte sich sein Puls. Er schloss für einige Sekunden die Lider, öffnete sie wieder und schaute auf das fluoreszierende Ziffernblatt an seinem Handgelenk. In einer Stunde würde der Weckruf ertönen. So leise wie möglich verließ er das Schlafzimmer in Richtung Bad.

Nach der Dusche und Morgentoilette hatte er genug Zeit, für seine drei Damen Frühstückseier zu kochen. Die gab es sonst nur in Ausnahmefällen an den Wochenenden.

Brandners Töchter dankten ihm, indem sie sich am Frühstückstisch ruhig verhielten. Keinerlei Hickhack und kein Angriff wegen seines Wunsches, nach Sankt Pölten zu ziehen, war von den Mädchen zu hören. Einzig Evas fragender Gesichtsausdruck irritierte ihn, während er sein Ei zum Erdbeermarmeladebrot verspeiste.

»Was ist der Anlass?«, wollte Eva von ihm wissen.

»Nichts, ich bin früher aufgewacht.«

Sie schaute ihn ungläubig an.

Kann man nicht einmal ein anständiges Frühstück für seine Familie zubereiten, ohne dass es gleich hinterfragt wird?

»Das sind wir nur nicht gewohnt, daher die Frage.«

Brandner ärgerte sich. Über Eva und sich selbst.

Kann sie nicht einmal Danke sagen?

Der Traum. Eva sieht mir das schlechte Gewissen an. Ich habe nichts getan. Werde nichts tun. Für mein Unterbewusstsein kann ich nichts.

»Ich muss los.«

Er küsste Eva auf den Mund, gab Selina einen Schmatz auf die Wange, Isabella winkte er zu. Immerhin hob seine älteste Tochter den Kopf und lächelte ihn für die

Dauer eines Wimpernschlags an, bevor sie sich wieder auf das Tablet konzentrierte, das vor ihr auf dem Tisch lag.

Reitbauer war nicht untätig gewesen.

»Wir haben gestern bei Eugen Schuster, seiner Schwester Valerie und bei seiner Mutter angerufen. Erreicht haben wir niemanden.«

»Der junge Schuster ist wahrscheinlich auf Hochzeitsreise.«

Brandner passierte mit seinem Audi die Stadtausfahrt. Stadteinwärts kam ihm zähflüssiger Verkehr entgegen. Er selbst beschleunigte auf 140 Stundenkilometer und schaltete den Tempomat ein.

»Das habe ich mir auch gedacht«, hörte er Reitbauer über die Freisprechanlage sagen. »Dann habe ich recherchiert. Die gesamte Familie Schuster ist in Äthiopien. Dort eröffnet Chan seine erste Schuhfabrik in Afrika. Ganz große Sache!«

Chan, wenn ich den Namen schon höre!

»Es sind also alle Schusters in Afrika?«

»Ja, alle bis auf Samuel Schuster natürlich.«

»Wir müssen ihnen Bescheid geben. Daran führt kein Weg vorbei. Besorgen Sie uns die privaten Handynummern. Mit Eugen Schuster will ich selbst reden.«

»Verstehe, ich rufe bei Schuster Schuhe in der Zentrale an.«

»Sagen Sie aber nicht, worum es sich handelt. Kein Wort davon, dass Samuel Schuster tot ist.«

»Ist klar, für meine Leute verbürge ich mich. Da dringt kein Wort nach außen.«

»Okay, ich kümmere mich darum, dass im LKA niemand plaudert. Solange die Familie nicht informiert ist, darf rein gar nichts nach draußen dringen.«

Brandner legte auf. Als er den Autobahnknoten Steinhäusel erreichte, bremste er ab und fuhr nur mehr 90. Automatisch kreisten seine Gedanken um Chan. Vor sich sah er deutlich die Mao-Tse-tung-Kopie im Anzug sitzen. Das Grinsen des Chinesen und der Tee, den er ohne Zucker trank, kamen ihm in den Sinn.

›Wenn mich Jakob Schuster so verärgert hätte, dass ich ihn aus dem Weg räumen wollte, dann hätte ich mir nicht selbst die Hände schmutzig gemacht.‹ Dieser Satz, den ihm der Chinese bei ihrer ersten Begegnung auf der Schusteralm unter vier Augen entgegnet hatte, als Brandner Chan mit dem Mord an Jakob Schuster in Verbindung gebracht hatte, war fest in Brandners Hirn eingebrannt.

Egal wo Chan zum Tatzeitpunkt war, er kann nie als Auftraggeber ausgeschlossen werden. Soll ich auf Huber hören? Mir die alten Akten wieder zu Gemüte führen?

Das Telefonat mit Direktor Kappl dauerte nicht lange. Ausnahmsweise störte Brandner seinen früheren Chef beim BKA beim Frühstück.

Bis vor einem Jahr war das Kappls Lieblingsbeschäftigung gewesen. Direktor Kappl hatte Brandner regelmäßig frühmorgens angerufen. Meist waren es Angelegenheiten gewesen, die hätten warten können.

»Diese Sache ist dringend und wichtig!«, erklärte Brandner dem Direktor des BKA.

Kappl stimmte umgehend zu, die Akte ›Schuster/Waltraud Mayer‹ und die des Serienmörders Peter Schwarz freizuschalten, sodass er und Huber in weniger als einer halben Stunde auf sämtliche Daten und Berichte zu den beiden Fällen online zugreifen konnten.

Während des Gesprächs hatte sich Brandners Magen verkrampft. Nicht so sehr das Telefonat hatte ihn fertiggemacht, viel mehr war es die Aussicht, ausgerechnet die beiden Fälle noch einmal von vorne bis hinten durchkauen zu müssen, die ihm seine Versetzung ins LKA eingebrockt hatten.

KAPITEL 56

Addis Abeba, Äthiopien

Jennifer lag auf dem Bett, angezogen. Valerie, Corinna und ihre Schwiegermutter Wilma Schuster unternahmen die Sightseeing-Tour rund um Addis Abeba.

Jennifer war vollkommen zerfressen von Angst. Ihr Vater musste sich jeden Moment melden, um sich heimlich mit ihr zu treffen. Während Eugen sich ahnungslos im Bad rasierte, versuchte Jennifer ihre Nervosität abzulegen. Sie legte sich Formulierungen zurecht, um sich für ihre Liebe zu Eugen vor ihrem Vater zu rechtfertigen. Eine Scheidung kam nicht infrage.

Eugens Smartphone riss sie aus ihren Gedanken, als es sich lautstark vom Nachtkästchen meldete.

»Schatz, gehst du bitte ran«, rief Eugen vom Badezimmer aus.

Jennifer lief zum Telefon.

Unbekannte Nummer.

Sie nahm das Gespräch an.

Der Schock traf sie wie ein Schlag ins Gesicht. Samuel Schuster war ermordet worden. Erschossen im Wald der Schusteralm. Der Wilderer hatte zugeschlagen.

Sie setzte sich aufs Bett, ihre Gedanken verselbstständigten sich, noch während sie mit Kommissar Brandner vom LKA Sankt Pölten telefonierte.

Alle sollen am Ausflug teilnehmen. Alle außer mir.

Jennifer Chan hörte Brandner kaum zu. Die Worte ihres Vaters schwirrten ihr durch den Kopf.

Brandner schien zu merken, dass sie die Nachricht überforderte. Denn er bat sie, den Familienmitgliedern der Schusters die schreckliche Nachricht zu übermitteln und sich wegen der Formalitäten später zu melden. Das bestätigte sie ihm geistig abwesend und beendete das Gespräch.

Mein Gott! Keine Scheidung, Mord!

Jennifer hatte Gewissheit. Es war ihrem Vater nicht darum gegangen, dass sie für ein konspiratives Treffen allein war, sondern darum, alle Schusters an einem Ort zu haben.

Eugen öffnete die Badezimmertür, er hielt noch immer den Rasierapparat in seiner Hand.

»Wer hat angerufen?«

»Kommissar Brandner.«

»Wieso, was wollte er?«

»Sag ich dir sofort. Vorher muss ich Valerie erreichen.«

Hastig strich sie über das Display von Eugens Smartphone. Mit zittrigen Fingern wählte sie Valeries Namen aus.

Die Verbindung wurde aufgebaut. Mehrmals war ein Knacken zu hören.

Bitte nimm ab. Hoffentlich ist es nicht zu spät!

Jennifer dachte an ihren Junggesellinnenabschied, an Valeries lachendes Gesicht, ihre strahlenden Augen. Und an Corinna. Auch mit ihrer Schwiegermutter verstand sich Jennifer gut.

Ich habe eine zweite Familie gefunden. Vater muss das verstehen. Bitte nimm ab, lass es nicht zu spät sein!

KAPITEL 57

Wien

Hans war von Anzugträgern umgeben. Einige der Männer hielten ein Tablet, auf dessen Bildschirm in großen Buchstaben teils sehr exotische Namen geschrieben standen. Andere hatten Schilder aus Karton, die sie mit einer Hand hochhielten, wenn Neuankömmlinge auftauchten. Hans umklammerte krampfhaft seinen Blumenstrauß – Rote Rosen – Namensschild brauchte er keines.

Neben Natalies Flugnummer auf der Anzeigetafel stand seit einer Viertelstunde ›landed‹. Auch ohne Gepäck brauchte sie im neuen Terminal des Wiener Flughafens mindestens zehn Minuten, um vom Ankunftsgate bis zur Empfangshalle zu gelangen – das wusste Hans aus eigener Erfahrung. Insofern war er nicht beunruhigt, dass sie noch nicht aufgetaucht war, jedoch drohte seine Vorfreude zunehmend in Nervosität umzuschlagen.

Ganz kurz hatten sie sich vor ihrem Abflug nach Brüssel getroffen, beide hatten bekräftigt, eine Fernbeziehung miteinander führen zu wollen. Natalies Mailbox-Anruf hatte ihn davon abgehalten, Chan und seinen Handlanger zu erschießen. In letzter Minute.

Wahrscheinlich würde ich ohne Natalie im Gefängnis sitzen, ging es Hans durch den Kopf. *Chan wäre Geschichte, würde niemandem mehr das Leben schwer machen.*

Die Männer an seiner Seite wurden weniger. Einer nach dem anderen wurde von seinem Fahrgast angesprochen und verschwand samt dem Mitfahrer in Richtung Ausgang. Vereinzelt warteten ganze Familien auf Neuankömmlinge. Wenn derjenige auftauchte, stieg die Lautstärke rund um Hans gleich um mehrere Dezibel.

Hans' Augen waren auf den Durchgang gerichtet, aus dem die Fluggäste hervorströmten. Natalie sah ihn sofort. Sie lächelte, hob ihren linken Arm, winkte ihm, und lief auf ihn zu. Zum knielangen dunkelblauen Rock trug sie einen gleichfarbigen Blazer und darunter eine weiße Bluse. Silbern funkelten Ohrringe und eine Halskette mit einem glänzenden Seepferdchen. Mit der rechten Hand zog sie ihren Trolley. Hans umarmte sie. Ihr Haar roch angenehm frisch. Er ließ sie los und küsste sie auf den Mund. Sie erwiderte seinen Kuss, kam ihm mit ihrer Zunge entgegen und zog ihn eng an sich. Den Blumenstrauß hielt er währenddessen mit seiner rechten Hand hinter ihrem Rücken.

»Danke für die Blumen! Die sind sehr schön«, bedankte Natalie sich, als er ihr den Strauß übergab. Hans nahm ihr den Trolley ab und führte sie durch einen breiten Gang tiefer zu den unterirdischen Stationen der CAT-Züge. Einer dieser Züge brachte sie ins Wiener Stadtzentrum.

»Alles ist so aufregend«, erzählte Natalie während der Bahnfahrt. »Ich habe schon sehr viele interessante und einflussreiche Leute getroffen. Mein Chef ist nett, aber auch fordernd … Das ist gut, genau, was ich brauche.«

»Freut mich!«

Natürlich wäre es mir lieber, du würdest hier bei mir in Wien bleiben. Aber es ist toll zu sehen, wie du in dem Beruf aufgehst.

»Wir haben nicht viel Zeit, also nutzen wir sie möglichst gut«, bemerkte Natalie.

Hans nickte. »Genau das habe ich vor. Ich habe uns beim Italiener in der Pramergasse einen Tisch reserviert. Du bist doch hungrig?«

»Und wie!«, bestätigte sie. »Danach gehen wir zu dir. Das war doch ohnehin dein Plan.« Sie schaute neckisch.

Hans fühlte sich ertappt. Er wollte nichts mehr, als die Nacht mit Natalie zu verbringen. Deshalb hatte er den Tisch beim Italiener gleich neben seiner Wohnung gebucht. Ihm war klar gewesen, dass Natalie sein Vorhaben durchschauen würde.

»Schau nicht so verschreckt!«, holte ihn Natalie in die Realität zurück. »Ich will dich auch«, flüsterte sie verführerisch.

Deshalb habe ich mich in sie verliebt – Natalie ist unkompliziert!

Sie nahm seine Hände und lächelte ihn an. Ganz leicht nickte sie, als er sie nochmals fragend musterte. Hans hätte am liebsten das Abendessen beim Italiener ausfallen lassen. Er konnte es kaum erwarten, Natalie in seinen Armen zu halten, mit ihr allein zu sein, und mit seinen Händen über ihre Haut zu streichen … Er musste sich gedulden.

Mit der U-Bahn fuhren sie von Wien-Mitte bis zur Rossauer Lände, von dort ging es zu Fuß direkt zum Italiener. Sie tranken Rotwein. Hans hielt sich zurück. Mehr als zwei Gläser waren es nicht, die er getrunken hatte, als sie das Restaurant endlich verließen, nachdem sie jeweils eine Pizza verdrückt hatten. Er wollte Natalies Aufenthalt mit allen Sinnen und klarem Bewusstsein genießen.

»Hier sind wir.« Hans öffnete seine Wohnungstür und ließ Natalie den Vortritt.

»Wo ist das Schlafzimmer?«

Er zeigte ihr mit einer Handbewegung die Richtung. Sie öffnete die Tür, ließ danach ihren Blazer zu Boden gleiten und begann ihre Bluse aufzuknöpfen. Als Hans den Vorhang zuzog, dachte er den Bruchteil eines Augenblicks daran, dass normalerweise das Fernrohr am Fenster stand. Gegenüber brannte kein Licht. Resi war entweder nicht daheim oder sie schlief. Hans war es egal. Sein Fernrohr war sicher im Kasten verborgen. Seine Schwester hatte er schon vergessen, als er sich umdrehte und die schlanken, aber weiblichen Konturen von Natalies Körper im Dunkeln erahnte.

Am nächsten Morgen kuschelte sich Hans an Natalie. Sie war angenehm warm und atmete regelmäßig aus und ein – sie schlief. Hans war glücklich. Einzig die Aussicht, dass Natalie bald zurück nach Brüssel musste, dämpfte sein Hochgefühl. Aber das konnte er nicht ändern. Er war froh, dass sie dem Versuch einer Fernbeziehung zugestimmt hatte. Sie liebte ihn – das hatte sie ihm zumindest geschrieben und auf die Mobilbox gesprochen. Von Angesicht zu Angesicht hatte sie ihm das große Wort mit ›L‹ bisher nicht gesagt.

Ich liebe sie, dachte er. *Sobald Natalie aufwacht, werde ich es ihr sagen.*

Die ersten Sonnenstrahlen leuchteten durch die Vorhänge ins Zimmer.

Soll ich uns Frühstück machen?

Wenn er das Bett verließ, würde er sie aufwecken, das wollte er nicht riskieren.

Das laute Schrillen der Klingel ertönte.

»Was …was ist das?« Verschlafen öffnete Natalie ihre Augen. Sie lächelte, als sie Hans sah.

»Guten Morgen.«

Sie küssten sich mit geschlossenem Mund.

Wieder ertönte die Klingel, diesmal länger als zuvor.

»Wir sind nicht da. Ich lasse es einfach läuten.«

»Und wenn es etwas Wichtiges ist?«

»Also gut«, sagte Hans. »Ich frage, wer es ist.«

Hans küsste sie auf die Stirn und kletterte aus dem Bett. Schnell zog er sich seine Unterhose an und lief in den Vorraum, wo er die Gegensprechanlage betätigte.

»Kommissar Brandner, wir haben einen Durchsuchungsbefehl. Herr Mayer, lassen Sie uns bitte herein.«

Wie in Trance drückte Hans auf den Taster, der die Tür in das Wohnhaus öffnete.

Ich habe nichts getan. Was wollen sie?

Auf Chan habe ich nicht geschossen, nur gezielt, nicht abgedrückt. Ist die Absicht strafbar? Das können sie mir nicht beweisen.

Oder geht es um den Mord an Jakob Schuster? Nein, das ist unmöglich, der liegt lange zurück, und es gibt keine neuen Beweise. Oder vielleicht doch? Vor zwei Jahren haben sie Mutters Haus durchsucht, jetzt meine Wohnung. Die geben wohl nie auf.

»Ziehen Sie sich etwas an«, sagte Brandner, nachdem er Hans die richterliche Verfügung vor die Nase gehalten hatte. Hans reagierte nicht, er blieb perplex im Vorraum stehen, während ein komplettes Einsatzteam mit schweren Waffen seine Wohnung stürmte.

Natalie – verdammt!

»Ich habe Besuch, im Schlafzimmer, bitte warten Sie!«,

versuchte er die Männer aufzuhalten, aber es war zu spät. Natalies Schrei hallte durch die Wohnung. Hans drängte ins Schlafzimmer. Er wollte ihr beistehen, ihr alles erklären, obwohl er immer noch nicht begriffen hatte, worum es bei dem Einsatz ging. Brandner blockierte ihm den Weg.

»Machen Sie keine Dummheiten«, sagte der Kommissar. »Einen Augenblick, dann können Sie zu ihr.«

»Schlafzimmer gesichert! Küche gesichert!«, tönte es aus den verschiedenen Räumen. Sekunden später trat Natalie aus dem Schlafzimmer, sie schloss die obersten Knöpfe ihrer Bluse, ihr Gesicht war kreidebleich, die Augen geweitet vor Schreck.

»Hans, was soll das?«, wollte sie wissen.

»Hier ist es!« Die tiefe Männerstimme kam aus Hans' Schlafzimmer. Natalie drehte sich um. Sie schaute zurück ins Zimmer, aus dem sie herausgetreten war. Mehrere Sekunden blieb sie wie angewurzelt stehen.

»Du hast ein Gewehr?«, flüsterte sie ungläubig.

Brandner ließ ihn passieren. Hans sah, dass einer der Männer sein Steyr Elite in der Hand hielt. Der andere Beamte im Raum öffnete den Kasten und holte das Fernrohr hervor. Beide trugen Handschuhe.

KAPITEL 58

Sankt Pölten

Unwillkürlich dachte Brandner an seinen Traum. Er rief sich in Erinnerung, wie ihn die junge Technikerin unnachgiebig gegen das Geländer gedrückt und sich ganz eng an ihn gepresst hatte.

»Herr Brandner, was kann ich für Sie tun?«

Seit dem Traum hatte er Elfriede Auer nicht gesehen. Brandner hatte diesmal nicht vorher angerufen, um sich anzumelden – zu dringend war sein Anliegen. Ihre Pupillen vergrößerten sich, als sie erkannte, was er zu ihr ins Labor mitgebracht hatte.

»Ein Steyr Elite!«

Auer ist eine Waffennärrin?

»Genau«, bestätigte er. »Das Kaliber passt zu den Wilderermorden. Wir haben das Gewehr gerade sichergestellt – bei dem Verdächtigen Hans Mayer.«

Auer kam ihm entgegen und nahm ihm das Gewehr ab. Sie trug Handschuhe. Ein angenehm frischer Duft betörte ihn.

»Ich nehme Fingerabdrücke und danach vergleichen wir die ballistischen Daten.«

Brandner betrachtete ihren schlanken Hals, sein Blick wanderte tiefer. Diesmal trug sie eine Kombination aus roter Bluse und dunklem Rock, dazu Stöckelschuhe.

Als hätte sie mich erwartet.

Es war ein Traum, sie will nichts von dir, sie ahnt wahrscheinlich nicht einmal etwas von deinen Gedanken.

»Ich brauche, glaube ich, nicht extra zu erwähnen, dass wir die Ergebnisse dringend brauchen.«

Ihr Kopf war leicht zur Seite geneigt. »Böck beruft sicher die nächste Pressekonferenz ein«, sagte sie. »Er will endlich den wahren Täter präsentieren.«

»Und um zu verhindern, dass wir dann noch einmal zum Start zurückrudern und den Journalisten erklären müssen, dass wir uns geirrt haben, brauche ich die Ergebnisse so schnell wie möglich.«

»Ich kümmere mich darum.«

»Bis wann?«

Sie überlegte, hielt ihr Kinn mit der linken Hand, ihre Stirn legte sich in Falten. »Tut mir leid, aber es liegt nicht an mir allein. Ich will keine Versprechungen machen, die ich nicht halten kann.«

»Wenn wir irgendwo Druck machen sollen, lassen Sie es mich bitte wissen.«

»Das wird nicht nötig sein.«

Brandner bedankte sich nochmals, verabschiedete sich und ging zurück zu seinem Büro.

Ein Traum, eine Schwärmerei, nichts weiter.

»Deine Frau hat angerufen und die Maklerin, sie hat eine angenehme Stimme«, informierte ihn sein Kollege Huber, der an diesem Tag alles andere als ausgeschlafen wirkte. Brandner stand unter dem Türrahmen. Huber saß an seinem Schreibtisch.

»Kannst ja gerne mit ihr ausgehen«, antwortete Brandner seinem Kollegen.

»Was, mit deiner Frau?«

»Nicht mit Eva, mit der Maklerin!«

Da erlebt er eine böse Überraschung, dachte Brandner. *Die ist ihm sicher um etliche Jahre zu alt – aber wer weiß?*

»Die Maklerin hat jedenfalls ein passendes Einfamilienhaus für euch.«

»Hat mir Eva irgendetwas ausgerichtet?«

»Nein, oder doch, ja, ich soll dir sagen, dass du, wenn du schon ein Handy hast, es nicht einfach so im Büro liegen lassen sollst, sondern es besser bei dir trägst.«

»Da kann ich Ihrer werten Gattin nur zustimmen.«

Brandner drehte sich um. Hinter ihm stand Direktor Böck. Der Kommissar ließ seinen Vorgesetzten ins Büro eintreten und blieb selbst unter dem Türrahmen stehen, als wolle er sich die Möglichkeit offenhalten, rasch und ungehindert zu verschwinden.

»Als Kommissar müssen Sie rund um die Uhr erreichbar sein«, belehrte Böck Brandner.

»Ich war für fünf Minuten in der Kriminaltechnik.«

»Trotzdem!«, sagte Böck. »Und spätestens morgen erwarte ich Ergebnisse. Das Gewehr von Mayer – wir müssen beweisen, dass es sich dabei um die Mordwaffe des Wilderers handelt! Und jetzt reden Sie mit dem Verdächtigen. Huber, Brandner, ich will, dass Mayer möglichst bald gesteht. Wir müssen diesen Fall endlich lösen!«

»Wir arbeiten daran, aber wenn Mayer nicht gesteht, brauchen wir die Bestätigung durch die Kriminaltechnik, dass die Kugeln aus seinem Gewehr abgefeuert worden sind – und die Techniker lehnen sich da ungern aus dem Fenster«, erklärte Brandner.

Böck tigerte unruhig im Büro hin und her.

»Wir sollten die Ergebnisse der Kriminaltechnik abwarten und erst dann mit dem Verhör beginnen.«

Huber hat offenbar verstanden, worauf ich hinauswill.

»Bei der Festnahme hat Mayer schon geleugnet, dass er etwas mit den Morden an Schuster und Lumetshofer zu tun hat.«

Böck blieb stehen, er schaute zu Huber, dann zu Brandner. »Aber er ist im Fall Lumetshofer mit seinem Opel Corsa in Tatortnähe gesehen worden, und er hat ein Gewehr mit dem passenden Kaliber. Mayer ist unser Mann!«

»Er ist Kilometer vom Tatort entfernt gewesen«, erklärte Brandner seinem Vorgesetzten. »Als er mit dem Auto den Radfahrer überholt hat, ist er auf einer ganz normalen asphaltierten Nebenstraße gefahren. Er war nicht einmal auf der Forststraße. Das hilft uns überhaupt nicht weiter. Ich will vor der Befragung die Übereinstimmung der Waffe bestätigt haben.«

Brandner erkannte, dass Böck schwankte. *Auer hat recht – Böck würde am liebsten gleich eine Pressekonferenz einberufen und Hans Mayer als Täter präsentieren. Nach dem letzten Desaster wird er sich hüten, den gleichen Fehler noch mal zu begehen.*

»Wir müssen ganz sicher sein, dass Mayer der Täter ist«, sagte Huber. »Noch einmal verzeiht uns die Presse nicht, wenn wir falsch liegen.«

Huber fürchtet, dass er nächstes Mal bei der Pressekonferenz den Kopf hinhalten muss, wenn es nicht läuft wie geplant.

Böck verzog missmutig das Gesicht. »Das stimmt leider«, sagte er schließlich. »Wir müssen vorsichtig sein, dürfen nichts überstürzen, warten wir die Ergebnisse der Techniker ab.«

Brandner trat schnell zur Seite, machte den Ausgang frei und Böck verließ energischen Schrittes das Büro.

Der Direktor wirkte alles andere als glücklich. Brandner schloss die Tür hinter ihm.

Die Maklerin oder Eva, wen soll ich zuerst anrufen?

KAPITEL 59

Irgendwo zwischen Addis Abeba und Wien

Jennifer schluckte die Magensäure hinunter, die Turbinen des Flugzeuges dröhnten in ihren Ohren. Sie schlug die Augen auf, löste hastig ihren Gurt und stand auf. Nochmals schluckte sie, ihr Inneres rebellierte. Sie schwankte, ihr war schwindlig. Die Kabine des Fliegers war schwach beleuchtet, sie hangelte sich von einer Sitzlehne zur nächsten bis zu den Toiletten. Dort schloss sie die Tür, fiel auf die Knie, steckte sich den Finger in den Rachen und übergab sich.

Minuten später kehrte sie zu ihrem Sitz in der Businessclass zurück. Eugen schlief auf dem Platz neben ihr, er hatte von ihrer Übelkeit nichts mitbekommen.

Er ahnt nicht, dass ich schwanger bin. Auch von Vaters geplantem Anschlag weiß er nichts.

Jennifer kramte die Zahnbürste und Zahnpasta aus dem Beutel, den sie von der Fluglinie bekommen hatte. Auf der Toilette versuchte sie damit, den säuerlichen Geschmack in ihrem Mund loszuwerden.

Alles wird gut. Jennifers Kind würde seine Oma und seine Tante kennenlernen.

Am Tag zuvor hatte Jennifer in Panik minutenlang auf ihr Smartphone eingehackt, um Valerie zu erreichen und einen Mordanschlag ihres Vaters zu vereiteln. In letzter Sekunde war ihr klar geworden, dass es einen einfacheren Weg gab. Jennifer hatte Robert Lee angerufen.

»Was immer ihr vorhabt, es darf nicht stattfinden. Ich kläre das mit meinem Vater!« Sie hatte aufgelegt und Eugen vom Tod seines Onkels berichtet.

Anschließend telefonierten sie mit Valerie und warteten gemeinsam im Empfangsbereich des Hotels auf die Rückkehr der Ausflugsgruppe. Eugen bemerkte dabei, wie unruhig Jennifer war. »Wir können nichts mehr tun, Onkel Samuel ist tot«, sagte er. »Leider.« Er legte ihr den Arm um die Schulter, unwissend, was sie in Wahrheit aufwühlte.

»Ich sollte *dich* trösten! Samuel ist dein Onkel. Du denkst sicher auch an deinen Vater«, sagte sie.

Jennifers Vater betrat das Hotel, sie löste sich aus Eugens Umarmung und ging auf ihn zu. »Kommissar Brandner hat angerufen. Samuel Schuster ist erschossen worden. Ihr habt ihn auf dem Gewissen!«, flüsterte sie voller Verachtung in ihrer Muttersprache.

Das Gesicht ihres Vaters hatte sich versteinert. »Warum ist er nicht mitgefahren?«, hatte er nur gefragt und mit dem Kopf in Eugens Richtung gedeutet.

»Drück ihm sofort dein Beileid aus!«, hatte Jennifer gefaucht.

Schließlich hatte sich die Drehtür am Hoteleingang bewegt.

Noch immer fühlte Jennifer die Erleichterung in ihrem Bauch, als sie ihre Schwägerin erblickt hatte. Hinter Valerie hatten Wilma und Corinna das Hotel betreten. Sie alle hatten sich umarmt. Niemand außer Jennifer und ihrem Vater ahnte, dass die Ausflugsgruppe hautnah einem Anschlag entgangen war. Schließlich hatte Jennifers Vater den Mitgliedern der Familie Schuster sein Beileid ausgedrückt.

Jennifer spuckte die restliche Zahnpasta aus und spülte mit Wasser nach. Den Gedanken an ihren Vater verdrängte sie sofort wieder, da sie sich nicht ein weiteres Mal übergeben wollte. Ein Gespräch mit ihm war unausweichlich, um in Zukunft weitere Gefahren von den Schusters abzuwenden, aber daran wollte sie momentan nicht denken. Sie ging zurück zu ihrem Platz und betrachtete Eugen für einige Sekunden, bevor sie sich setzte und versuchte zu schlafen.

KAPITEL 60

Sankt Pölten

Lange würde er nicht mehr durchhalten. Hans hockte auf einem Schemel in seiner Zelle. Vor ihm aufgeschlagen lag der Roman ›Kinder der Freiheit‹ von Ken Follett, mit dem er krampfhaft versuchte, sich abzulenken. Hans war alles andere als frei, er war gefangen wie ein Raubtier. Seit Minuten saß er vollkommen still, ohne sich zu bewegen oder die Seiten umzublättern. Die Ellenbogen stützte er auf dem kleinen Tisch ab, mit beiden Händen hielt er sein Kinn, sodass sein Kopf nicht noch tiefer sank. Seine Bartstoppeln kratzten, die Kopfhaut juckte – er hatte sich nicht rasiert und seine Haare nicht gewaschen, seit er in Untersuchungshaft war. Geduscht hatte er. Kommissar Brandner hatte ihm bei seiner Festnahme genügend Zeit gegeben, um Wäsche zum Wechseln und den Roman einzupacken. Er roch nicht nach altem Schweiß, trotzdem fühlte er sich schmutzig.

Es muss an der Zelle liegen.

Hans bewunderte seine Mutter, die es schaffte, bereits zwei Jahre im Gefängnis zu sitzen und dabei aufzublühen wie ein Veilchen im Frühling.

Ich muss hier raus, es ist zu eng.

Er hatte mit einem Anwalt gesprochen, es war derselbe gewesen, der seine Mutter verteidigt hatte. Hans würde nicht allzu lange warten müssen, hatte ihn der Mann beruhigt. Wenn er die Morde nicht begangen hatte, durfte er nichts sagen, sich vom Kommissar nicht zu einer unbedachten Aussage drängen lassen, dann wäre er im Handumdrehen frei – das hatte ihm der Anwalt praktisch versprochen, was für den Rechtsverdreher eine ungewöhnlich klare Ansage gewesen war.

Dieses Handumdrehen dauert mir zu lange! Ich muss hier raus. Vor allem muss ich mit Natalie reden – ihr alles erklären.

Mehrmals hatte er versucht, sie zu erreichen. Sie hatte nie abgehoben, entweder hatte sie seinen Anruf weggedrückt, oder es läuten lassen, bis er an die Mobilbox weitergeleitet worden war. Nachrichten hatte er keine hinterlassen.

Was hätte ich sagen sollen? Es ist zu kompliziert, als dass ich einfach auf ein Tonband reden könnte und sie mich verstehen würde.

Das Gewehr. Natalie ist durch eine Waffe traumatisiert worden – und ausgerechnet ich habe ein Jagdgewehr in meinem Schlafzimmer versteckt! Kein Wunder, dass sie nicht mit mir reden will. Und sie hat mein Fernrohr gesehen. Wie soll ich ihr das erklären? Ich kann ihr doch nicht sagen, dass ich meine Schwester beschütze und sie rund um die Uhr beobachte.

»Mayer, kommen Sie mit.«

Hans schaute überrascht auf, er hatte den Wärter nicht kommen hören, der die Tür zu seiner Zelle aufgesperrt hatte.

»Kommissar Brandner will mit Ihnen reden«, erklärte ihm der Mann.

Endlich.

Hans stand auf, ließ sein Buch offen liegen und folgte dem Mann einen Gang entlang durch mehrere gesicherte

Türen. Überall waren Kameras an den Wänden befestigt. Er wurde in einen fensterlosen Raum geführt. Brandner und ein weiterer Mann in Zivilkleidung, der sich als Kommissar Huber vorstellte, saßen auf zwei Stühlen an einem kleinen Tisch, dessen Tischplatte vollkommen leer war.

Müssten sie nicht ein Aufnahmegerät dabeihaben?

»Setzen Sie sich bitte«, sagte Brandner und zeigte auf den Stuhl, der gegenüber den beiden Kommissaren am Tisch stand. Hans nahm Platz, der Wärter verließ den Raum.

»Herr Mayer«, begann Brandner, »wenn Sie jetzt sofort ein vollständiges Geständnis ablegen, wirkt sich das noch strafmildernd aus.«

Das fängt ja gut an.

Hans lehnte sich zurück und blickte die Kommissare abwechselnd an. »Was soll ich denn getan haben?«

»Sie haben die Herren Schuster und Lumetshofer kaltblütig erschossen«, stellte Huber fest.

»Nichts habe ich getan. Ich habe niemanden erschossen, und wenn Sie Ihre Hausaufgaben gemacht hätten, dann wüssten Sie das!«

Gott sei Dank kommen sie mir nicht mit dem Mord an Jakob Schuster vor zwei Jahren.

»Man hat Sie am Samstag, dem 30. Mai, in der Nähe der Wallfahrtskirche Maria Seesal gesehen. Unweit davon wurde Herr Lumetshofer ermordet. Was hatten Sie dort zu suchen?«

Hans schluckte, hatte sich aber schon eine Erklärung zurechtgelegt: »Früher«, begann er, »früher war ich öfter mit meinem Vater in Maria Seesal im Gottesdienst … ich weiß auch nicht.« Er machte eine Pause, schaute auf die Tischplatte, dann abwechselnd zu Brandner und Huber.

»Manchmal, da hilft es mir, Orte aufzusuchen, an denen ich gemeinsam mit meinem Vater gewesen bin. Dort spüre ich, dass er noch irgendwo da ist und auf mich aufpasst. Deswegen bin ich nach Maria Seesal gefahren.«

Die beiden Kommissare sahen einander an.

»Sagst du es ihm?«, fragte Huber.

»Ja«, antwortete Brandner. Er machte eine Kunstpause, bevor er fortfuhr: »Herr Mayer, wir haben Ihr Gewehr, das Steyr Elite, untersucht, mit dem Ergebnis, dass es sich dabei nicht um die Tatwaffe handelt.«

»Und das heißt?«

Brandner war still und schaute zu seinem Kollegen.

»Wir lassen Sie frei«, sagte Huber schließlich.

Erleichtert ließ Hans sich auf seinem Stuhl zurückfallen.

Brandner fügte hinzu: »Sie müssen nur noch der Form halber zu Protokoll geben, wo Sie sich genau zu den beiden Tatzeitpunkten aufgehalten haben. Danach entlassen wir Sie umgehend aus der Untersuchungshaft.«

Ich muss Natalie finden und sie überzeugen.

Natalie liebt mich – alles wird gut!

KAPITEL 61

Wien

Hans fuhr mit der U-Bahn direkt zu Natalies Wohnung und läutete Sturm. Immer wieder drückte er mit dem Zeigefinger der rechten Hand sekundenlang den Taster und wartete weitere Sekunden auf Antwort – um danach von vorne zu beginnen. Nachdem er den Vorgang ein Dutzend Mal wiederholt hatte, gab er auf.

Wahrscheinlich ist sie in Brüssel, dachte er, als er resigniert auf einer Parkbank saß und überlegte, wie er weiter vorgehen sollte. In den Zweigen des Ahornbaumes, unter dem sich die Bank befand, zwitscherten Kohlmeisen munter vor sich hin, in der Nähe lachte eine Gruppe Jugendlicher.

Ich könnte mir einen Flug buchen.

Als er sich daheim im Badezimmerspiegel betrachtete, erschrak Hans. *Ich sehe furchtbar aus. Was habe ich mir gedacht, ihr so gegenübertreten zu wollen? Die Haare fettig, der Bart unregelmäßig … Natalie will mich sowieso nicht zurück. Es ist zum Verzweifeln. Ihretwegen habe ich meine Rache an Chan aufgegeben – und jetzt will sie nichts mehr von mir wissen. Es wird schwer, alles zu erklären – nur wenn sie mit mir redet, habe ich eine Chance. Ich muss nach Brüssel.*

Vorher musste Hans dafür sorgen, dass er zivilisiert wirkte. Zuerst nahm er seinen Elektrorasierer und entfernte die Bartstoppeln, anschließend duschte er. Doch jegliche Energie, die noch irgendwo in seinem Körper gesteckt hatte, war mit dem Wasser im Ablauf der Dusche verschwunden. Er fühlte sich nicht dazu in der Lage zu telefonieren oder im Internet nach Flügen zu suchen. Die Erkenntnis, dass erst vor wenigen Tagen vollkommen Fremde in sein Heim eingedrungen waren, versetzte ihm einen Schlag in die Magengrube. Jeden Winkel hatten sie durchsucht, seine gesamte Kleidung aus dem Schrank gerissen, sämtliche Bücher durchblättert, und natürlich hatten sie seinen Computer untersucht.

Alle Gegenstände, die von den Beamten beschlagnahmt worden waren, könne er am folgenden Tag abholen, hatte ihn Brandner zum Abschied informiert – auch das Steyr Elite.

Sie haben nichts gegen mich in der Hand, aber sie haben mein Leben zerstört – einfach so.

Hans trat ans Fenster. In der schräg gegenüberliegenden Wohnung brannte Licht. *Auch für Resi muss es mir gelingen, ein Leben zu führen, das Sinn hat. Ich muss aufhören, an Chan zu denken, das Steyr Elite und das Fernrohr loswerden.*

Lange beobachtete er die Wohnung seiner Schwester, bis Resi die Vorhänge zuzog und das Licht ausschaltete.

KAPITEL 62

Sankt Pölten

»Wer ist diese Sallinger?«, wollte Huber wissen. Brandners Kollege lümmelte in seinem Schreibtischsessel und hatte die Hände im Nacken verschränkt. Heute wirkte er ausgeschlafen.

»Die Tochter des Obstbauern«, antwortete Brandner. »Der ist Obmann des Schützenvereins in Ybbsitz. Sallinger hat auf seinem Bauernhof einen großen Schießstand für den Verein eingerichtet, inklusive Tontaubenschießen.«

Huber beugte sich nach vorn und legte seine Hände auf die Schreibtischplatte. »Und was versprichst du dir von der Befragung?«

»Martin Siedelberger hat gemeint, wir sollen uns mit dem Obstbauern unterhalten, wenn wir den Wilderer finden wollen.« Brandner zuckte mit den Achseln. »Als ich beim Obstbauern war, hatte ich das Gefühl, dass mir die Tochter gerne etwas sagen würde, sich aber neben ihrem Vater nicht traut.«

»Soll ich bei der Befragung dabei sein?«

Brandner schüttelte den Kopf. »Ich muss Vertrauen aufbauen, sonst sagt sie mir nichts. Da ist es besser, wenn ich allein mit ihr rede.«

Das Telefon klingelte.

»Frau Sallinger ist eingetroffen«, informierte Brandner Huber und stand auf, nachdem er aufgelegt hatte.

»Gut, dann gehe ich zu Elfriede und frag sie, ob sie mit mir heute Abend essen geht.«

Huber war aufgestanden.

Brandner sah ihn fragend an. »Elfriede?«

»Auer, Elfriede Auer, ich hab mich gestern mit ihr unterhalten, dabei bin ich draufgekommen, dass sie auch Single ist.«

Brandner dachte an seinen Traum, der so real gewesen war, dass er noch immer in seinem Gehirn herumgeisterte.

»Ist sie nicht … ist sie nicht etwas jung für dich?«

Huber lachte. »So alt bin ich nun auch wieder nicht! 44, wenn du es genau wissen willst. Wieso soll ich nicht mein Glück versuchen? Oder hast du was dagegen?«

»Ich?«, fragte Brandner. »Was sollte ich dagegen haben?«

Rasch drehte er sich um und verließ das Büro, bevor er seine Gedanken und vor allem seine Gefühle nicht weiter verheimlichen konnte.

Wieso war der Traum so real? Und warum habe ich mich daran überhaupt erinnern können? Er sollte wie all die anderen Träume am Morgen aus meinem Gedächtnis gelöscht sein! Soll Huber glücklich werden mit Auer. Ich habe meine Eva und die Mädchen … und unser Haus in Wien … Was mache ich wegen dem Umzug?

Brandner öffnete die Tür zum Besprechungszimmer, in das man Frau Sallinger geführt hatte. Es handelte sich um einen der freundlicheren Räume, er war mit zwei lila Orchideen geschmückt und die Sonne schien durch ein großes Fenster. Vor Sallinger stand ein gefülltes Glas Wasser, eine volle Karaffe und ein leeres Glas für Brandner befanden sich am anderen Tischende.

»Frau Sallinger«, begrüßte er seinen Gast. »Danke, dass Sie sich die Zeit nehmen.«

Sie stand auf und schüttelte Brandners Hand. Die Tochter des Obstbauern trug Jeans, kombiniert mit einer schönen blau-weißen Bluse, wodurch die junge Frau deutlich eleganter wirkte, als bei ihrem ersten Aufeinandertreffen am Hof ihres Vaters.

»Wenn ich in irgendeiner Form helfen kann, mache ich das natürlich gerne«, sagte Sallinger. Sie setzte sich wieder. Ihr Blick war unruhig. Die junge Frau wirkte nervös, geradezu unsicher, und zwar nicht auf die Art, die Brandner früher häufig aufgefallen war – als viele unbescholtene Bürger der Exekutive noch Respekt und Achtung entgegengebracht hatten –, sondern auf eine Weise, die ihm vermittelte, dass die Frau etwas vor ihm zu verbergen hatte. Der Jagdinstinkt des Kommissars war geweckt und verdrängte die Gedanken an die attraktive Kriminaltechnikerin und die Familienquerelen.

»Frau Sallinger, außer Herrn Reitbauer, der Sie hierherbestellt hat, weiß niemand in Ybbsitz und Waidhofen davon, dass wir uns heute unterhalten. Wenn Sie es wünschen, bleibt es auch dabei.«

Das konnte er ihr leicht versprechen. Tonband lief keines mit. Es handelte sich nur um eine einfache Befragung.

»Verstehe.« Sie nickte. »Ich weiß aber überhaupt nicht, wie ich Ihnen weiterhelfen soll.« Mit den Augen fixierte sie ihr Wasserglas auf der Tischplatte vor ihr.

»Ihnen ist klar«, fragte Brandner, »dass der Wilderer mittlerweile zwei Menschen kaltblütig ermordet hat?«

Sallinger nickte stumm und presste die Lippen aufeinander. Ihr Blick haftete weiterhin auf dem Wasserglas.

»Falls Sie etwas wissen, dann machen Sie sich mitschuldig und strafbar, wenn Sie es mir nicht verraten.«

Ihre Zungenspitze tauchte kurz zwischen den Lippen auf, fuhr rasch von links nach rechts und verschwand. Sallinger griff mit ihrer rechten Hand nach dem Wasserglas. Sie hatte Mühe, keine Flüssigkeit zu verschütten, so stark zitterte ihre Hand, als sie das Glas zu ihrem Mund führte. Brandner registrierte, wie sie schluckte und das Glas auf dem Tisch abstellte.

»Also, ich könnte es nicht mit meinem Gewissen vereinbaren«, sagte er. »Der Mörder wird wieder zuschlagen. Wenn Sie mir etwas verheimlichen, dann sind Sie für den Tod des nächsten Opfers mitverantwortlich.«

Sie löste ihren Blick vom Glas und sah ihm in die Augen. »Aber ich verheimliche Ihnen doch gar nichts.«

»Sie haben mir nicht alles erzählt.«

Sie schluckte, hielt seinem Blick stand.

»Schluss mit den Spielchen! Es geht um den Schützenverein, richtig?«, fragte er ungehalten und lauter, als er bisher gesprochen hatte.

»Ja«, bestätigte sie zögerlich.

»Wie läuft das ab, wenn jemand den Schießstand benutzen will, der kein Mitglied ist?«

»Da ist eigentlich nicht viel dabei«, sagte Sallinger. »Jeder kann zu uns kommen und den Stand buchen.« Sie zögerte kurz. »Wir machen das nur nicht offiziell.«

»Und wieso nicht?«

»Wir nehmen das Geld dafür schwarz, es fließt nicht in die Vereinskasse.«

»Verstehe.«

»Mit dem Umbau haben wir uns übernommen, finanziell. Die Bank hat ihre Hände auf unseren Einnahmen –

wenn wir etwas schwarz dazuverdienen, bleibt uns das Geld zum Leben.«

Daher bleibt ihr Vater meist zu Hause – er hat kaum genug Geld, um ins Wirtshaus zu gehen oder einzukaufen.

»Wer hat den Schießstand in den letzten Monaten gemietet?«

»Das waren verschiedene Personen.«

»Namen, ich brauche Namen. Verdächtigen Sie irgendjemanden im Speziellen?«

Sallinger zuckte kurz zusammen.

Sie hat einen konkreten Verdacht!

»Raus mit der Sprache, Sie wollen nicht schuld am Tod des nächsten Opfers sein!«

Wieder starrte sie das Wasserglas vor ihr an. Sie griff mit beiden Händen danach und begann, es langsam im Uhrzeigersinn zu drehen. Für einige Sekunden war nur das scharrende Geräusch von Glas auf Holz zu hören.

»Ich habe die Hochzeitsfotos von den Schusters in der Zeitung gesehen, und da war dieser Chinese im Hintergrund, der bei uns am Schießstand war.«

»Der Vater der Braut war bei Ihnen am Hof?«

»Nein, nicht dieser Chan, da war ein zweiter Chinese bei der Feier. Unscheinbar und schmal.«

»Und der hat bei Ihnen am Schießstand geübt?«

»Ja.«

»Ganz sicher?«

»Ja, und, Herr Kommissar, da ist noch etwas, das Sie wissen sollten.«

»Was?«

Sie hielt inne, drehte das Glas weiter.

»Nun sagen Sie es schon, raus damit!«

»Mein Vater ist kein schlechter Mensch«, begann sie, »aber die Schulden, die erdrücken ihn. Er kann ja kaum Englisch, also hab ich mit dem Chinesen den Preis für die Übungsstunden am Schießstand vereinbart. Danach ist Vater mit ihm zum Stand, ich hab mich nicht mehr um die beiden gekümmert und war nicht dabei, auch nicht als der Chinese weggefahren ist. Am Tag danach hat Vater mir Geld zugesteckt. Viel mehr, als wir für die Schießübung vereinbart hatten. Ich soll mir was Schönes kaufen, hat er gesagt.«

Sallinger sah Brandner in die Augen. »Ich denke, Vater hat ihm eines seiner Gewehre verkauft. Mein Gott! Es könnte die Mordwaffe sein!«

»Wissen Sie den Namen des Chinesen?«

Sie schüttelte den Kopf. »Nein, ich hab mir schon den Kopf darüber zerbrochen. Irgendwie hat er es geschafft, sich nicht vorzustellen. Durch das Übersetzen ist mir das gar nicht aufgefallen.«

Brandner stand auf. »Gut, den Namen finden wir heraus.«

Auch Sallinger erhob sich. »Was wird jetzt aus Vater?«

»Das kann ich Ihnen nicht sagen. Zuerst müssen wir so schnell wie möglich diesen Chinesen finden.«

Auf dem Weg zu seinem Büro ging ihm Chans Aussage vor über zwei Jahren durch den Kopf.

Chan macht sich nicht selbst die Hände schmutzig. Hat er einen Handlanger beauftragt, Samuel Schuster aus dem Weg zu räumen? Was hätte er davon?

Die gewilderten Tiere, Lumetshofer – alles nur Ablenkung?

KAPITEL 63

Wien

Hans nahm sein Steyr Elite aus dem Wandschrank und verstaute es in der Tragetasche, mit der er es gewöhnlich transportierte. Durch das Schlafzimmerfenster bemerkte er, dass in Resis Wohnung Licht brannte. So früh am Morgen war das untypisch für seine Schwester. Wenn Resi für ›A Chorus Line‹ probte, kam sie spät nach Hause und schlief normalerweise am Vormittag. Hans vergewisserte sich, dass sich sein Reisepass in seiner Sakkoinnentasche befand, danach schulterte er die Tasche mit dem Gewehr. Schließlich drückte er den Taster am Griff seines Trolleys und zog den Teleskoparm heraus. In dem kleinen Koffer befand sich Kleidung für zwei Tage. Er schaltete das Licht aus und schloss die Wohnungstür hinter sich ab. Am ausgezogenen Griff trug er den Koffer über die Stufen nach unten.

Die Morgensonne blinzelte zwischen den grauen Wolken hervor und blendete ihn, als er ins Freie trat. Sein Opel Corsa parkte wenige Meter entfernt. Hans beförderte seinen Trolley und die Tragetasche in den Kofferraum. Den Deckel schlug er kraftvoll zu und versperrte sein Auto mit der Fernbedienung. Er überquerte die Straße und klingelte bei Resi. Es dauerte lang, aber er gab nicht auf, bis sie sich meldete und ihn ins Wohnhaus ließ. Als sie ihm oben die Wohnungstür öffnete, glaubte er, einen Geist vor sich zu haben. Ihre Haut war blass, die Augen lagen in tiefen Höhlen und die schwarzen Haare waren verfilzt und fettig.

»Was ist passiert?«, wollte er wissen.

»Sie haben mich hinausgeworfen.«

»Wieso?«

Resi drehte sich um und ging wie ferngesteuert ins Wohnzimmer. Hans folgte ihr und registrierte erst jetzt, dass sie ihr Nachthemd trug.

»Sie haben mich hinausgeworfen«, wiederholte sie mit monotoner Stimme. Auf dem Wohnzimmertisch stand ein Glas Wasser – daneben lagen mehrere Medikamentenschachteln, mit Namen, die Hans nichts sagten.

»Welche hast du geschluckt und wie viele?«

»Sie haben mich hinausgeworfen.«

Resis Blick war leer, sie stand bewegungslos neben dem Tisch. Hans nahm das Smartphone aus seiner Hosentasche und wählte die Nummer der Rettung, gleichzeitig blickte er auf die Uhr. Es würde knapp werden, aber es könnte sich ausgehen.

20 Minuten später schloss der Sanitäter die Tür des Notarztwagens. Er informierte Hans darüber, in welches Krankenhaus Resi gebracht werden würde, Hans wiederum gab ihm zur Sicherheit seine Handynummer. Er sah dem Einsatzfahrzeug hinterher, das mit Blaulicht, aber ohne Sirene davonbrauste. Seine Schwester war bei Besinnung gewesen, die Pillen waren nicht gefährlich und sie hatte mit Sicherheit keine lebensbedrohliche Überdosis genommen, aber sie hatte ernsthafte psychische Probleme.

Egal was sie tut, der Überfall holt sie immer wieder ein. Hans' Hass auf Chan drängte sich in seinem Kopf in den Vordergrund. Er atmete aus. *Ich muss zu Natalie – sie ist meine Rettung!*

Hans stieg in sein Auto und fuhr durch die Stadt in Richtung Flughafen. Als er rechts neben der Autobahn die Anlagen der Raffinerie erkannte, wusste er, dass er seinen Flug nach Brüssel erwischen würde.

Diesmal parkte er nicht auf dem billigeren Außenparkplatz C, der weit entfernt lag, sondern gleich im Parkhaus 3. Er durfte keine Zeit verplempern. Die Tasche mit dem Gewehr ließ er natürlich im Kofferraum zurück und sprintete mit seinem Trolley im Schlepptau zu den Sicherheitskontrollen. Eingecheckt hatte er schon am Vorabend. Er hatte sich schließlich doch aufraffen können. Das elektronische Ticket befand sich auf seinem Smartphone. Er legte es auf den Scanner des Barcodes und die automatische Tür öffnete sich. Gürtel, Sakko und Schuhe musste er ausziehen. Seine Zahnpasta, Duschgel und Deo legte er im durchsichtigen Plastikbeutel für jeden gut sichtbar in den Behälter, der auf dem Förderband durch den Metalldetektor geschleust wurde. Danach schritt er durch die Sicherheitskontrolle, die für die Fluggäste vorgesehen war. Nichts rührte sich, die Dame dahinter winkte ihn durch, sodass er kurz darauf seine Schuhe und das Sakko wieder anziehen durfte. Als er am Gate eintraf, begann das Boarding. Erstmals, seit er Resi in ihrer Lethargie angetroffen hatte, beruhigte er sich etwas.

Das Flugzeug beschleunigte, Hans spürte, wie die Reifen den festen Untergrund der Landebahn verließen. Als er in den Sitz gedrückt wurde, dachte er an das Gespräch mit Natalie, das ihm bevorstand. Automatisch erhöhte sich sein Puls. Während des gesamten Fluges hatte er das

Gefühl, sein Herz würde das Blut viel zu schnell und mit zu hohem Druck durch seine Adern pumpen. Nach der Landung in Brüssel wunderte sich Hans über das Hungergefühl, das sich von seinem Magen ausgehend in ihm breitmachte. Es war nach 12 Uhr. Die Stewardess hatte ihm ein Käsesandwich angeboten, das er dankend abgelehnt hatte. Statt des Kaffees, den er unter normalen Umständen getrunken hätte, war er auf Tee umgestiegen. Und der funktionierte offenbar nicht als Appetithemmer.

Im Flughafengebäude befanden sich zwar jede Menge Restaurants und Schnellimbisse, aber Hans beschloss, noch nichts zu essen. Da ihm ohnehin ein Nachmittag des Wartens bevorstand, konnte er diesen genauso gut in einem Restaurant oder Kaffeehaus verbringen, das näher an seinem Ziel lag als der Flughafen.

Lange hatte er überlegt, wann und vor allem wo er Natalie am besten gegenübertreten sollte, um die höchste Wahrscheinlichkeit auf eine erfolgreiche Aussprache mit ihr zu haben. Natürlich könnte er ins Büro des Abgeordneten fahren, für den sie arbeitete. Er kannte auch die Adresse der kleinen Einzimmerwohnung, die Natalie von ihrer Freundin und Vorgängerin in Brüssel übernommen hatte. Diese erschien ihm besser für das Gespräch geeignet. In unmittelbarer Nähe der Wohnung hatte er sich im Internet ein Hotelzimmer reserviert. Das Zimmer war erst ab 15 Uhr bezugsfertig, aber er konnte seinen Koffer dort zurücklassen und sich danach ein Restaurant in der Umgebung suchen.

Gegenüber dem Gebäude, in dem sich Natalies Wohnung befand, gab es einen Italiener mit mehreren Tischen im Freien. Hans setzte sich und bestellte Ravioli. Dazu trank er ein stilles Mineralwasser.

Nachdem er gegessen und bezahlt hatte, überquerte er die Straße und setzte sich auf die Bank, die nur ein paar Meter entfernt von der Eingangstür unter einem Laubbaum stand. Um welche Art von Baum es sich genau handelte, wusste Hans nicht – es war ihm auch egal. Der Schatten des Baumes schützte ihn vor der Sonne, die an diesem Tag in Brüssel regelrecht vom Himmel herunterbrannte. Er beobachtete die Fußgänger, die auf dem Gehsteig an ihm vorbeischritten. Manche hatten es eilig, andere plauderten mit ihrem Partner oder der Freundin. Die meisten trugen leichte Sommerkleidung. Hin und wieder schritt ein Anzugträger vorbei. Gelegentlich setzte sich eine Frau oder ein Mann für kurze Zeit neben ihm auf die Bank. Meist tippte derjenige mit seinem Zeigefinger auf sein Smartphone ein, ohne einen Blick nach oben zum blauen Himmel zu richten oder zu den saftigen Blättern des Baumes, die sich je nach Sonneneinstrahlung in verschiedenen Grünschattierungen präsentierten.

Dann kam Natalie. Sie sah elegant aus, ging aufrecht, die Absätze ihrer Stöckelschuhe klackten laut auf dem Gehsteig. Eine dunkle Sonnenbrille verdeckte ihre Augen, obwohl die Sonne gerade hinter der ersten Wolke verschwunden war, die Hans an diesem Tag ausgemacht hatte.

»Hallo, Natalie.« Hans stand auf und versperrte ihr den Weg zu ihrer Eingangstür.

»Hans.«

Unschlüssig stand sie vor ihm. Aufgrund der Brille sah er ihre Augen nicht. Er beugte sich nach vorn und küsste sie ungelenk auf die Wange. Natalie ließ es zu.

»Was willst du hier?«, fragte sie mit leiser Stimme.

»Ich muss mit dir reden.«

»Was willst du mir sagen?«

»Nicht hier auf dem Gehsteig, darf ich mit hochkommen?«

Hans registrierte, dass sie einen Schritt zurücktrat. Natalie schüttelte den Kopf. »Nein, besser nicht. Ich hab das Gefühl, dich nicht zu kennen. Ich weiß nicht, was in dir vorgeht.«

»Lass es mich dir erklären.«

Natalie trat noch einen Schritt zurück. Hans schloss auf. »Bitte, das bist du mir schuldig!«

»Es gibt ein Irish Pub gleich um die Ecke«, sagte sie schließlich. Sie drehte sich um und ging in die Richtung zurück, aus der sie gekommen war. Eine Sekunde brauchte Hans, um zu reagieren, dann setzte er sich in Bewegung und lief still und in Gedanken versunken neben ihr her.

Hans hielt Natalie die Tür auf. Innen war es dunkel. Aus den Lautsprechern erklang Bonos Stimme. Er sang ›With or without you‹. Die beiden setzten sich an die Bar. Hans zählte 15 Zapfhähne mit unterschiedlichen Biersorten. Natalie bestellte sich ein Guinness. Hans tat es ihr gleich. Natalie trank mit großen Schlucken ihr Glas halbleer, nachdem der Barkeeper es ihr gereicht hatte. Hans nahm einen kleinen Schluck des dunklen Gebräus, dessen niedrige Schaumkrone leicht bräunlich war. Seltsam bitter und gleichzeitig malzig süß schmeckte das Bier für ihn. Er hatte länger kein Guinness getrunken.

»Man hat mich zu Unrecht verhaftet. Ich wurde wieder freigelassen«, erklärte er das Offensichtliche. »Das Gewehr werde ich verkaufen.«

»Wieso hast du überhaupt eine Waffe?«

»Das ist eine lange Geschichte.«

»Ich höre.«

»Meine Schwester ist letztes Jahr überfallen worden. Ich hab sie in letzter Sekunde vor einem Serienmörder gerettet.«

Jetzt nahm auch er einen großen Schluck und stellte das Glas ab.

»Noch eines«, sagte Natalie zum Barkeeper in englischer Sprache. »Weiter«, forderte sie Hans auf.

»Ich habe ihn getötet, den Serienmörder.«

Er ließ den Satz wirken, wartete auf Natalies Reaktion. Sie sagte nichts, schien auf ihr frisch gefülltes Glas Guinness zu warten, das ihr der Barkeeper reichte. Natalie führte es sofort an ihren Mund und begann zu trinken.

»Seither habe ich das Bedürfnis, meine kleine Schwester weiter zu beschützen.«

Natalie stellte das Glas nicht ab. »Daher das Fernrohr«, stellte sie fest.

»Genau.«

Sie nahm den nächsten Schluck und einen weiteren. »Das ist doch krank!« Natalie wendete sich ihm zu und sah Hans in die Augen. »Deine Mutter sitzt wegen Mordes im Gefängnis.« Ihre Stimme zitterte. »Du hast auch einen Menschen getötet! Ich kenne dich nicht mehr. Habe dich vermutlich nie richtig gekannt. Du hast ein Gewehr, und du hast die Gene einer Mörderin! Ich fürchte mich vor dir und will nichts mit dir zu tun haben.«

Noch einmal nahm sie einen großen Schluck, stellte das fast leere Glas hart auf den Tresen. Sie stand auf, warf ein paar Euroscheine neben das Glas und legte ihm ihre Hand auf seinen Arm. »Du brauchst Hilfe«, sagte sie.

Dann lief Natalie zur Tür und verschwand aus seinem Leben.

KAPITEL 64

Eva war wach, sie konnte ihm nichts vormachen – ihr Atem verriet sie. Brandner sah auf die Digitalanzeige des Weckers neben ihm am Nachtkästchen. Sie hatten noch Zeit, bis sie aufstehen und den Arbeitstag beginnen mussten. Er schaltete den Wecker aus, sodass der Alarm sie nicht stören würde, rückte näher an sie heran und schmiegte sich von hinten an sie. Kurz schweiften seine Gedanken zu Huber und Auer. *Ob Huber nun neben der Kriminaltechnikerin liegt?* Er vertrieb die Gedanken an die beiden Arbeitskollegen aus seinem Hirn, indem er sich enger an seine Frau kuschelte. Eva strahlte eine angenehme Wärme aus. Mit der rechten Hand streichelte er über ihren Oberschenkel, dabei schob er ihr Nachthemd nach oben, sodass seine Finger über ihre glatte Haut strichen.

»Leo.«

Er streichelte ihre Hüften.

»Nicht.«

Sie nahm seine Hand und legte sie zurück auf ihren Oberschenkel. Er blieb weiterhin eng an sie geschmiegt liegen und vergrub kurz sein Gesicht in ihrem Nacken. Die Haare kitzelten seine Nase, er rückte mit dem Oberkörper etwas von ihr ab und begann, sanft ihren Rücken durch den Stoff des Nachthemds hindurch zu streicheln.

»Ja, das ist angenehm«, seufzte sie.

Nach mehreren Minuten küsste er sie auf die Wange. »Ich mache das Frühstück, bleib ruhig liegen.« Vorsichtig schlüpfte er aus dem Bett und verließ das Schlafzimmer.

Eine Stunde später saßen Brandners drei Damen am Küchentisch. Offensichtlich genossen sie das Frühstück, das er zubereitet hatte. Wie letztes Mal hatte jede ein weiches Ei bekommen. Durch das Schälen und Auslöffeln waren Selina und Isabella mehr als sonst auf das Essen konzentriert und schwiegen. Die Mädchen waren frisch geduscht, Eva trug noch ihr Nachthemd.

Bevor die Harmonie durch eine unbedachte Bemerkung zerstört werden konnte, verabschiedete sich Brandner. »Es kann später werden«, sagte er und gab Eva einen Kuss auf die Lippen. Selina bekam ihren auf die Wange und Isabella warf er eine Kusshand zu. Zu seiner Überraschung fing seine älteste Tochter den Kuss bereitwillig mit ihrer Hand auf und lächelte ihn an.

Nach einer zermürbenden Autofahrt betrat er sein Büro in Sankt Pölten. Aufgrund eines Unfalls bei der Stadtausfahrt hatte sich ein langer Stau gebildet, der ihn 45 Minuten kostete. Huber war bereits an der Arbeit. Sofort erkannte Brandner, dass dessen Verabredung mit Auer gut verlaufen sein musste, denn Huber sah glücklich aus, er grinste Brandner auf eine Art an, wie es nur frisch Verliebte zustande brachten oder Junkies, nachdem sie sich einen Schuss gesetzt hatten.

»Ich will gar nicht wissen, wie dein Abend mit Frau Auer verlaufen ist«, schnitt Brandner seinem Kollegen das Wort ab, bevor der »Guten Morgen« sagen konnte.

»Das … das war es auch gar nicht, was ich dir sagen wollte.« Noch immer grinste Huber.

»Was ist los?«

»Wir haben einen Namen für den Chinesen.«

»Wie heißt er?«

»Ein gewisser Robert, kurz Bob, Lee. Der hatte früher sogar schon einmal eine Arbeitserlaubnis bei uns. Er hat in einem Chinarestaurant in Waidhofen gekellnert.

»Wissen wir, wo er sich aufhält?«

»Nein, er hat vor einigen Tagen Österreich verlassen, aber als der Wilderer Samuel Schuster erschossen hat, war er noch in Österreich.«

Brandner schaute das Foto auf dem Bildschirm prüfend an, verglich es mit dem von der Hochzeitsfeier, auf dem neben Chan ein zweiter, unbekannter Chinese abgebildet war. Es handelte sich eindeutig um diesen Lee. Für Brandner wirkte der Mann mittleren Alters unscheinbar, wahrscheinlich hatte Brandner sich schon einmal in seiner Nähe aufgehalten, aber ihn nicht beachtet.

Du bist also derjenige, der sich für Chan die Finger schmutzig macht.

»Wir müssen unbedingt wissen, wo sich dieser Lee derzeit aufhält.«

Brandner telefonierte mit Direktor Böck und schilderte ihm die Situation. Interpol würde ihnen helfen, mit oder ohne internationalem Haftbefehl, versicherte der Direktor und ließ Brandner wissen, dass er sich höchstpersönlich darum kümmern würde, möglichst bald zu erfahren, wo dieser Lee abgeblieben war. Huber mailte nach dem Gespräch die Details an ihren Vorgesetzten, die er bisher über Lee gesammelt hatte.

Brandner und Huber warteten zehn ereignislose Minuten, bis es Brandner nicht mehr aushielt. »Am besten fahren wir nach Ybbsitz«, stellte er fest. »Zum Hof des Obstbauern. Sallingers Tochter vermutet ja nur, dass Lee bei ihrem Vater das Gewehr illegal erworben hat. Diese Annahme reicht vielleicht nicht einmal für einen Haftbefehl in Österreich.«

»Geschweige denn für einen internationalen«, ergänzte Huber.

»Wer fährt?«

Als Brandner mit seinem Audi auf die Autobahn auffuhr, sagte Huber neben ihm: »Heute ist übrigens das Begräbnis von Samuel Schuster.«

»Ich weiß, es findet in Hollenstein statt. Dort ist seine Frau begraben. Außerdem ist er auf Dauer in der Nähe seiner geliebten Schusteralm. Wenn nach unserem Überraschungsbesuch bei Sallinger Zeit bleibt, schauen wir beim Begräbnis vorbei.«

Huber nickte zustimmend und Brandner schaltete das Autoradio ein. Die beiden warteten auf den nächsten Anruf von Böck. Ausnahmsweise konnte ihr Direktor tatsächlich etwas Brauchbares zur Aufklärung eines Falls beitragen.

»Ich bin versucht, Chan einige unangenehme Fragen zum Mord an Samuel Schuster zu stellen. Gleich nach der Beerdigung würde es mir besondere Freude bereiten zu sehen, wie er reagiert.« Brandner schaute kurz nach rechts zu Huber, der nicht sofort auf seine Aussage reagierte, und konzentrierte sich dann wieder darauf, seinen Audi auf die Überholspur der A 1 Richtung Amstetten zu lenken.

»Ich weiß nicht«, antwortete Huber nach einiger Zeit, »ob das eine gute Idee ist.«

»Mir wäre es eine Genugtuung, den Chinesen abzuführen. Vor über zwei Jahren ist er mir auf der Nase herumgetanzt, hat mir durch die Blume gesagt, dass er jederzeit einen Mord in Auftrag geben könnte, wir ihm aber nie etwas beweisen könnten.« Brandner beschleunigte auf 160. »Diese Arroganz und Unverfrorenheit hat mich damals schon angekotzt.« Er überholte eine Lkw-Kolonne. »Aber du hast recht«, redete Brandner weiter. »Bevor wir diesen Lee nicht haben, schadet es unseren Ermittlungen, wenn Chan zu früh von unserem Verdacht erfährt.«

»Eben«, bestätigte Huber.

»Also reden wir mit Sallinger und warten auf Böcks Auskunft zu Lees aktuellem Aufenthaltsort.«

Brandner fuhr bei der Ausfahrt Amstetten West ab, nahm die Bundesstraße nach Waidhofen und lenkte seinen Audi von dort nach Ybbsitz. Als er zum Hof des Obstbauern einbog, schien es fast, als hätte sie Sallinger erwartet. Der Hausherr saß auf einer der Bänke vor dem Bauernhaus und trank ein Kaiserbier.

»Das Bier ist süffiger und nicht so sauer wie der Most, aber bitte nicht weitererzählen«, erklärte Sallinger den beiden Kommissaren nach der Begrüßung.

Sallingers Tochter trug wieder Jeans und T-Shirt. Sie verhielt sich gegenüber Brandner, als hätte sie ihn zuletzt hier am Hof gemeinsam mit Reitbauer gesehen. Brandner spielte mit, sodass ihr Vater vorerst nichts vom Verrat seiner Tochter mitbekam. Brandner und Huber bestellten sich alkoholfreien Süßmost, den ihnen ihre Zeugin umgehend brachte. Nachdem sie im Haus verschwunden war, begann Brandner mit der Befragung.

»Herr Sallinger, uns ist zu Ohren gekommen, dass neben den Vereinsmitgliedern auch andere Personen den Schießstand benutzt haben – gegen Bezahlung.«

Huber fuhr fort: »Darunter ist auch ein Chinese, ein gewisser Robert Lee, er wird mit dem Mord an Samuel Schuster in Verbindung gebracht.«

Brandner musterte Sallinger herausfordernd. Als dieser nicht reagierte fügte Brandner hinzu: »Dieser Lee, war bei Ihnen und hat sein Gewehr eingeschossen – darüber liegt uns eine Zeugenaussage vor!«

Sallinger war weiß im Gesicht. Sogar seine vom Alkohol rötlich gefärbte Nase wirkte um eine Nuance blasser. Der Obstbauer schien seine Möglichkeiten abzuwägen. Brandner stellte sich darauf ein, dass Sallinger alles abstreiten würde. Schließlich bestätigte der Obstbauer: »Ja, er war hier, dieser Chinese. Es tut mir leid, ich hätte es Ihnen schon beim ersten Mal sagen müssen.«

»Das Gewehr, hat er das von Ihnen?«

Noch einmal zögerte Sallinger. Brandner sah, wie die Tochter des Obstbauern wieder aus dem Haus kam. Rasch flüsterte Sallinger: »Ja, ich hab ihm das Gewehr verkauft, mit dem er geübt hat. Und das Kaliber passt zu dem des Wilderers.«

Brandners Smartphone meldete sich. Auf dem Display war ›Böck‹ zu lesen. Der Kommissar nahm das Gespräch an.

KAPITEL 65

Göstling

Nachdem Natalie ihn im Irish Pub sitzengelassen hatte, war Hans in der Bar geblieben – aber nicht allzu lange. Nur ein zweites Guinness hatte er noch bestellt, um in aller Ruhe mit dem Kapitel Natalie abzuschließen.

Wieder einmal.

Mittlerweile war er zurück in Österreich.

Es wäre zu perfekt gewesen, zu schön!, dachte er, als er die Ortsausfahrt von Göstling passierte. Seine Mutter kam ihm in den Sinn. Die Untersuchungshaft hatte Hans gezeigt, dass er nicht dazu fähig wäre, im Gefängnis zu leben wie sie.

Da verwelke ich wie eine Blume, die man nicht gießt.

Die Gesichter von Juliana und Resi erschienen vor seinem inneren Auge.

Die eine ist tot, die andere hat es sogar noch schlechter getroffen.

Resi war zurück in der Nervenheilanstalt.

Ihre Gedanken. Der Alkohol. Die Pillen. Ich kann nichts für sie tun. Völlig sinnlos, Resi weiterhin mit dem Fernrohr zu beobachten, und ihr dabei zuzusehen, wie sie sich zerstört. Mir bleibt nichts, außer Resi und Juliana zu rächen!

Hans erreichte Hollenstein, ohne dass er von den letzten Kilometern viel mitbekommen hatte. Ganz automatisch, wie in Trance, hatte er seinen Corsa gelenkt. Jetzt war er geistig vollkommen im Moment. Er blinkte links, bog ab und fuhr die Straße ein Stück bergauf, die ihn zur Schusteralm und im Winter zum Skigebiet Königsberg bringen würde. Doch diese beiden Orte hatte er nicht als Ziel auserkoren. Mehrere Gebäude standen rechts der Straße, dort bog er noch einmal ab und fuhr auf einem schmäleren, asphaltierten Weg weiter. Autos parkten am Straßenrand. Auf dem Hügel vor ihm thronte Hollensteins Kirche. Sie war umzogen von einer Steinmauer. Er schaltete einen Gang zurück und lenkte seinen Opel Corsa die steile Zufahrt zu dem Gotteshaus hinauf. Oben standen weitere Autos auf dem kleinen Vorplatz – allesamt deutsche Marken. Es gab genug Platz, um zu wenden und den Wagen fahrbereit abzustellen. Hans zog die Handbremse an, den Autoschlüssel ab und stieg aus. Um die Anhöhe blies ein frischer Wind, die Wolken versprachen Regen. Er dehnte Arme und Beine, ließ seinen Kopf kreisen. Jetzt galt es locker, aber konzentriert zu sein.

Da Hans am Vorabend der Versuchung widerstanden hatte, sich nach Natalies Abfuhr zu betrinken, hatte er einen klaren Kopf und seine Hände würden nicht zittern. *Jedenfalls wird es nicht die Schuld des Alkohols sein, falls ich sie nicht ruhig halten kann.* Hans schaute auf seine Armbanduhr – kurz nach 13 Uhr, die Messe musste gleich vorbei sein. Die Trauergesellschaft würde sich auf den Weg zum Friedhof machen.

Rechts führten Steinstufen steil nach oben durch ein Tor in der Mauer auf direktem Weg zur Kirche. Vor Hans begann ein asphaltierter Fußweg, der ansteigend nach links verlief. Er war mit einem Holzgeländer zum Abhang hin begrenzt und führte zu einem weiteren Durchgang in der Steinmauer, die einen Teil des Friedhofs begrenzte. Links begann der Friedhof auf der Ebene. Ein geschmiedetes Tor bildete den Eingang. Undeutlich hörte er eine Stimme. *Wahrscheinlich der Pfarrer.* Sehen konnte er niemanden. Er ging zum Kofferraum, öffnete ihn, nahm die Tragetasche heraus und warf sie über die Schulter. Mit dem Gewehr schritt er zum Tor und betrat den Friedhof am niedrigsten Punkt. Es quietschte laut, als er am Gitter zog. Er hielt inne, blickte sich um, schaute prüfend nach oben zur Kirche, ob ihn jemand gehört hatte. Aber außer der Mauer sah er nichts. Also ging er weiter zwischen den Gräberreihen hindurch. Ungewöhnlich viele schmiedeeiserne Kreuze zierten die letzten Ruhestätten. Sehr wenige Grabsteine befanden sich in diesem Teil des Friedhofs. Die Mauer verlief rechts von Hans leicht vom Kirchenhügel abfallend. Am Ende des Friedhofsabschnitts befand sich eine Öffnung, durch die man in den angrenzenden zweiten Teil des Friedhofs gelangen konnte, der sich innerhalb der Mauer befand. Hans steuerte darauf zu. Während er näher kam, wurde die Stimme lauter. Noch immer sah er keine Menschenseele. Er erreichte den Durchgang. Was er bisher getan hatte, war kein Verbrechen. Das würde sich in den nächsten Sekunden ändern. In vielleicht 20 Metern Entfernung erblickte er die schwarz gekleideten Trauernden, den Pfarrer und die Sargträger. Eugen und Valerie Schuster. Jennifer Chan stand dicht neben ihrem frisch angetrauten Mann. Chan stand neben dem Paar in circa einem Meter Abstand.

Hans war von der Mauer verdeckt, er ließ den Blick über das Friedhofsgelände schweifen. Es waren nur die engsten Angehörigen und Freunde zum Begräbnis eingeladen. Ein kleines Grüppchen, das still trauerte. Alle Augen waren auf den Pfarrer und den Sarg gerichtet. Der Augenblick war perfekt. Hans ließ die Tragetasche lautlos von der Schulter gleiten und zog den Reißverschluss auf.

KAPITEL 66

Hollenstein

Jennifer fröstelte. Während der Trauerfeier war es in der Kirche eiskalt gewesen. Am Friedhof wehte ein kühler Wind und dunkle Wolken verdeckten die Sonne. Ihr schwarzes Kleid war aus leichtem Stoff. Die neuen Schuhe schmerzten an ihren Fußsohlen und lenkten sie von der Kälte ab. Sie hoffte, dass die Trauerfeier bald vorüber sein würde, sodass sie in bequemere Kleidung schlüpfen konnte. Jennifer wärmte sich mit Gedanken an eine Dusche oder ein heißes Bad.

Die Sargträger ließen den Sarg in die Erde hinabgleiten. Der Pfarrer redete, aber Jennifer hörte ihm nicht zu. Valerie trat näher an das Grab, Eugen, noch immer geschockt vom Tod seines Onkels, folgte ihr und brachte dadurch einige Schritte zwischen ihn und Jennifer. Die Ermordung ihres Onkels hatte die beiden Geschwister hart getroffen. Jennifer wusste, dass dadurch alte Wunden aufgerissen worden waren. Vor zwei Jahren war Josef Schuster, ihr Vater, auf der nahegelegenen Schusteralm ermordet worden. Und auch Jakob Schuster, ihr Cousin, war der Mörderin Waltraud Mayer zuvor zum Opfer gefallen. Die beiden hatten die Geschehnisse von damals tief in ihrem Inneren vergraben. Nun hatte sie der Albtraum von Gewalt und Trauer vollkommen unerwartet eingeholt.

»Du warst ungehorsam«, raunte Chan seiner Tochter zu. Er sprach leise und in ihrer Muttersprache. Keiner der Anwesenden konnte sie verstehen.

»Was meinst du?«

»Du weißt genau, wovon ich rede.«

Es war das erste Mal, dass er wieder mit ihr sprach, seit sie seinen Mordanschlag in Addis Abeba vereitelt hatte. Weder Eugen noch ihr Vater wussten von ihrer Schwangerschaft. Jennifers große Hoffnung war, dass ihr Vater sich dadurch von seinen Plänen abbringen lassen würde.

»Können wir bitte nach der Beerdigung sprechen?«, wehrte Jennifer ab. Sie fürchtete sich vor dem Gespräch, aber sie musste es führen.

»Lee hat mir alles erzählt«, flüsterte er. Grimmig sah er sie an. Nichts war zu sehen vom stets freundlichen Lächeln, das er sonst nach außen zur Schau stellte. Jennifer kannte dieses andere Gesicht ihres Vaters seit ihrer Kindheit. Es überraschte sie nicht mehr.

Er fuhr fort: »Eugen war nicht beim Ausflug in Addis Abeba gewesen. Obwohl ich dich angewiesen hatte, dass alle Schusters mitkommen müssen! Du hast dich nicht an unsere Abmachung gehalten. Du bist schwach geworden.«

Der Sarg war vollkommen im Grab verschwunden. Jennifer sah aus dem Augenwinkel, wie Valerie Schuster eine Schaufel nahm und Erde in die Grube auf den Sarg ihres Onkels warf.

»Du wolltest sie alle umbringen lassen! Mit Samuel Schuster hast du angefangen. Glaubst du wirklich, wir wären damit durchgekommen?« Jennifer rang um Beherrschung.

»Du hast unser Ziel aus den Augen verloren.«

»Habe ich nicht«, antwortete sie. »Aber ich bin keine Mörderin wie du!«

»Tu nicht so unschuldig, auch du hast Blut an deinen Händen. Eine Tochter hat ihrem Vater zu gehorchen. Ich lasse mir von den Langnasen nicht mehr in die Suppe spucken. Niemals werden sie uns respektieren!«

Eugen Schuster nahm die kleine Schaufel von seiner Schwester.

»Ich bin schwanger«, sagte Jennifer. »Du wirst Großvater. Eugen ist der Vater. Und ja, ich liebe ihn.«

Chan trat einen Schritt zurück, für einen Augenblick blieb er stumm. Dann kam er auf sie zu. »Du bekommst ein Kind von ihm«, wiederholte er. Jennifer erkannte Bestürzung im Gesicht ihres Vaters. Angst in seinen Augen.

»Das hättest du mir früher sagen müssen«, flüsterte er. Ihr Vater griff nach Jennifers Hand. Seine Finger krallten sich in ihren Unterarm, sodass es schmerzte. Gleichzeitig drehte er sich um und sah nach oben zur Kirche, um dann nervös um sich zu blicken. Unruhig suchte er mit seinen Augen die Mauer ab, die den Friedhof umgab.

»Was ist los?«, wollte sie wissen.

Der Schuss hallte unwirklich über das Gelände. Jennifer riss sich vom Griff ihres Vaters los und fasste sich reflexartig mit beiden Händen an ihren Bauch. Gleichzeitig schaute sie zum Grab, geschockt erkannte sie, dass Eugen getroffen war und zusammenbrach. Sie wollte zu ihm laufen, schaffte es aber nicht. Ihre Beine waren erstarrt. Ihre Hände streichelten noch immer ihren Bauch. Endlich duckte sie sich, suchte hinter einem der geschmiedeten Kreuze Deckung für sich und ihr ungeborenes Kind. Ihr Blick haftete auf Eugen, der sich nicht mehr rührte. Seine Schwester war neben ihm, kniete sich nieder und legte seinen Kopf in ihren Schoß. Jennifer selbst gelang es nicht, zu dem Angeschossenen zu laufen. Die ersten Regentropfen fielen vom Himmel. Jennifer spürte sie nicht. Schon bald vermischten sie sich mit ihren Tränen.

KAPITEL 67

Der laute Knall ließ Hans zusammenzucken. Fast drückte er selbst aus Versehen ab. Vor ihm gingen die Trauernden rund um das Grab in die Knie, um Deckung zu suchen. Hans setzte das Gewehr ab, die Mauer schützte ihn vor Blicken.

Eugen Schuster lag auf dem Boden, Valerie hielt seinen Kopf in ihrem Schoß. Hans sah, wie Jennifer Chan hinter einem Kreuz in Deckung ging. Dahinter Schutz zu suchen, war geradezu lachhaft. Das dünne Eisengestell würde sie nicht vor der Kugel eines Gewehres schützen. Eine Autotür wurde zugeschlagen und ein Motor gestartet.

Der Schütze flieht vom Tatort.

Hans musste schnell handeln. Er hob sein Steyr Elite und fixierte Chan im Fadenkreuz. Vor seinen Augen sah er sein Gesicht ganz nah. Hans spürte erste Regentropfen. Der Chinese suchte die Umgebung ab. Sein Blick war nach oben zur Kirche gerichtet und wanderte danach entlang der Mauer nach unten bis zu der Stelle, an der Hans hinter dem Durchgang verborgen war. Gerade als der Chinese realisierte, dass ein Gewehrlauf auf ihn gerichtet war, drückte Hans ab. Den Rückstoß bekam er kaum mit, oft genug war er im Laufe des letzten Jahres am Schießstand gewesen, sodass ihn nichts am Verhalten seiner Waffe überraschte.

Durch die Vergrößerung sah Hans deutlich das Loch

in Chans Stirn. Der Chinese sackte zusammen. Hans schnappte sich seine Tragetasche und lief mit dem Gewehr in der anderen Hand durch die Gräberreihen. Er stieß das geschmiedete Tor auf und war kurz darauf bei seinem Auto. Gewehr und Tasche warf er in den Kofferraum. Hektisch startete er und fuhr mit seinem Corsa die schmale Straße hinunter. Nach wenigen Metern öffnete sich sein Blickfeld. Links unter ihm sah er die Bundesstraße. Zwei Einsatzfahrzeuge der Polizei versperrten dort die Fahrbahn, das Blaulicht rotierte am Dach der Autos. Dahinter bildete sich eine Kolonne. Ein weiteres Fahrzeug fuhr in diesem Moment ans Ende.

Hans bremste. Die Polizisten hatten ihn wahrscheinlich noch nicht gesehen. Sie waren mit den Fahrzeugen direkt vor ihnen beschäftigt und würden nicht zur schmalen Straße nach oben blicken. Was sollte er tun? Er fuhr langsam weiter. Vor ihm tauchten Gebäude auf. Die Straße teilte sich. Wenn er links abbog, käme er zur Bundesstraße, die er ursprünglich als Fluchtweg geplant hatte, um durch das schmale Tal möglichst schnell zu entkommen. Geradeaus hinunter führte eine enge Straße in den Ortskern Hollensteins hinein.

Sie werden auch die anderen Ortsausfahrten gesperrt haben – verdammt! Ich kann hier nicht weg. Wieso sind die Polizisten so schnell hier gewesen?

Er sah sich um, hielt im Schritttempo auf die Kreuzung zu.

Rechts hinauf führt die Straße zu den Skiliftanlagen auf dem Königsberg – das ist der einzige Ausweg! Von oben kann ich weiterplanen.

Hans beschleunigte, fuhr zwischen den Gebäuden hindurch und bog nach rechts ab und lenkte gleich darauf in eine Linkskurve. Nochmals gab er Gas, als er auf die anschließende Gerade kam. Nach wenigen Sekunden wusste er, dass er mit Sicherheit aus dem Blickfeld vom Friedhof und der Kirche verschwunden war. Die Polizisten konnten ihn von der Bundesstraße aus nicht sehen. Ohne viel nachzudenken, fuhr er nach oben. Er passierte das Schild mit der Aufschrift ›Schusteralm‹. Abrupt stieg er auf die Bremse, stoppte und legte den Rückwärtsgang ein.

Samuel Schuster ist tot. Die Almhütte ist unbewohnt.

Er folgte der Straße zur Alm, prüfte im Rückspiegel, ob ihm jemand folgte. Die Sicht wurde schlechter, Regen prasselte auf die Windschutzscheibe. Es blitzte, kurze Zeit später hörte er das Donnergrollen. Wieder blickte er in den Rückspiegel.

Niemand war zu sehen.

KAPITEL 68

Sankt Pölten

»Brandner, Sie übernehmen das Verhör gemeinsam mit Huber«, instruierte ihn Direktor Böck. »Nageln Sie ihn fest. Wir haben die Tatwaffe im Kofferraum seines Autos sichergestellt, und er hatte Schmauchspuren an Kleidung und Händen. Dieser Lee ist unser Täter!«

Böck hatte recht. Eindeutiger konnte die Lage nicht sein.

Mit Huber im Schlepptau begab er sich zum Verhörraum. Böck hatte ihn vor der Abfahrt vom Obstbauern angerufen, seitdem überschlugen sich die Ereignisse. Böck hatte von Interpol die Nachricht erhalten, dass Bob Lee am Vortag über Frankfurt in den Schengenraum eingereist war. Der mutmaßliche Mörder von Schuster und Lumetshofer hatte von dort ein Austrian-Airways-Flugzeug nach Wien bestiegen. Mit der Bestätigung, die Brandner von Sallinger erhalten hatte, dass der Obstbauer tatsächlich ein passendes Gewehr an Lee verkauft hatte, war es für Böck ein Leichtes gewesen, vom Staatsanwalt einen Haftbefehl für Lee zu bekommen. Der wahrscheinlichste Aufenthaltsort des Gesuchten war das Begräbnis von Samuel Schuster gewesen, denn dort – so mutmaßten die Beamten – wäre er in unmittelbarer Nähe seines Chefs, Chan. Böck hatte daher die Abriegelung Hollensteins veranlasst. Sogar eine Einheit der Cobra hatte er hinbeordert. Nicht ahnend, dass Lee einen weiteren Anschlag geplant hatte, hatte Böck mit der Anforderung der Spezialeinheit goldrichtig gelegen. Warum Lee allerdings neben Eugen Schuster seinen Chef erschossen hatte, darüber waren sich die Ermittler im Unklaren.

In Hollenstein hatte man Lee an einer Straßensperre gestellt und überwältigt. Das Gewehr des Killers war im Kofferraum seines Autos sichergestellt worden.

Dieser Lee hätte noch weitaus größeren Schaden anrichten können, dachte Brandner. *Gott sei Dank war die Cobra vor Ort. Zwei Tote an einem Tag sind genug.*

Brandner öffnete die Tür in das fensterlose Verhörzimmer. Der Spezialraum war so ausgeführt, wie man es von amerikanischen Fernsehserien kannte. Ein Tisch in der Mitte. Ein Stuhl auf der Seite, auf dem der Verdächtige Platz genommen hatte. Zwei Sessel gegenüber für die beiden Kommissare. Eine verspiegelte Wand, durch die Direktor Böck die Vernehmung verfolgte. Um die Möglichkeit von ungebetenen internen Beobachtern auszuschließen, mied Brandner derartige Räume normalerweise. Diese Befragung war jedoch alles andere als normal. Jedes Wort und jede Bewegung samt den Gesichtszügen des Verdächtigen wurde von einer Kamera aufgenommen.

Lee war ein kaltblütiger Killer. Viermal hatte er in Österreich zugeschlagen, und dafür würde er zur Verantwortung gezogen werden. Brandner würde ihn nicht in letzter Sekunde vom Haken lassen.

Huber setzte sich auf den linken Stuhl. Brandner nahm den rechten. Er stellte Huber und sich in englischer Sprache vor und fragte Lee nach dessen Personaldaten. Der Chinese gab ihm bereitwillig Auskunft und nannte ihm seinen Namen und das Geburtsdatum.

»Am besten legen Sie gleich ein umfassendes Geständnis ab«, eröffnete Brandner das eigentliche Verhör. »Wir haben die Mordwaffe in Ihrem Wagen sichergestellt. Die Schmauchspuren an Ihren Händen und der Kleidung bestätigen, dass Sie die Waffe vor Kurzem abgefeuert haben.«

Lee lehnte sich zurück. Er wirkte ruhig und zeigte keinerlei Nervosität. »Ich will zuerst mit meinem Arbeitgeber Herrn Chan sprechen. Er wird mir einen Anwalt besorgen. Bevor der nicht hier ist, sage ich kein Wort zu den Anschuldigungen.«

Brandner schaute zur Seite. Huber war genauso überrascht wie er über Lees Forderung.

Ist das ein Bluff? Will er uns glauben machen, dass er nicht weiß, dass Chan tot ist?

Und wenn Chan überlebt hätte, wieso sollte er ausgerechnet demjenigen helfen, der auf ihn geschossen hat?

»Herr Chan ist tot«, sagte Huber schließlich.

Sofort erkannte Brandner, dass diese Information neu für Lee war. So ruhig und zuversichtlich der Chinese trotz seiner misslichen Lage gewirkt hatte, so geschockt saß er den beiden Kommissaren nun gegenüber.

»Er ist tot?«, fragte er schließlich mit schwacher Stimme.

»Tun Sie doch nicht so überrascht«, antwortete Huber. »Sie haben ihn selbst erschossen!«

»Entschuldige mich einen Augenblick.« Brandner stand auf und lief zur Tür hinaus. Draußen im Gang kam ihm Direktor Böck entgegen.

»Kann der wirklich so gut schauspielern?«, wollte Brandners Vorgesetzter wissen.

»Keine Ahnung, wir dürfen die Möglichkeit eines zweiten Schützen aber nicht ausschließen.«

Böck dachte nach. »Okay«, sagte er schließlich. »Kümmern Sie sich darum, ich unterstütze Huber bei dem Verhör mit diesem Lee.«

Der Direktor öffnete die Tür und verschwand im Verhörraum. Brandner entsperrte sein Smartphone und wählte die Nummer der Gerichtsmedizin. Frau Doktor Heiß nahm das Gespräch entgegen. »Ja, Schuster und Chan sind bereits hier. Ich wollte sie mir morgen ansehen.«

Heiß stimmte zu, die beiden Projektile umgehend zu entfernen, nachdem der Kommissar die neue Situation und die Möglichkeit eines zweiten Schützen erklärt hatte. Brandner war während des Telefonats vor der Tür zur Kriminaltechnik angekommen. Ohne anzuklopfen, trat er ein. Er traf auf Elfriede Auer, wie er gehofft hatte. Die junge Technikerin war nicht zum Tatort gerufen worden und versah daher ihren normalen Dienst im LKA.

»Ich wollte gerade nach Hause«, sagte sie.

»Frau Doktor Heiß schickt Ihnen in Kürze zwei Projektile. Wir müssen so schnell wie möglich wissen, ob sie von derselben Waffe abgefeuert wurden.«

Auer entledigte sich ihrer leichten Sommerjacke und hängte sie auf den Kleiderständer, der ansonsten leer war. Sie lächelte Brandner an. »Ich sehe mir das natürlich sofort an und gebe Ihnen umgehend Bescheid.«

»Danke«, sagte Brandner und verließ die Kriminaltechnik. Zufrieden stellte er fest, dass er in Sankt Pölten mit einem topmotivierten Team zusammenarbeitete, in dem offenbar jeder verstand, dass man manchmal das Privatleben zurückstellen musste.

Fünf Minuten später saß er in seinem Audi. Wenn er sich beeilte, konnte er den Tatort noch bei Tageslicht inspizieren. Er musste unbedingt herausfinden, wo sich dort neben Lee ein zweiter Schütze hätte verstecken können.

Brandner wählte Reitbauers Nummer. Der Postenkommandant würde ihm einen seiner Männer zur Seite stellen müssen. Falls die Spurensicherung schon weg war, wollte Brandner nicht ganz allein den Tatort absuchen. Nicht, solange eventuell ein zweiter Mörder frei herumlief.

KAPITEL 69

Hollenstein

Noch immer regnete es. Hans hörte durch das zerbrochene Fensterglas die Regentropfen trommeln. In der Küche der Schusteralm war es aufgrund des kaputten Fensters kalt. Trotzdem heizte er den Kachelofen nicht. Rauch vom Kamin würde ihn sofort verraten, wenn jemand in der Nähe der Alm nach ihm suchte.

Der Opel Corsa war außer Sichtweite abgestellt. Er war die Forststraße hochgefahren, die er vor zwei Jahren im dichten Schneefall entlanggestapft war, um seine Handschuhe nach dem Mord an Jakob Schuster zu verstecken, und hatte das Auto dort in Fluchtrichtung geparkt. Die Tasche mit dem Gewehr und den Trolley hatte er aus dem Kofferraum genommen und beides zur Alm getragen. Entlang der Hausmauern war er nach hinten geschlichen und hatte das Küchenfenster mit einem Stein eingeschlagen. Von außen wirkte die Schusteralm auf den ersten Blick verlassen. Einer oberflächlichen Prüfung würde sie standhalten. Wenn die Polizei gründlich hier oben nach ihm fahndete, war er geliefert. Er konnte kaum glauben, wie schnell die Beamten am Tatort eingetroffen waren.

Hans hatte mittlerweile eine Vermutung, wer der erste Schütze gewesen war: *Der Mörder, der Juliana auf dem Gewissen hat! Chans Handlanger hat Eugen Schuster erschossen. Aber wieso? Hat er auch Samuel Schuster ermordet? Was steckt da für ein Plan dahinter?*

Egal, Chan ist erledigt.

Für Hans gab es nichts weiter zu tun. Der Mann, der Unheil über so viele Menschen gebracht hatte, war tot. Von den Schusters, die Hans' Mutter seit Vaters Tod als »böse« bezeichnet hatte, waren nur die gutherzige Künstlerin Valerie und ihre Mutter übrig. Es gab an den Schusters keinerlei Vergeltung mehr für ihn zu üben.

Im Moment saß Hans fest. Er wollte sich so schnell wie möglich ins Ausland absetzen, um einer Strafverfolgung zu entgehen. In ein Land, in dem er untertauchen und ein neues Leben beginnen konnte. Als er wenige Stunden zuvor die Straßensperre und das Blaulicht der Polizeiautos gesehen hatte, war er sich sicher gewesen, dass er keine Chance auf einen Neubeginn bekommen würde. Jetzt lebte die Hoffnung wieder.

Ich muss herausbekommen, ob die Straßensperre aufgehoben ist, und ob eine Fahndung nach mir läuft.

Hans nahm sein Smartphone aus der Tasche. Er zögerte, hatte jedoch keine Wahl. Hastig schaltete er es ein, tippte den Code und wartete, bis er eine Internetverbindung hatte.

Beim ersten Nachrichtendienst, den er aufrief, stand es: ›Zwei Tote bei Schuster-Begräbnis. Ein Verdächtiger festgenommen.‹ Es wurde kein zweiter Schütze erwähnt.

Auch die Websites anderer Nachrichtenmagazine rief Hans auf – kein Wort über einen weiteren Täter. Hans war erleichtert. Wenn nicht nach ihm gesucht wurde, konnte er mit seinem Opel die Schusteralm verlassen. Seinen Reisepass und Wechselwäsche hatte er dabei. Er brauchte nicht in seine Wohnung in die Pramergasse zu fahren. Gleich von hier aus konnte er sich ein elektronisches Ticket kaufen und mit seiner Kreditkarte bezahlen.

Am besten fliege ich nicht von Österreich aus. Vielleicht hat dieser Brandner ja doch Lunte gerochen und lässt die einheimischen Flughäfen nach meinem Namen kontrollieren.

Hans rief die Homepage der Lufthansa auf und gab mit dem 18. Juni den morgigen Tag als Abflugdatum ein. Als Startflughafen tippte er München ein und schrieb als Wunschdestination São Paulo.

KAPITEL 70

»Mach dir keine Sorgen«, versuchte Brandner Eva zu beruhigen. Er hielt sein Smartphone mit der linken Hand und hatte auf Lautsprecher gestellt. Die andere brauchte er für den Regenschirm, da es in Hollenstein schüttete wie aus Kübeln.

Hinter Brandner befand sich die Kirche, rechts vor ihm seitlich abfallend der Friedhof. Geschmiedete Kreuze ragten überall aus dem Boden.

»Wann kommst du nach Hause?«

»Ich bin am Tatort in Hollenstein, wir haben den Täter – aber es gibt einige Unstimmigkeiten, ich kann nicht sagen, wann ich heimkomme. Es kann spät werden.«

»Pass auf dich auf.«

»Mach ich. Hab dich lieb!«

»Ich dich auch!«, sagte Eva zum Abschied bevor sie das Gespräch beendeten.

Reitbauer kam Brandner entgegen. Er war hinter der Kirche aus dem Blickfeld des Kommissars verschwunden gewesen.

»Also«, begann er, »so wie ich es sehe, müsste sich der zweite Schütze auch an der Vorderseite aufgehalten haben – falls es überhaupt einen weiteren Täter neben Lee gibt.«

Brandner nickte zustimmend. Reitbauer war nicht bei Lees Verhör dabei gewesen, daher glaubte der Postenkommandant, dass der Chinese den Kriminalbeamten etwas vorgemacht hatte. Brandner verübelte es Reitbauer nicht. Hätte Brandner die Überraschung in Lees Gesicht nicht mit eigenen Augen gesehen, würde er selbst an der Zwei-Täter-Theorie zweifeln. Er ließ sich nicht auf eine Diskussion ein, stattdessen zeigte er mit seiner linken Hand, in der er noch sein Smartphone hielt, auf die Mauer. »Es gibt drei Zugänge durch die Mauer. Einen gleich hier, einen etwas weiter vorne. Und den vom unteren Friedhof.«

»Stimmt«, bestätigte Reitbauer. Sein Blick folgte dem Verlauf der Mauer.

»Von allen drei Stellen hat man gute Sicht auf den Tatort. Es wäre also prinzipiell möglich, dass ein zweiter Schütze geschossen hat«, stellte Brandner fest. Irritiert sah er auf sein Smartphone, da es sich schon wieder meldete. Die Nummer der Kriminaltechnik wurde angezeigt. Elfriede Auer war am Telefon. Brandner schaltete auf Lautsprecher, sodass Reitbauer das Gespräch mitverfolgen konnte.

»Es wurden zwei verschiedene Gewehre verwendet«, hörten sie Auer sagen.

Lee hat nicht geschauspielert.

»Ich habe die Daten abgeglichen, zuerst mit allen Projektilen die wir schon im Wildererfall untersucht haben.«

Auer machte eine Pause.

»Und?«, drängte Brandner sie ungeduldig.

»Auch für die zweite Kugel haben wir einen Treffer.«

»Wer ist es?«

»Das zweite Projektil wurde aller Wahrscheinlichkeit nach von Hans Mayers Waffe abgefeuert. Dem Steyr Elite.«

Reitbauers Augen weiteten sich. Der Postenkommandant wirkte schockiert von dieser Information.

Mayer war ein Schulfreund von ihm, erinnerte sich Brandner. Schon vor zwei Jahren im Mordfall Jakob Schuster hatte Brandner die enge Verbindung von Reitbauer zu Hans Mayer gestört.

»Huber und Böck sind informiert«, erklärte Auer.

»Dann wird die Fahndung nach ihm schon laufen«, stellte Brandner fest.

Reitbauer stand mit offenem Mund vor ihm und sagte nichts. Nachdem Brandner das Gespräch mit Auer beendet hatte, tippte er Hubers Nummer in sein Smartphone.

»Hans Mayers Handy hat sich erst vor Kurzem ins Mobilnetz eingewählt. Rate mal, wo er sich aufhält«, sagte Huber.

Brandner sah Reitbauer an. Der zuckte mit den Achseln.

»Keine Ahnung – sag schon, wo ist er?«, fragte Brandner seinen Kollegen über Lautsprecher.

»Mayer muss sich noch irgendwo in Hollenstein verstecken«, informierte Huber die beiden Beamten. Im Hintergrund hörte Brandner Böcks Stimme: »Tun Sie jetzt nichts Unüberlegtes«, befahl Brandners Vorgesetzter. »Brandner, die Cobra ist auf dem Weg. Sie haben das Kommando vor Ort. Stimmen Sie sich ab, aber seien Sie vorsichtig. Dieser Mayer ist gefährlich und offenbar zu allem bereit.«

Huber gab Brandner den Namen des zuständigen Cobra-Einsatzleiters und die Kommissare beendeten die Verbindung. Sofort nahm Brandner mit der Cobra Kontakt auf. Reitbauer bestellte alle verfügbaren Polizisten von seiner Dienststelle nach Hollenstein. Anschließend gingen Reitbauer und Brandner nebeneinander zum Audi des Kommissars und fuhren von der Kirche bis zur ersten Kreuzung die Straße hinab. Still saßen die beiden nebeneinander im Auto. Brandner stellte den Motor ab.

»Hans ist auf der Schusteralm«, sagte Reitbauer.

»Stimmt, das ist das logische Versteck. Er weiß, dass dort niemand ist.«

Nach einer weiteren Minute fügte Reitbauer hinzu: »Die Cobra wird ihn töten.«

»Möglich.«

»Sie sind der Einsatzleiter.«

»Stimmt.«

»Ich will mit Hans reden, bevor die Cobra eintrifft.«

»Kommt nicht in Frage.«

»Wir können die Straße sperren und ich gehe allein zur Schusteralm. Hans tut niemanden etwas. Keinem, den er für unschuldig hält«, argumentierte Reitbauer.

Die zwei Polizeiautos mit vier Beamten aus Waidhofen würden in zehn Minuten eintreffen. Die Cobra in fünfzehn. Brandner blies lautstark Luft durch seinen Mund aus.

»Okay«, sagte er. »Ich glaube nicht, dass Ihnen Hans Mayer etwas antut. Mir auch nicht, daher komme ich mit.« Er startete seinen Audi. »Geben Sie Ihren Leuten Bescheid. Ein Auto soll uns auf die Schusteralm folgen. Das andere wartet hier auf die Cobra und lotst das Einsatzkommando nach oben.«

Mit Logik konnte sich Brandner nicht erklären, wieso er Reitbauers Wunsch nachgab, aber er fühlte, dass es das Richtige war. Als er in den zweiten Gang schaltete, wurde es ihm klar. Er wollte Hans Mayer unbedingt lebend fassen. Er musste mit ihm reden, er brauchte Antworten von ihm.

Mayer soll endlich den Mord an Jakob Schuster zugeben, für den seine Mutter einsitzt. Wenn wir ihn des Mordes an Chan überführen, knacke ich ihn im Verhör, und er gesteht, auch Jakob Schuster erstochen zu haben. Dann sind alle Fälle restlos aufgeklärt – die Wahrheit kommt früher oder später immer ans Licht …

KAPITEL 71

Zuerst spiegelte sich das Licht der Scheinwerfer im Fensterglas. Dann drang das Motorengeräusch an seine Ohren. Hans befand sich im großen Esszimmer im Erdgeschoss, das früher für das gemeinsame Frühstück genutzt worden war. Geduckt schlich er zum vorderen Fenster und sah, wie das Fahrzeug vor der Schusteralm stehen blieb. Leichter Nieselregen war im Lichtkegel der Scheinwerfer zu sehen. Der Motor wurde abgestellt, das Standlicht blieb eingeschaltet. Als Brandner und Reitbauer ausstiegen, hatte Hans keine Schwierigkeiten, die beiden zu erkennen.

Die Sonne war erst vor Kurzem untergegangen, es war noch nicht vollkommen dunkel, so fand er sich ohne elektrisches Licht im Inneren der Alm zurecht. Gott sei Dank hatte er keinen Lichtschalter betätigt. Seitlich hinter dem Vorhang stehend, sah er Reitbauer und Brandner in Richtung Eingangstür gehen. Sie redeten miteinander. Hans konnte nicht verstehen, was sie sagten. Um nicht entdeckt zu werden, ging er in die Hocke und kroch auf allen Vieren aus dem Esszimmer in den Vorraum. Hier war es deutlich dunkler. Die Türklinke quietschte, als sie nach unten gedrückt wurde.

Die Tür war verschlossen.

Wieder hörte Hans die Stimmen der beiden Beamten. Was sie sagten, blieb ihm ein Rätsel, sie entfernten sich von der Eingangstür. Hans hoffte, den Klang von zufallenden Autotüren zu hören, und danach sollte ihm das Starten des Motors endgültig Erleichterung verschaffen. Jedoch erfüllte sich sein Wunsch nicht.

Mehrere Sekunden lang hörte er nichts.

Ein Knistern durchbrach die Stille. Es kam aus der Küche. Hans lief im Finstern zur Eingangstür und drehte den Schlüssel gegen den Uhrzeigersinn. Vorsorglich hatte er ihn kurz nach seiner Ankunft ins Schloss gesteckt.

Hinter sich hörte er erneut Stimmen. Hans öffnete die Eingangstür, trat ins Freie, schloss die Tür hinter sich und versperrte sie mit dem Schlüssel von außen.

»Hans!«, rief Sepp Reitbauer. »Bleib stehen! Ich will mit dir reden.«

Hans ließ sich nicht aufhalten, er drehte sich nicht um, sondern rannte den Forstweg hinauf. Hinter sich hörte er Schüsse. Automatisch zuckte er zusammen, doch sie galten nicht ihm – sondern dem Schloss der Tür, die er versperrt hatte. Zuerst mussten die Beamten aus dem Gebäude kommen, bevor sie ihn stoppen konnten.

Er hetzte im Dunkeln die Schotterstraße bergauf. Den Lichtkegel des Autoscheinwerfers konnte er nicht mehr sehen. Hans sprintete weiter. Er keuchte und sog die Luft ein. In seiner Panik hatte er zu atmen vergessen, was sich nun rächte. Er gönnte sich keine Verschnaufpause, obwohl er seine Verfolger nicht hinter sich hörte. Vor ihm tauchte ein Schatten auf. Er hatte seinen Opel Corsa erreicht. Hans öffnete die Tür und rutschte auf den Fahrersitz. Rasch schaltete er die Innenbeleuchtung aus, die automatisch angegangen war, und zwang sich, die Tür so leise und vorsichtig wie möglich zu schließen. Nachdem er gestartet hatte, fuhr er im ersten Gang los, ohne das Licht einzuschalten.

Die Straße war holprig. Vor ihm tauchten schemenhaft zwei Gestalten auf. Hans drückte das Gaspedal durch. Der Motor heulte auf, sein Opel machte einen Satz nach vorn. Die beiden Schatten sprangen zur Seite. Hans krümmte sich im Fahrersitz zusammen, jederzeit befürchtete er den Knall einer Pistole oder eines Gewehrs zu vernehmen. Er erreichte den Parkplatz vor der Schusteralm, ohne dass auf ihn geschossen wurde. Der Platz war noch immer erleuchtet vom Standlicht des Audis. Da ihn die Beamten dadurch ohnehin sehen konnten, schaltete er selbst das Fernlicht ein. Er bog auf die Straße ab, die ins Tal hinunterführte. Im Rückspiegel bemerkte er, dass Brandner und Reitbauer zurück zum Audi sprinteten und ihn beinahe erreicht hatten. Hans schaltete in den dritten Gang. Mit atemberaubender Geschwindigkeit raste er die Bergstraße hinunter. Wenn er bremste, blockierten die Reifen auf dem Schotter. Er musste Abstand zwischen sich und Brandner bringen.

Wenn er die Bundesstraße erreichte, ohne dass die beiden sahen, in welche Richtung er davonfuhr, hatte er vielleicht eine Chance zu entkommen – dachte er – doch dann sah er den Lichtkegel, der ihm vom Tal entgegenkam. Automatisch blendete Hans ab. Das Fahrzeug von unten fuhr mit Fernlicht weiter, auf dem Dach rotierte Blaulicht. Hans behielt sein hohes Tempo bei. Von hinten blendeten ihn jetzt Brandners Scheinwerfer, die im Innenspiegel des Corsa reflektiert wurden.

Das Fahrzeug vor ihm bog um die Kurve. Die Straße lag hell erleuchtet vor Hans. Links am Straßenrand erkannte er das Gedenkkreuz für die Schusters, beleuchtet vom tanzenden Blaulicht des Einsatzfahrzeugs vor ihm.

Ich kann nicht ins Gefängnis. Das halte ich nicht aus!

Das Polizeiauto war langsamer geworden, der Fahrer stellte es quer und versperrte ihm die Durchfahrt. Hinter ihm wurde Brandners Audi immer größer im Spiegel.

Ich bin nicht wie meine Mutter.

Hans fasste einen Entschluss.

Er bremste leicht ab, legte den zweiten Gang ein und öffnete den Sicherheitsgurt. Dann drückte er das Gaspedal durch. Einen Meter unterhalb des Denkmals riss er das Lenkrad nach links und schaltete zeitgleich das Licht aus. Die Räder drehten in der Luft durch, der Motor heulte auf. Er ging vom Gas und spürte, wie sich die Motorhaube nach vorn senkte. Unter ihm vollkommene Dunkelheit. Hans schloss die Augen und wartete auf den Aufprall, der unweigerlich kommen würde.

KAPITEL 72

Waidhofen

Jennifer Chan schloss die Vorhänge und legte sich auf die Couch in ihrem Wohnzimmer. Beide Hände platzierte sie mit den Handflächen nach unten auf ihrem Bauch. Sie erinnerte sich an den schnellen Herzschlag ihres Babys. Stark und wild hatte es geschlagen, als sie am Morgen die Untersuchung beim Frauenarzt über sich ergehen lassen hatte. Ein Glücksgefühl durchflutete sie, das sie noch nie zuvor verspürt hatte. Das erbsengroße Geschöpf mit dem schnell schlagenden Herzen rettete sie. Ihm würde Jennifer ihr Leben widmen. Wenn es ein Junge wäre, würde sie in ihm Eugen wiedererkennen, und auch ein Mädchen hätte genügend Merkmale ihres Geliebten in sich, sodass er in dem Kind weiterleben würde.

Wenn Jennifer ihre Hände ruhig auf den Bauch legte, bildete sie sich ein, ihr Baby bereits zu spüren – sie war dem Kleinen ganz nah und fühlte sich mit Eugen verbunden. Sie schluckte den Schmerz hinunter, der sie jedes Mal zu überwältigen drohte, wenn sie an ihn und damit unweigerlich an seinen Tod dachte. Immerhin hatte sie es geschafft, den Frauenarzttermin wahrzunehmen. Zu mehr war sie nicht fähig. Jennifer konnte sich nicht vorstellen, das Begräbnis ihres Mannes zu organisieren.

Mehrmals strich sie mit ihren Händen sanft über ihren Bauch in Richtung ihres Schoßes. *Vater lasse ich verbrennen. Ein Begräbnis wird es für ihn keines geben.*

Noch hielt die Gerichtsmedizin beide Leichen unter Verschluss. Wenn es nach Jennifer ginge, könnte man die sterblichen Überreste ihres Vaters bis in alle Ewigkeit dortbehalten.

Ihr Smartphone ließ sie hochschrecken. Es lag auf dem Beistelltisch. Benommen richtete Jennifer sich auf und griff danach.

Unbekannte Nummer.

»Ja?«

»Stimmt es, dass dein Vater tot ist?«

Sie erkannte Lees unverwechselbare Stimme. Jennifer war sprachlos, zu entsetzt, die Stimme des Mörders zu hören, als dass sie antworten hätte können. Es schien ihr nicht real, dass ausgerechnet er sie kontaktierte.

»Ist er tot?«, beharrte Lee auf eine Antwort.

»Ja.«

Mehrere Sekunden lang hörte sie Lee ins Telefon atmen. Sie war versucht aufzulegen, aber etwas hielt sie davon ab.

»Jennifer, du musst mir helfen. Ich brauche einen Anwalt.«

Ihm helfen? Eugens Mörder?

»Fahr zur Hölle!«, sagte sie um Ruhe bemüht. Trotzdem überschlug sich ihre Stimme. Sie legte auf.

Erst jetzt begann sie zu zittern. Ihr gesamter Körper bebte. Sie verlor die Kontrolle, schluchzte laut auf, und endlich spürte sie die Tränen, die sich ihren Weg bahnten. Ihre eigene Familie hatte ihr die große Liebe genommen. Sie weinte um Eugen, um ihr verlorenes Glück, und darüber, dass es ausgerechnet ihr Vater zerstört hatte. Auf die schrecklichste Art hatte er ihren Ungehorsam bestraft. Ihr Kind würde sie nicht in einer Familie großziehen – sie musste sich allein um ihr Baby kümmern. Sie heulte, legte sich auf die Couch und rollte sich zusammen.

Jennifer wusste nicht, wie lange sie sich ihrem Schmerz hingegeben hatte, irgendwann fühlte sie ihn nicht mehr. Die Liebe zu ihrem ungeborenen Kind war so stark, dass sie die Oberhand gewann. Jennifer hatte einen klaren Kopf und ihr wurde bewusst, dass sie handeln musste, um das Kind zu schützen, das in ihr heranwuchs. Sie musste Österreich verlassen. Keinen Tag länger wollte sie in diesem Land bleiben. Daher nahm sie ihr Smartphone und begann, nach Flugverbindungen zu suchen. Nach Hongkong, ihre Heimatstadt. Und tatsächlich ergatterte sie einen Last-Minute-Flug mit Emirates, der sie mit Zwischenlandung in Dubai nach Hause bringen würde. Jennifer packte ihren Koffer, versperrte die Wohnungstür und verließ für immer das Mostviertel. Ihr Flug startete am selben Abend von Wien. Es blieb keine Zeit, den Wohnungsschlüssel in der Zentrale der Schuster Schuhe GmbH abzugeben. Sie würde ihn per Post schicken und einen ihrer Angestellten mit der Auflösung des Mietvertrags beauftragen. Die verbliebenen Kleidungsstücke konnte man ihr nachschicken. Die wenigen Gegenstände, die einen sentimentalen Wert für sie hatten, befanden sich im Koffer. Alles andere war ersetzbar. Der Hochzeitsfotograf konnte ihr die Bilder von der Feier online schicken. Sie würde es in nächster Zeit ohnehin nicht über sich bringen, die Bilder zu betrachten. Wie es mit der Schuster Schuhe GmbH weitergehen würde, wusste sie nicht. Ihr Vater und Eugen waren tot. Sie blieb als Einzige aus dem Vorstand übrig. Valerie Schuster besaß einige der Firmenanteile. Und Eugens Mutter Wilma würde durch den Tod ihres Sohnes einen Teil der Firma erben. Das interessierte Jennifer im Moment nicht.

Die Asiatin stellte ihr Auto im Parkhaus 3 des Wiener Flughafens ab. Es würde ein kleines Vermögen kosten, das Fahrzeug nach Wochen auszulösen. Von ihr aus könnte es dort verrotten. Jennifer ging zu den Schaltern von Emirates und gab ihren Koffer auf. Eingecheckt hatte sie bereits online mit ihrem Smartphone. Sie hielt ihr Handy mit dem Code ihres Tickets über den Scanner und kam in den Abflugbereich. Danach folgte die Passkontrolle. Der Beamte warf einen flüchtigen Blick in ihre Papiere und ließ sie passieren. Sie schickte ihre Handtasche auf dem Förderband durch das Screening und ging durch den Metalldetektor. Er piepste nicht – die Dame dahinter winkte sie weiter. Jennifer nahm sich ihre Handtasche und schlenderte ziellos durch den Duty-free-Bereich. Alles schien ihr seltsam grau. Rote, grüne und pinke Sommerkleider wirkten düster. Ein Blick auf die Uhr verriet ihr, dass 30 Minuten bis zum Boarding blieben. Trotzdem ging sie zum Gate C 31. Die Sitzreihen davor waren zur Hälfte besetzt. Sie suchte sich einen Platz, der abseits gelegen war und von dem aus sie den Sonnenuntergang verfolgen konnte. Wie am Vortag war es bewölkt, aber trocken. Die Sonne stand tief und leuchtete orangerot hinter den dunklen Wolken am Horizont hervor.

Weitere Fluggäste trafen ein, die Sitzplätze im Umfeld der Wartehalle füllten sich. Vor dem Gate bildete sich eine Schlange, die rasch in die Länge wuchs. Schließlich wurden Familien mit Kindern für den Flug nach Dubai zum Einsteigen aufgerufen. Anschließend die Gäste der First- und Businessclass.

Jennifer stand auf und kämpfte sich durch die Menschenansammlung, bis sie sich in der richtigen Reihe befand. Sie schätzte, dass 20 Gäste vor ihr standen. Ganz langsam kam sie dem Einstieg näher. Jennifer schaute nach vorn und erkannte, dass vor dem Einstieg noch einmal die Pässe kontrolliert wurden. Ungewöhnlich viel Flughafenpersonal war anwesend. Ein Polizist mit umgehängter Maschinenpistole stand einige Meter entfernt. Jennifer kam an die Reihe. Sie reichte dem Mann ihren Pass und hielt ihr Smartphone über den Scanner. Der Mann in Emirates-Uniform prüfte das Foto und ihren Namen. Er drehte sich um und murmelte etwas für Jennifer Unverständliches zu dem Mann, der in ziviler Kleidung hinter ihm stand und jetzt auf Jennifer zutrat.

»Guten Abend, Frau Chan«, sagte er. »Kommissar Huber, ich muss Sie bitten, mit mir mitzukommen.«

KAPITEL 72

Sankt Pölten

Brandner und Huber saßen vor ihren Flachbildschirmen im Büro. Beide verfolgten über ihre Internetverbindung die Liveübertragung von Direktor Böcks Pressekonferenz. In ruhigen Worten und mit stolzgeschwellter Brust berichtete ihr Vorgesetzter von der Festnahme Lees und bestätigte der Presse, dass es sich bei dem Chinesen um den Wilderer und Mörder der Herren Lumetshofer sowie von Samuel und Eugen Schuster handelte. Die Journalisten nahmen die Information gelassen auf. Als Böck sie über den zweiten Schützen, Hans Mayer, in Kenntnis setzte und ihnen gleich danach sagte, dass dieser zweite Täter einerseits vor einem Jahr den Serienmörder Peter Schwarz zur Strecke gebracht hatte, andererseits am Vorabend bei seinem Fluchtversuch von einer Almhütte in Hollenstein mit seinem Auto tödlich verunglückte, ging ein Raunen durch die Zuhörer.

Elfriede Auer betrat das Büro der beiden Kommissare, ohne dass Brandner ein Klopfen gehört hatte. Sie grüßte kurz, stellte sich hinter Huber und legte ihm beide Arme auf die Schultern.

»Böck lernt es wohl nie«, stellte sie fest.

»Immerhin hat er diesmal seinen Beitrag zur Aufklärung des Falls geleistet«, meinte Huber. »Wenn auch nur einen kleinen«, fügte er hinzu.

»Trotzdem«, erwiderte Auer, »ihr beide solltet zumindest bei der Pressekonferenz dabei sein.«

»Ist schon okay«, sagte Brandner. Wehmütig dachte er daran, dass Isabella wahrscheinlich gerade vor dem Fernseher saß und darauf wartete, ihren Vater im Bild zu sehen.

Der Fall hatte solche Wellen geschlagen, dass sich die Topriege der Exekutive ins Rampenlicht gedrängt hatte und für die wahren Ermittler kein Platz auf der Bühne geblieben war. *Wenn etwas schiefläuft, dürfen wir ran.*

»Wir haben ohnehin noch ein Verhör vor uns«, sagte Brandner schließlich und stand auf.

Huber blieb sitzen. »Jennifer Chan hat keine Ahnung, worum es geht«, sagte er. »Zuerst wollte sie gar nicht mitkommen.«

Brandner verschränkte seine Hände im Nacken und streckte seinen Rücken. »Aber du hast ihr keine Wahl gelassen«, stellte er fest.

»Genau, sie ist fix und fertig. Sie scheint Eugen Schuster geliebt zu haben. Auf mich wirkte ihre Trauer bei der Festnahme und Überführung jedenfalls echt.«

Es war möglich, dass die Chinesin mit dem Mord an Eugen Schuster nichts zu tun hatte. Es deutete einiges darauf hin, dass sie den Anschlag nicht gebilligt hatte. Deswegen war sie jedoch nicht in Gewahrsam.

Brandner nahm die Plastiktüte mit dem Beweismaterial, das er für das Verhör extra angefordert hatte, und steckte sie in seine Sakkotasche. Huber und Auer verfolgten weiterhin die Pressekonferenz. Brandners Kollege machte keine Anstalten, ihn zum Verhör zu begleiten. Die junge Kriminaltechnikerin begann, Hubers Schultern zu massieren. Als Brandner zur Tür hinauswollte, meldete sich sein Smartphone. Er nahm das Gespräch an.

Die Maklerin hatte eine neue, perfekt gelegene Immobilie am Stadtrand Sankt Pöltens für ihn und seine Familie. Brandner verfolgte, wie Elfriede Auer sich liebevoll um Hubers Schultern kümmerte. Sein Traum fiel ihm wieder ein, plötzlich musste er an seine Eva denken. Und an Selina und Isabella.

»Streichen Sie mich bitte aus Ihrer Kartei«, sagte Brandner bestimmt zur Maklerin. »Danke für Ihre Bemühungen, aber wir ziehen doch nicht um.«

Brandner befürchtete, von der Maklerin einen Vortrag über ihre angefallenen Kosten zu hören, und dass sie ihm diese berechnen müsse, wenn es zu keinem Abschluss kam. Aber die Frau hatte wahrscheinlich zu großen Respekt vor Brandners Position, denn sie bedankte sich für sein Interesse, verabschiedete sich und legte auf. Aus ihrer Stimme hatte Brandner Enttäuschung herausgehört. Darüber wollte er sich jedoch nicht den Kopf zerbrechen. Huber drehte sich zu ihm und Auer sah ihn fragend an. Brandner zuckte mit den Achseln. »Meine drei Damen wollen in Wien bleiben«, erklärte er den beiden und verschwand aus dem Büro.

Jennifer Chan befand sich in jenem Verhörraum, der keine Fenster hatte und der an einer Wand mit der einseitig durchsichtigen Scheibe versehen war.

Brandner betrat den Verhörraum.

»Herr Brandner, wieso bin ich hier?«, wollte die Chinesin sofort von ihm wissen.

»Setzen Sie sich bitte wieder.«

Brandner nahm ihr gegenüber Platz. Jennifer Chan folgte seiner Bitte. Einige Augenblicke lang musterte er sie. Sie war dezent geschminkt, die schwarzen Haare waren glatt und reichten ihr bis über die Schulterblätter.

Das elegante dunkelblaue Kostüm passte zu einer trauernden Witwe. *Sie hält nichts davon, bequem zu reisen.*

Während Brandner in seine Sakkotasche griff, die Plastiktüte hervorholte und ihr das Beweismaterial über den Tisch hinweg zuschob, achtete er auf ihre Reaktion.

»Was ist das?« Jennifer nahm die durchsichtige Tüte an sich, in der sich ein kleiner Notizzettel befand. Nachdem sie die Tüte umgedreht und den Text gelesen hatte, der auf dem Zettel stand, erkannte Brandner Erkenntnis in Jennifer Chans Gesicht. Und Furcht.

Wenige Stunden zuvor war er Theresia Mayer in der Nervenheilanstalt Mauer an einem Tisch gegenübergesessen und hatte ihr die Nachricht gezeigt. Theresia hatte sie angeblich für ihre Mitbewohnerin Juliana Haidinger vor einem Jahr in deren Wohnung hinterlassen, kurz bevor Juliana ermordet worden war. Hans Mayer hatte ihm ein Jahr zuvor bestätigt, dass es sich um die Handschrift seiner Schwester gehandelt hatte. Theresia selbst war damals überfallen worden und nur knapp dem Tod entgangen. Brandner hatte sie daher nicht mit der Notiz belästigt. Nun hatte er sie ihr gezeigt – Theresia Mayer habe die Nachricht und den Text noch nie in ihrem Leben gesehen, hatte sie gesagt, geschweige denn selbst geschrieben.

Die Notiz hatte letztendlich dazu geführt, dass der Serienmörder Peter Schwarz dazu gezwungen gewesen war, auf Theresia Mayer in Juliana Haidingers Wohnung zu warten, um sie zu ermorden, da es für ihn ausgesehen hatte, als wüsste sie von seinem Treffen mit Juliana Haidinger, die bereits tot war, als er die Wohnung betreten hatte. Angelockt wurde er durch eine fingierte E-Mail.

»Bob Lee hat alles gestanden«, sagte Brandner und sah der Chinesin in die Augen. »Nicht nur die Morde an Herrn Lumetshofer und Samuel und Eugen Schuster, sondern auch den an Juliana Haidinger.«

Jennifer schluckte. Ihre Augen wurden glasig.

»Sie haben die Handnotiz geschrieben. Lee hat es bestätigt. Ihr Vater und Lee konnten nicht gut genug deutsch. Und Frau Mayer hat die Nachricht nicht selbst verfasst.«

Jennifer Chan richtete sich auf. Ihre Augen funkelten ihn an. »Das können Sie nicht beweisen.«

»Lee hat den Mord an Frau Haidinger von sich aus gestanden, wir hatten keinerlei Verdacht. Er sagt, Sie sind eingeweiht gewesen. Sie waren nicht nur damit einverstanden, Sie haben ihm sogar mit dem Zettel und einer E-Mail geholfen.«

»Seine Aussage ist nichts wert!«

»Doch, vor Gericht wird man ihn anhören, und was er erzählt, ist für uns schlüssig.«

Jennifer strich sich mit beiden Händen über den Bauch. »Er will sich an mir rächen, weil ich ihm nicht helfen wollte. Er hat mich wegen eines Anwalts angerufen, und ich habe ihn abblitzen lassen.«

Brandner nickte. »Lee ist nicht gut auf Sie zu sprechen, aber was er sagt, stimmt.« Der Kommissar stand auf. »Wir werden Anklage gegen Sie erheben, wegen Beihilfe zum Mord an Juliana Haidinger. Vielleicht auch wegen Anstiftung. Das muss ich erst mit dem Staatsanwalt klären.«

»Das können Sie nicht machen!« Die Asiatin war aufgesprungen. Beide Hände hatte sie zu Fäusten geballt.

»Eines verstehe ich nicht«, sagte Brandner, auch er erhob sich. »Wieso hat Ihr Vater all das getan? Er hatte doch alles. Seine eigenen Fabriken. Er war unabhängig und hat alles aufs Spiel gesetzt. Wofür?«

Mehrere Sekunden stand ihm Jennifer Chan still gegenüber. Brandner erkannte, dass sie tatsächlich über seine Fragen nachdachte. Er wartete ab. Sie ließ ihre Schultern hängen. Mit einmal Mal waren die Anspannung und Aufregung aus ihrem Gesicht gewichen. Schließlich begann sie mit ihrer Erklärung.

»Vater hatte es satt von den großen Konzernen aus Europa und den USA unter Druck gesetzt zu werden. Immer wieder musste er den Preis reduzieren. Vor jeder Saison gab es neue Verhandlungen. Jedes Mal drohten unsere Kunden, in ein billigeres Land auszuweichen.«

»Aber jetzt war er doch an der Schuster Schuhe GmbH beteiligt. Alles lief gut.«

Jennifer nickte. »Vater wollte die Firma allein. Er konnte sich nicht vorstellen, auf Dauer mit den Europäern zusammenzuarbeiten. Zu lange hatten sie ihn schon ihre Überlegenheit spüren lassen. Auch die Schusters hatten eigene Ideen, die sich nicht mit Vaters gedeckt haben. Ich sollte Eugen heiraten. Es war geplant, dass ich mich nach einiger Zeit scheiden lasse und somit Anteile von Eugen zugesprochen bekomme. Mit diesen Anteilen wäre mein Vater Mehrheitseigentümer gewesen. Zumindest hatte er mir gegenüber diesen Plan geäußert. Dass er alle Schusters ermorden lassen wollte, hat er mir nicht gesagt.«

»Und Sie wollten mit den Schusters kooperieren?«

»Genau. Ich wollte aussteigen. Eugen und Valerie Schuster sind anders als unsere bisherigen Partner. Ich habe Eugen geliebt und Vaters Plan boykottiert. In Äthiopien habe ich einen Mordanschlag auf die Schusters in letzter Sekunde verhindert. Daher belastet mich Lee jetzt.«

Trotzdem wird Jennifer Chan angeklagt werden, dachte Brandner, als er nach dem Verhör in sein Büro ging. Ob die Beweislage ausreichte, um die Asiatin zu verurteilen, konnte er nicht mit Sicherheit sagen. Jennifer Chan wirkte nicht, als ob sie ein Geständnis ablegen würde. *Was das betrifft, hat sie ihr Vater zu gut erzogen. Sie ist stark und wird nicht umkippen.* Chans Worte kamen ihm in den Sinn – *er macht sich nicht selbst die Hände schmutzig.*

Aber jetzt hast du es übertrieben. Es hat dich selbst erwischt. Du bist für die Verbrechen bestraft worden, die du in Auftrag gegeben hast – und vor allem für deinen Größenwahn.

Das hast du verdient.

EPILOG
FEBRUAR 2016

Wien

»Frau Mayer hat gerade Besuch von ihrer Tochter«, informierte ihn die Justizwachebeamtin.

»Gut, dann warte ich.«

Brandner setzte sich auf einen der Stühle, die hinter dem Metalldetektor bereitstanden. Er nahm die Zeitung, die er sich unter den Arm geklemmt hatte, und schlug sie auf.

Jennifer Chan war zwar nicht auf dem Cover abgebildet – mit der Serienmörderin, die ihre Liebhaber vor Jahren ermordet und mehrmals die erste Seite des Magazins geziert hatte, konnte die Chinesin nicht mithalten –, aber die Redaktion widmete dem Gerichtsurteil eine Doppelseite im Innenteil. Ein Foto zeigte die hochschwangere Jennifer Chan in einem roten Mantel, der sie vor der Kälte schützte und ihren Babybauch eindrucksvoll zur Geltung brachte. Das Bild war unmittelbar nach dem Urteil aufgenommen worden. Im Hintergrund erkannte Brandner das Gerichtsgebäude. Jennifer Chan würde Eugen Schusters Kind in Freiheit zur Welt bringen. Brandner versuchte, sich mit dieser Erkenntnis abzufinden, schaffte es jedoch nicht ganz. Dass die Chinesin trotz ihrer Mithilfe beim Mord an Juliana Haidinger und dem Mordversuch an Theresia Mayer ungeschoren davonkam, war schwer zu akzeptieren. Ihre Unschuldsbeteuerungen, die Schwangerschaft und die Tatsache, dass sie sich gegen ihren Vater und Lee gestellt hat, hatten die Beweise gegen sie in den Hintergrund gerückt.

Vielleicht hat das Kind dadurch eine Chance, ein einigermaßen normales Leben zu führen.

Brandner las den Artikel zu Ende. Chans unfassbarer Plan war von dem Journalisten erläutert worden. Der Jäger und Förster Lumetshofer war nur zur Zielscheibe geworden, weil er Lee zufällig in die Quere gekommen war, als der sein Ablenkungsmanöver als Wilderer in Szene setzte. Die Wilderei sollte eine plausible Erklärung für die Ermordung Samuel Schusters liefern und den Verdacht vom wahren Täter fernhalten. Die Ausrottung der restlichen Mitglieder der Familie Schuster war danach in Äthiopien geplant gewesen, doch Jennifer Chan war rechtzeitig eingeschritten, als sie erkannt hatte, was ihr Vater und Lee vorgehabt hatten. Abschließend erfuhr der Leser in dem Artikel, dass Jennifer Chan bereits ein Ticket nach Hongkong gebucht hatte. Sie wollte Österreich so schnell wie möglich verlassen.

Der Kommissar hörte Schritte. Es waren die einer Frau mit Stöckelschuhen, die auf einen harten Untergrund einhämmerten. Brandner schlug das Magazin zu. Theresia Mayers goldbraune Haare umrandeten ihr schmales Gesicht. Sie wirkte ernst. Erste Stirnfalten stachen Brandner ins Auge, Krähenfüße ließen sie älter wirken, als sie war. Ohne ihn zu beachten, schritt Theresia Mayer durch den Metalldetektor. Der schlug zwar an, aber da sie das Gefängnis verließ, kümmerte es die Beamten nicht.

Brandner stand auf und folgte der Justizwachebeamtin, die ihn zu Waltraud Mayer führte.

»Heute muss mein Glückstag sein. Zwei Besuche an einem Tag hatte ich noch nie«, begrüßte ihn die Gefängnisinsassin.

»Ihre Tochter war gerade bei Ihnen.«

»Stimmt. Seit Hans nicht mehr kommen kann, besucht Resi mich regelmäßig.« Waltraud Mayer schluckte. Ihr fiel es sichtlich schwer, über ihren Sohn zu sprechen.

»Mein Beileid, es muss sehr schwer für Sie sein.«

»Danke, ich habe Übung darin, geliebte Menschen zu verlieren.«

»Auch wenn es nicht einfach für Sie ist, ich habe da noch eine Frage, die mich beschäftigt.«

»Ich dachte mir schon, dass Sie mich nicht besuchen, um zu sehen, wie es mir geht.«

Waltraud Mayer ließ sich auf ihrem Stuhl zurückfallen und verschränkte die Arme vor der Brust.

»Es geht um den Mord an Jakob Schuster«, begann Brandner. »Jetzt da Hans tot ist«, fügte er hinzu.

»Ja?« Sie richtete sich wieder auf und legte beide Unterarme auf die Tischfläche.

Brandner fuhr fort: »Ich habe schon immer vermutet, dass Ihr Sohn, Hans, Jakob Schuster in jener Nacht erstochen hat. Wir haben von Jakob auf Ihren Handschuhen kein Blut gefunden.«

»Und jetzt, da mein Junge tot ist, denken Sie, ich belaste meinen Sohn, weil er sich nicht mehr wehren kann?« Waltraud Mayers Stimme war lauter geworden. Zornig schaute sie ihn an.

»Hans ist tot«, antwortete Brandner. »Er hat Chan erschossen, und er hat uns ein Jahr davor von Peter Schwarz erlöst. Wir werden den Fall Jakob Schuster nicht mehr neu aufrollen. Ich will nur wissen, ob meine Vermutung stimmt. Dann erst kann ich mit dem Fall endgültig abschließen.«

Waltraud Mayer starrte ihn mehrere Sekunden lang an. Brandner hielt ihrem Blick stand. Schließlich nickte sie. »Ich bin stolz auf Hans. In jener Nacht auf der Schusteralm ist er seiner Pflicht als Familienoberhaupt zum ersten Mal nachgekommen und hat seine Schwester beschützt. Ich habe ihn gesehen, als er aus Jakobs Zimmer gekommen ist, und als er durchnässt wieder auf die Schusteralm zurückkam, nachdem er seine Handschuhe entsorgt hat, die mit Jakobs Blut durchtränkt gewesen sind. Ich war mir sicher, Sie würden ihn überführen, wenn ich mich nicht opfere. Daher habe ich Josef Schuster erstochen und die Schuld auf mich genommen. Ein Jahr danach hat Hans Resi davor bewahrt, ein Opfer von Peter Schwarz zu werden. Und heuer hat er uns alle gerächt, indem er Chan zur Strecke gebracht hat.«

Waltraud Mayer lehnte sich zurück.

Ich hatte also recht, erkannte Brandner. Sein Blick ruhte auf der Mörderin. *Ich hoffe, dass Waltraud Mayer nie wieder auf die Menschheit losgelassen wird.*

ENDE

DANKSAGUNG

Ich bedanke mich zuallererst bei Ihnen, liebe Leserin oder lieber Leser, dass Sie sich für meinen Roman entschieden und meinen Figuren Ihre Gedanken, Gefühle und Ihre Zeit gewidmet haben! In den vergangenen Jahren haben mich viele Menschen in der Buchbranche unterstützt, herzlich aufgenommen und zum Erfolg meiner Mostviertler-Krimis beigetragen – ein großes Dankeschön dafür von meiner Seite!

Mein Dank gilt natürlich dem gesamten Team des Gmeiner-Verlages für das in mich gesetzte Vertrauen und ganz speziell meinem Lektor, Herrn Daniel Abt.

Meiner Familie und ganz besonders meiner Frau, Silvana, danke ich für Ihre Unterstützung.

In »Mostviertler«, »Mostschlinge« und nun »Mostviertler Jagd« habe ich mich intensiv mit der Sportschuhindustrie auseinandergesetzt, mit diesem dritten Teil der Trilogie rund um die Schusters, Mayers und Chans endet dieses Kapitel und ich widme mich neuen Themen. Ich würde mich freuen, wenn Sie mich dabei weiter begleiten. Gerne können Sie meine Facebook-Seite unter www.facebook.com/helmutscharnerkrimi/ besuchen, meinen Newsletter mit einer E-Mail an kontakt@

helmutscharner.com abonnieren oder auf meiner Website www.helmutscharner.com vorbeischauen.

Liebe Grüße aus dem niederösterreichischen Mostviertel,
Helmut Scharner